AF198466

Die junge Floristin Frieda wächst in den Sechzigerjahren in einem streng katholischen Umfeld auf. Als sie an einem späten Winternachmittag einen zugefrorenen Fluss betritt, weiß sie nicht, dass sich gleich alles für sie verändern wird. Auf dem Eis trifft sie den verheirateten Otto. Sie erleben eine Liebe, die stürmisch beginnt und schicksalhaft endet: Frieda wird schwanger – ein Skandal in der Welt, in der sie sich bewegt. Und so darf sie ihrem heimlichen Kind nie Mutter sein. Jahrzehntelang behält sie die Erinnerungen an diese Episode ihres Lebens für sich. Doch als sie mit über achtzig Jahren in ein Pflegeheim zieht, beginnt sie, sich ihnen zu stellen und sie zu teilen.
›Kontur eines Lebens‹ ist der Roman einer großen Liebe und ihres Scheiterns, die Geschichte einer unglaublich starken Frau, die sich gegen alle Widrigkeiten behauptet.

Jaap Robben, geboren 1984, ist Dichter, Schriftsteller, Dramatiker und Übersetzer. Seit 2004 publiziert er Lyrik, Romane, Jugendbücher und Essays. Seine Werke wurden vielfach ausgezeichnet, verfilmt und in mittlerweile fünfzehn Sprachen übersetzt. Mit seinem Roman ›Summer Brother‹ stand er auf der Longlist des International Booker Prize. Jaap Robben lebt in Deutschland.

Birgit Erdmann übersetzt vornehmlich aus dem Niederländischen, u. a. Anton de Kom, Chris de Stoop, Toon Tellegen und Lisa Weeda.

Jaap Robben

KONTUR
EINES LEBENS

Roman

Aus dem Niederländischen
von Birgit Erdmann

DUMONT

The publisher gratefully acknowledges the support
of the Dutch Foundation for Literature.

N ederlands
letterenfonds
dutch foundation
for literature

FSC
www.fsc.org

MIX
Papier | Fördert
gute Waldnutzung
FSC® C083411

Das bei der Produktion dieses Buches entstandene CO_2 wurde
durch die Finanzierung von Klimaschutzprojekten kompensiert:
climate-id.com/17531-2110-1001/de

August 2024
DuMont Buchverlag, Köln
Alle Rechte vorbehalten
Copyright © 2022 by Jaap Robben
Original title ›Schemerleven‹
First published in 2022 by Uitgeverij De Geus, Amsterdam.
Die niederländische Originalausgabe erschien 2022 unter dem Titel
›Schemerleven‹ bei Uitgeverij De Geus, Amsterdam.
© 2023 für die deutsche Ausgabe: DuMont Buchverlag, Köln
Übersetzung: Birgit Erdmann
Umschlaggestaltung: Lübbeke Naumann Thoben, Köln
Umschlagabbildung: © akg-images
Satz: Angelika Kudella, Köln
Gesetzt aus der Adobe Caslon
Druck und Verarbeitung: CPI books GmbH, Leck
Gedruckt auf säurefreiem und chlorfrei gebleichtem Papier
Printed in Germany
ISBN 978-3-7558-0508-3

www.dumont-buchverlag.de

Für meine liebe Lucy

1

Ich kann an nichts anderes denken. Immerzu sehe ich die blassen Füße von Louis vor mir. Wie sie unter der Rettungsdecke hervorragen. So schutzlos. Seine Pantoffeln, verloren in dem ganzen Durcheinander, der Panik. Seine Füße, so verletzlich, während er in den Krankenwagen geschoben wird.

Die Matratze ist mir viel zu weich. Von der Plastikhülle wird mein Rücken klamm. Auf der Seite liegend kann ich nicht einschlafen. Ich glaube sowieso nicht, dass ich hier jemals schlafen werde.

Ich spähe in die Dunkelheit. Tobias hat vergessen, meinen Radiowecker anzuschließen. Immerhin hat er mir den neuen Fernseher programmiert. Das rote Lämpchen kann ich selbst ohne Brille sehen. An der Tür zum angrenzenden Badezimmer hängt ein grauer Fleck. Meine Tunika für morgen. Die habe ich auch bei der Trauerfeier getragen.

Ich quäle mich hoch. Warme Anismilch.

Irgendwo muss der Schalter der Nachttischlampe sein, aber ich kann ihn nicht finden. Ich taste vorsichtig über den Nachtschrank, damit ich nichts umwerfe. Ich fühle das Sudokuheft, meine Hörgeräte, stoße mit dem Ehering gegen das Wasserglas. Da ist meine Brille. Ich öffne die Bügel und setze sie auf. Der Schalter meiner Nachttischlampe ist näher als gedacht.

Meine vertrauten Sachen in diesem fremden Zimmer erschrecken sich vor dem plötzlichen Licht. Die Nägel an der Wand sind noch leer.

Louis mochte es nicht, wenn ich mir nachts Anismilch machte. Weil ich dann allein die Treppe hinunter in die Küche gehen musste. Aber ihn wollte ich nicht darum bitten, denn dann hätte er extra für mich aufstehen müssen.

Ich lasse die Beine über den Bettrand gleiten. »Hier gibt es keine Treppe, die ich hinunterfallen könnte«, murmele ich zu mir selbst. Ich kann noch nicht wieder mit Louis sprechen.

Durch die offene Falttür schlurfe ich ins kleine Wohnzimmer mit der Kochnische. Habe ich heute Nachmittag, als ich mit Nadine die Schränke eingeräumt habe, die Aniswürfel gesehen? Wegen ihres Babybauchs will Tobias nicht, dass sie schwer hebt.

Wahrscheinlich liegen die Würfel noch zu Hause in der Küchenschublade. Unsere halb ausgeräumte Wohnung, in der es jetzt so still ist. Aus Versehen habe ich Nadine heute wieder Sabine genannt. So heißt Tobias' Ex-Freundin. Ich glaube, Nadine hat es nicht gehört. Nadine, Nadine, Nadine. Louis und ich hatten gedacht, dass Tobias keine Kinder wollte. Als er noch mit Sabine zusammen war, war er entschieden dagegen. Jetzt ist er achtundvierzig, und wir hatten gar nicht mehr damit gerechnet. Da kam er mit Nadine an, die ein ganzes Stück jünger ist.

Louis war gerührt und überglücklich, als sie es uns sagten. Und ich natürlich auch. Ja, ich freute mich für sie. Louis umarmte sie und drückte beiden einen Kuss auf die Stirn. »Das nenn ich mal ein Geschenk.«

Ich stelle meinen Becher in die Mikrowelle, drücke auf den Knopf und warte. Dieses Gerät habe ich von der vorherigen Bewohnerin übernommen, genau wie die Vorhänge und den kleinen Kühlschrank. Alles fast wie neu. Sie muss hier noch vor wenigen Tagen gewohnt haben.

Den Esstisch habe ich von zu Hause mitgebracht, ebenso zwei von den vier Stühlen, unser Büfett und Louis' elektrischen Sessel. Eine kleine Zusammenfassung unseres Lebens. Wenig heimelig stehen die Sachen nebeneinander. Nur drei meiner Pflanzen durfte ich mitnehmen, denn die Fensterbank ist nicht lang genug. Keine leichte Entscheidung. Um den alten Gliederkaktus tut es mir am meisten leid, aber er ist zu schwer, und es gibt ohnehin keinen Platz für den riesigen Blumentopf. Er oder der Fernseher. Tja. Tobias hat versprochen, ein neues Zuhause für den Gliederkaktus zu finden.

Das *Ping* habe ich zwar nicht gehört, aber hinter der Scheibe der Mikrowelle ist das Licht aus. Mit dem Becher heißer Milch will ich mich in Louis' Sessel kuscheln, stattdessen schlurfe ich zu meinem Bett. Den ganzen Abend schon habe ich Angst, ein Pfleger könnte jeden Moment hereinkommen, um mir zu sagen, dass ich etwas Unerlaubtes tue. Oder dass mich jetzt jemand in meinem Nachthemd sieht und fragt, warum ich mitten in der Nacht nicht im Bett liege. Sie würden bestimmt höflich anklopfen, nur kann ich das gerade nicht hören. Mir ist nie wirklich aufgefallen, wie taub ich nachts fürs Flüstern und Schleichen bin, weil ich dann meine Hörgeräte nicht in den Ohren habe. Jetzt beunruhigt mich das.

Durch die Gardine kann ich im Innenhof den Garten sehen. Über den Dächern verwandelt sich das Schwarz der Nacht bereits in ein Dunkelblau. Dass Louis zurückkommt, glaube ich nicht. An so etwas habe ich nie geglaubt. Louis ist nirgends mehr. Trotzdem macht mich der Gedanke traurig, dass er mich hier nicht finden wird, sollte er doch zurückkommen. Ich kenne meine neue Adresse ja selbst nicht.

Ich öffne den Vorhang ein wenig weiter, setze mich auf die Bettkante und puste in die Milch. Immer noch zu heiß. Ich stelle den Becher auf den Nachtschrank und steige wieder ins Bett.

Draußen am Fenster bewegt sich etwas. Ein Nachtfalter. Hören kann ich ihn nicht, sehe aber, wie er oben an der Fensterscheibe kreiselt. Wahrscheinlich lockt ihn das Licht meiner Nachttischlampe an.

»Du musst in die andere Richtung fliegen«, flüstere ich. »Das ist eine Lampe und nicht der Mond.« Jetzt flattert er wieder. »Was bist du denn für einer?« Ich nippe an meiner Milch ohne Anis. Wahrscheinlich ist es einer dieser haarigen Nachtfalter, die unter grauen Flügeln einen bunten Unterrock verbergen. Ich nehme ein paar Schlucke und schalte das Licht aus. Die schwarze Silhouette krabbelt über die Fensterscheibe. »Gute Nacht, Motte.« Ich setze die Brille ab. »Ich versuch's noch mal.«

Morgen darf ich nicht vergessen, Tobias zu bitten, mein Kopfkissen mitzubringen. Ich seufze. Und die Aniswürfel. Ich seufze noch einmal, schließe die Augen. Da sind die Füße wieder. Kurz bevor jemand vom Notarztteam ihn mit der Rettungsdecke zudeckt.

»Ach, Louis.«

Die letzten Jahre hat mich Louis ohne Pflegedienst »durchgebracht«. So nannte er das, wenn man ihn darauf hinwies, dass er Hilfe beantragen könne. An unserem Tisch saß einmal so eine sachliche Frau mit einer Mappe voller Formulare. Wir hatten sie auf Tobias' väterliches Drängen hin zu uns gebeten. Weil ich pflegebedürftig sei, stünden wir recht weit oben auf der Liste für betreutes Wohnen, erklärte sie uns. Andere Fälle hätten allerdings Vorrang, weil Louis noch »so fit ist«. Das flüsterte die Frau, wodurch es wie ein geheimes Problem klang, das sie nicht für uns lösen konnte.

Selbstverständlich könne man jemanden vorbeischicken, um mir morgens beim Aufstehen, Waschen und Anziehen zu helfen. Dreimal die Woche, und das würde Louis keinen Cent kosten. »Wollen wir das so machen?«

Ich wurde nicht gefragt. Louis verschränkte die Arme vor der Brust, und seine Antwort lautete nein. Mit einer Entschiedenheit, die ich von ihm nicht kannte. »Duschen bedeutet für uns gemeinsame Zeit, die lasse ich mir nicht nehmen.« Unter dem Tisch suchte ich seine Hand und drückte sie. Den Rest des Gesprächs blieben wir Händchen haltend sitzen. »Ich werde sie waschen bis zum Schluss.«

Wer hätte gedacht, dass ich Louis überleben würde? Niemand. Nicht einmal er selbst.

* * *

Jemand ist in meinem Zimmer. Bewegungen, Farben. »Tobias?« Man reicht mir meine Brille und die Hörgeräte.

»Guten Morgen, die Dame.« Ein junger Kerl. Zwei lebhafte Augen und ein Bart, streng getrimmt wie ein deutscher Vorgarten.

»Guten Morgen.«

»Kommen Sie? Wir werden Sie jetzt schön duschen.« Er bietet mir seinen Arm an. Zuerst denke ich, er hätte ein langärmliges T-Shirt an, doch nein: Er ist bis zu den Handgelenken tätowiert. Meine Füße berühren den kalten Fußboden. Mein Nachthemd ist hochgerutscht. Ich ziehe es schnell herunter.

»Wie heißen Sie denn überhaupt?«, frage ich.

»Oh, entschuldigen Sie.« Er schüttelt mir die Hand. »Ich bin Jamie.«

In dem kleinen Badezimmer springt das Licht automatisch an, die Lüftung beginnt zu rauschen. Ich weiß um meinen Morgenatem, deshalb antworte ich einsilbig hinter vorgehaltener Hand. Der Spiegel zeigt mein wirres, zu Berge stehendes Haar. Schranktüren werden geöffnet und zugeknallt. Jamie bringt ein Handtuch, Duschgel und zwei Waschlappen. Er bewegt sich hier so selbstverständlich, dass ich mir wie ein Gast vorkomme.

»Konnten Sie ein wenig schlafen?«

»Ging so.«

»Die erste Nacht ist die schlimmste.«

»Ja?«

»So geht es allen neuen Bewohnern.«

»Ich bezweifle, dass ich hier je gut schlafen werde.«

»Doch, bestimmt«, sagt Jamie und deutet auf die Dusche. »Wollen wir?«

Ich ziehe mein Nachthemd hoch und spüre Jamies Hände auf dem Stoff. »Das ist nicht nötig. Lassen Sie mich das machen. Ich kann das noch selbst.« Trotzdem muss er mir helfen, es mir über den Kopf zu ziehen.

»So«, sagt er.

Ich drehe ihm meinen nackten Rücken zu.

»So.« Meine Nachtwindel nimmt er mir mit einem geübten Handgriff ab. Automatisch presse ich meine Schenkel zusammen, weil ich mich dort plötzlich berührt fühle. »So.« Das sagt er bei allem, was er tut. Ich könnte nackter nicht sein. Nur die Kette mit dem roten Alarmknopf baumelt noch vor meinen Brüsten.

»So.« Um das Wasser auf die richtige Temperatur zu bringen, richtet Jamie den Duschkopf erst mal gegen die Wand. Kalter Nebel weht mir entgegen, Gänsehaut läuft mir über den Rücken. Ich darf mich auf einen weißen Hocker setzen. Ich halte mich noch krummer, als ich bin, und würde mich am liebsten zusammenrollen. Ich wachse und schrumpfe mit jedem Atemzug. Unten, wie in weiter Ferne, sehe ich meine Füße, lila vor lauter Adern. Mit diesem jungen Mann so nah bei mir erscheinen sie mir noch dunkler als sonst. Meine Knie mit den langen Narben an den Seiten. Mein Bauch, den er Falte um Falte wird waschen müssen, die Haut wie weiches Krepppapier. Die Muttermale, die man nur abtupfen darf. Und die Brüste. Ach, meine Brüste. Ich kann nichts dagegen tun, ich verstecke sie hinter meinen Armen.

»Hier.« Jamie hält mir einen Waschlappen hin. »Damit können Sie sich vorne selbst waschen.«

Behutsam besprenkelt er erst meine Füße. »Nicht zu heiß?«

»Gerade richtig.« Dass ich meinen Urin nicht mehr einhalten kann, bemerkt er zum Glück nicht, weil er mir mit seinem Waschlappen den Rücken wäscht. Das macht er unerwartet gut. Nicht ganz so wie Louis, aber doch grob genug. Ich brumme, was Jamie nicht hört. Zum Glück. »Du bist ein guter Junge«, sage ich. Das hört er, glaube ich, auch nicht.

Wenn Louis mich manchmal zu sanft abschrubbte, sagte ich zu ihm, er solle sich vorstellen, er müsse hartnäckige Vogelscheiße von einer Fensterscheibe kratzen.

»So. Kurz die Arme heben.« Er seift meine Achseln ein und

braust sie ab. »Können Sie sich hinstellen?« Ich muss mich an einem heruntergeklappten Griff festhalten. Der Waschlappen gleitet zwischen meine Pobacken. »Sind Sie vorne auch schon so weit?«

»Äh …« Bei Louis durfte ich immer den Boiler leer duschen, Jamie aber dreht den Hahn schon wieder zu. Seine schnellen Bewegungen entfachen einen kalten Wind. »Oh, warten Sie … ich habe völlig vergessen, Kleider für Sie rauszulegen.« Schnell schüttelt er ein großes Handtuch auf, drapiert es um mich und geht ins Schlafzimmer.

»Ich möchte heute die Tunika tragen«, rufe ich ihm hinterher. Schranktüren werden geöffnet und geschlossen, eine Schublade aufgezogen.

»Welche?«

»Sie hängt auf einem Bügel an der Badezimmertür.«

Kurz ist es still, wodurch ich nicht weiß, was er treibt. »Möchten Sie darunter die weiße Bluse anziehen? Oder ist die für eine andere Gelegenheit?«

»Nein, die Bluse gehört dazu, gerade heute. Und auf dem Stuhl liegt eine Strumpfhose.«

Jamie erscheint im Türrahmen. »Die hier?«

»Ja.« Die anderen Kleidungsstücke hängen schlapp über seinem Arm. Ganz oben ein Schlüpfer und mein BH. Ich trockne mich ab, zumindest dort, wo ich hinkomme. Jamie legt die Kleider ordentlich auf den Klodeckel.

»Haben Sie heute etwas Besonderes vor?«

»Wie meinen Sie das?«

»Na ja, weil Sie sich so hübsch machen.«

»Mein Sohn holt mich heute Mittag ab.«

»Wie nett.«

»Na ja.«

»Etwa nicht?«

»Doch, doch, aber …« Es gelingt mir nicht, meine Füße abzutrocknen. Jamie kniet sich vor mich und sieht fragend zu mir auf, gespannt, was ich wohl sagen werde. »Wir verstreuen heute meinen Mann.«

2

Wir hatten Rummikub gespielt, und ich schob die Steine zusammen. Louis setzte Wasser für die Tasse Tee auf, die wir zum Schlafengehen immer mit nach oben nahmen. An diesem Abend sagte er wie aus dem Nichts: »Vielleicht ziehe ich bald öfter mal los.«

»Bald?«

Er stand mit seinem Rücken zu mir.

»Wann genau meinst du?«

»Na ja, du verstehst schon. Bald ...«

»Du meinst, wenn ich ... wenn ich nicht mehr da bin?«

Entschuldigend zuckte er die Schultern. Er konnte schließlich auch nicht ändern, dass die Zukunft eine Tatsache war.

»Aber ... ich bin doch noch da.«

»Ich wollte damit nur sagen, dass du keine Angst haben musst. Dass ich verkümmere oder so.« Ich glaube, das sagte er, um mich zu beruhigen. Vielleicht fühlte er sich unbehaglich, weil ich ihn dabei ertappt hatte, wie er gebrauchte Wohnmobile gegoogelt hatte.

»Wenn du das so gern möchtest, warum fährst du dann nicht jetzt einfach los? Ohne mich.«

»Und wer kümmert sich dann um dich?«

»Das schaffe ich schon allein. Oder ich rufe Tobias an.«

Und dann lag Louis mit einem Mal auf dem Gartenpfad. Eines Morgens, einfach so. Wahrscheinlich wollte er die Brottüte im Vogelhäuschen ausleeren.

Seine Beine zuckten. Das Gras war noch feucht. Es dauerte ewig, bis ich mit meinem elenden Rollator bei ihm war. Ich stürzte neben ihm auf die Knie und versuchte, ihn zum Leben zu streicheln, schütteln, schreien. »Huh … huh … huh …« war das Einzige, was er herausbrachte. Bei jedem Ausruf sperrte er die Augen auf, aber er nahm nichts mehr wahr.

Ich versuchte aufzustehen, um den Notarzt zu rufen, schaffte es aber nicht allein. Die Nachbarin kletterte schon über den Zaun. Jemand rief, Hilfe sei unterwegs. Die Nachbarin riss Louis' Hemd auf, die Knöpfe sprangen ab wie Popcorn. Rhythmisch drückte sie auf den Brustkorb, bis das Notarztteam durch den Garten gerannt kam. Jemand half mir auf und setzte mich auf den Sitz des Rollators. Hände tasteten Louis ab. »Kein Puls!« Das Notarztteam rollte ihn auf ein Laken und hob ihn auf die Trage. Zwei Bügeleisen auf seine Brust, sein Körper spannte sich an, krümmte sich, erschlaffte. Die Hände öffneten sich. Er hatte losgelassen. »Kein Puls.« Das Notarztteam versuchte es noch einmal. Danach schoben sie die Rettungstrage durch die Küche in den Flur, die Teekanne zerschellte auf dem Küchenboden in Spritzer und Scherben. Ich ging hinter ihnen her, hielt mich an den Türrahmen fest, an Wänden, einem Stuhl, den Jacken an der Garderobe. Hinter mir fiel alles um. »Louis!«, rief ich. »Louis!« Der Rettungswagen hatte die gesamte Nachbarschaft an die Fenster gelockt. Alles leuchtete pulsierend blau auf. Eine Goldfolie wurde über Louis ausgebreitet. »Wo bringen Sie ihn hin?« Während die Trage in den Rettungswagen geschoben wurde, sah ich, wie aus dem Kokon der Wärmedecke seine grauweißlichen Fußsohlen ragten, wehrlos. Zur Seite gefallen.

Ich konnte nur rufen: »Louis! Louis!« Irgendwer musste diese Füße doch warmhalten. »Wo bringen Sie ihn hin?« Die Hecktüren wurden zugeschmissen. Niemand antwortete. »Sagen Sie mir, wohin Sie ihn bringen!« Ein zweiter Krankenwagen stand etwas weiter weg quer auf der Straße. Zwei Sanitäter kletterten zu Louis nach hinten. »Sie dürfen ihn mir nicht wegnehmen!« Plötzlich stand eine Polizistin vor mir, das Gesicht dicht an meinem. Ihre Lippen bewegten sich. Meine Hörgeräte verzerrten alles zu Pfeifen und Quietschen. Später stellte sich heraus, dass sie durch meinen Angstschweiß nicht richtig funktioniert hatten. »Sagen Sie mir bitte, wohin Sie ihn bringen«, flehte ich. Ein Nachbar von gegenüber, den ich kaum kannte, kam auf mich zu und wollte mich in den Arm nehmen, beruhigen. Ich riss mich los, doch ohne seine Unterstützung konnte ich mich nicht aufrecht halten. Der Rettungswagen fuhr schon an. »Louiiiis!«, brüllte ich aus meinem tiefsten Inneren heraus und so laut, als wollte ich in eine andere Zeit hineinschreien.

Ich hoffe, er hat mich noch gehört.

Jemand hatte meinen Mantel geholt und half mir hinein. Ich war ja noch im Morgenrock. Man setzte mich in ein Auto, streifte mir Schuhe über die bloßen Füße. Ich wurde angeschnallt. Jemand schloss unsere Haustür ab und zeigte mir, in welchem Fach meiner Umhängetasche man den Schlüssel verstaute. Jemand warf die Tür zu, rannte um die Motorhaube herum und startete das Auto. Es war unsere Nachbarin Esmé. Sie tätschelte mir tröstend das Knie. Wir fuhren die Straße hinunter, während alle anderen wieder zu ihrem eigenen Leben zurückkehrten. Auf meine Frage, wohin sie Louis brächten, schrie sie: »Ins Sint-Ca-ni-si-us! Sint-Canisius-Krankenhaus!«

Ich sah Louis wieder. Er lag mit einem Laken bedeckt auf einem Metallbett. Obwohl es laut der Wanduhr mitten am Vormittag war, kam es mir unwirklich vor, dass zu diesem Moment eine Uhrzeit gehörte, zu diesem Tag ein Datum. Louis lag da mit seinem Schlafgesicht: So sah er immer aus, wenn er seine Brille nicht aufhatte.

Von den bräunlichen Schlieren auf seiner Stirn wanderte mein Blick zu einer Schürfwunde in seinen Haaren, die noch glänzte, aber natürlich nicht mehr blutete. Er fühlte sich kalt an, vertraut und doch fremd. »Ach, Louis, mein Louis.« Ich küsste ihn, seine Lippen gaben nach, schlaff. Die Bartstoppeln an seinem Kinn kratzten. Dies war sein Körper, ja, aber schon jetzt ähnelte er in keiner Weise mehr dem Körper, neben dem ich noch vor ein paar Stunden aufgewacht war. Das war nicht mehr die Hand, die unter der Decke meinen Schenkel gesucht und gestreichelt hatte, was seit jeher mit einem sanften Klaps endete. Bevor er aufstand, um Kaffee zu kochen, hatte er meine Schulter geküsst und gesagt: »Gut.« Das war in den letzten Jahren immer sein erstes Wort. Dann: »Los geht's.« Er hatte sich aufgesetzt und war aus dem Bett gestiegen.

Ich nahm seine Hand. Aber wie ich sie auch festhielt, seine Finger verhakten sich nicht mehr mit meinen.

3

Und jetzt füllt seine Asche ein kleines, in metallischem Blau schimmerndes Eimerchen. Der Großteil stammt von seinem Sarg. Mit Tobias und Nadine stehe ich auf einem akkurat gemähten Rasen. In der Hand halte ich zwei Maiglöckchen, eingewickelt in Küchenpapier. Die werde ich gleich auf die Asche legen. Das Streumädchen fragt, ob wir eine bestimmte Form wünschen. Wahrscheinlich fühlt sich dieses Mädchen längst als Frau. Je älter ich werde, desto jünger kommen mir meine Mitmenschen vor. Jung auf eine Art und Weise, die ihnen selbst gar nicht bewusst ist.

»Form?«

»Ein Herz vielleicht? Den ersten Buchstaben seines Namens? Oder ein Kreuz?«

»Kein Kreuz«, sage ich. Ringsum liegen mehrere weißgraue Häuflein. Vor allem Kreise. Ein einzelner Buchstabe, aber die meisten Formen sind schon verweht.

»Sondern?«

»Hm.«

»Ist doch egal, Mama, oder?«, mischt Tobias sich ein, seine Hand auf meiner Schulter. Immer wenn er mich heute berührt, streichelt er mich auch kurz. »Mama?«

»Ja, das ist egal, Junge.«

»Können Sie nicht einfach …« Tobias zuckt die Schultern,

weil er selbst nicht genau weiß, was »einfach« heißen soll. Die junge Frau mit dem Eimerchen nickt eifrig, sie weiß zum Glück genau, was »einfach« bedeutet. Ich bedeute ihr: Bitte fangen Sie an.

Kurz sieht es so aus, als ob gleich etwas passieren wird, wahrscheinlich wegen der weißen Handschuhe und der einstudierten Bewegungen. Langsam drückt sie einen Hebel am Henkel des Eimers, gleich wird sie etwas hervorzuzaubern. Eine Taube vielleicht. Etwas Lebendiges und Großes, das unmöglich in die kleine Urne passt. Und wir werden applaudieren und in das Eimerchen schauen wollen, um herauszufinden, wie sie das bloß gemacht hat. Aber das passiert nicht. Alles, was Louis je gewesen ist, alles, was ich je lieb hatte, ist nun ein staubiges Häufchen Asche, das mit jeder Kreisbewegung größer wird. Dann ist das Eimerchen leer. Ich warte noch auf einen Rest, doch da kommt nichts mehr. Alles, was Louis sein Leben lang gewaschen, geputzt, mit Zahnseide gereinigt, gekämmt und versorgt hat, alles, was er gewesen ist, liegt hier vor mir zwischen den Grashalmen. Zerpudert und zerpulvert. Zum Verwehen bereit. Unwiederbringlich tot.

Tobias und Nadine stützen mich mit ihren Umarmungen, die vom Weinen erschüttert werden. Durch meinen Tränenschleier erkenne ich ihre Gesichter nicht. Ich streichle eine Wange, küsse eine Stirn, meine Lippen landen halb auf einem Auge, ich versuche es ein Stückchen höher. Ich spende den Trost, den ich eigentlich selbst brauche.

Lieber, lieber Louis. Alles war so schnell vorbei. All die Male, die ich besorgt durch die Gardinen blickte, wenn er im Winter hinausmusste, um für die Apotheke Medikamente auszuliefern, all die Male, die er dann wieder nach Hause kam.

Bedächtig lege ich die Maiglöckchen ab, ohne seine Asche

zu berühren. Tobias muss mir helfen, die beiden Stiele sollen dicht beieinanderliegen.

»So?«, fragt er.

»Mhm.«

Ich will meine Taschentücher aus der Umhängetasche holen, aber der Reißverschluss klemmt. Nadine wedelt schon mit einem vor meinem Gesicht. Wir schniefen und lächeln uns durch die Tränen zu. Es fühlt sich an, als seien wir zu dritt bis zum Grund unserer Trauer getaucht und stünden jetzt immer noch tropfend auf dem Trockenen. Tobias drückt Nadine an sich, als müsse sie warmgehalten werden. Weil ich nicht in ihre Umarmung passe, reibt mir Tobi mit ausgestrecktem Arm so gut es geht über die Schulter. Ich schmiege meine Wange an seinen Handrücken, an seine Männerhand.

Wir schnäuzen uns, seufzen tief, umarmen uns noch einmal.

Nadine hakt sich bei mir unter. So verlassen wir die Rasenfläche. Hinter uns schiebt Tobias meinen Rollator auf den Weg. Ich grinse über einen Scherz von ihm, den ich nicht verstanden habe. Auf die Trauer folgt Erleichterung, wie bei einem Zimmer nach dem Ausräumen.

Das Streumädchen in ihrem adretten dunkelblauen Hosenanzug steht diskret ein paar Schritte von uns entfernt. »Wenn Sie mir bitte folgen wollen.« Ihre behandschuhte Hand deutet in die Richtung, aus der wir vorhin gekommen sind.

Durch das Weinen sind meine Atemzüge nun tiefer, mein Brustkorb fühlt sich leer an, geräumiger. Ich putze mir die Nase, trockne meine Wangen und huste ein paarmal.

Nadine bringt mich zu meinem Rollator und hakt sich bei Tobias ein. »Wird es gehen, Frieda?«

»Danke, Liebes. Geht nur voraus.«

Wenn sie drei Schritte machen, falle ich zwei zurück. Die junge Frau vom Bestattungsinstitut bleibt an meiner Seite. Sie hat die Handschuhe ausgezogen, die Urne baumelt wie ein Strandeimer an ihren Fingern. Schweigend begleitet sie mich auf dem Weg zum Friedhofstor. Sie kann auf eine sehr natürliche Weise schlendern. Die Reifen des Rollators hinterlassen Furchen im Kies. Ich komme mir vor wie ein Pferd, das einen Pflug vor sich herschiebt. Wir gehen an einem neuen Seitenpfad vorbei. So heftig, wie ich schnaufe, muss ich der Wind sein, der die Blätter an den Bäumen rascheln lässt.

Kurz anhalten.

Zu Atem kommen.

Manche Trauerkränze sind so schlampig gebunden, dass ich mich frage, warum die Leute sich damit zufriedengeben. Früher im Blumenladen war ich oft einen ganzen Morgen mit einem schönen Kranz beschäftigt.

Ich muss die Augen zusammenkneifen, um die Schrift auf den ersten Grabsteinen zu entziffern.

»Soll ich Ihnen einen Rollstuhl holen?«

»Nein, nein.« Ich schiebe den Rollator weiter. Sie geht hinter mir her. Ich höre, wie sie mit ihren schicken Schuhen die Spuren verwischt, die ich im Kies hinterlasse. Bei einem hohen Nadelbaum muss ich erneut eine Pause einlegen. Ich setze mich auf den Sitz meines Rollators und bedeute ihr, dass sie ruhig weitergehen könne. Aber sie schüttelt den Kopf. Der Riesenbaum gehört zu einem Grabstein, den es nicht mehr gibt. Die Wurzeln haben die Deckplatte zerstückelt und angehoben.

»Der liegt hier schon … eine ganze Weile«, keuche ich, um irgendetwas zu sagen.

Weil dem Mädchen die Stille wohl auch zu lange dauert, bückt sie sich und biegt die verdorrten Zweige zur Seite.

»Ja, seit 1956.«

»Wie lang bleibt … so ein Grab?«

»Das hängt von den Angehörigen und ihren finanziellen Möglichkeiten ab. Die meisten entscheiden sich heutzutage für eine Einäscherung. Um den Hinterbliebenen keine Arbeit zu machen.«

»Gibt es hier noch mehr alte Gräber?«

»Wie alt meinen Sie denn?«

»Von 1963 zum Beispiel.«

»Die sind hauptsächlich dort drüben.« Sie wedelt mit der Hand in Richtung einer Buchenallee. »Aber es werden immer weniger. Anstelle der eingefriedeten Gräber wurden im Laufe der Jahre neue angelegt. Suchen Sie jemanden Bestimmten?«

Ich schüttele kaum merklich, aber entschieden den Kopf.

»Einen Mann oder eine Frau?«

Tobias und Nadine haben das Ende des Wegs erreicht. Er dreht sich um und bemerkt, dass wir zurückgeblieben sind. Sie umarmen sich. Vor allem umarmt er Nadine, immerhin ist sie einen Kopf kleiner.

»Ich kann es herausfinden.« Aus der Innentasche ihres Hosenanzugs holt sie ihr Handy. Mein Herzschlag dröhnt in meinen Fingerkuppen. Vor meinen Augen schwirren weiße Fliegen. Sie wischt über das Display, tippt etwas ein und schüttelt den Kopf. »Ich könnte noch … Hier stehen die …« Mit Daumen und Zeigefinger vergrößert sie etwas. »Es gibt nur noch wenige von Anfang 1963. Und in einem Familiengrab wurde im Sommer 1963 auch jemand beigesetzt.« Sie deutet über ihre linke Schulter. »Ich kann Sie gern hinbringen, wenn Sie möchten.«

»Nicht nötig.«

Bevor das Streumädchen noch etwas sagen kann, schiebe ich meinen Rollator wieder über den Kies.

»Ich komme schon«, rufe ich Tobias zu.

»Geht es, Mama?«

»Ja, Junge, deine Mutter kann nur nicht mehr so schnell.«

»Wollen wir in der Villa Brakkesteyn noch etwas trinken?«, fragt Tobias, während er den Rollator zusammenklappt und im Kofferraum verstaut. »Oder lieber in der Thornse Molen? Da ist jetzt ein kleines Restaurant. Oder möchtest du woandershin? Wir können auch zurück in die Vergangenheit, wenn du willst.«

»Eine Tasse Kaffee wäre schön. Ihr dürft entscheiden, wo.«

»Keine Runde durch Früher?«

»Ein anderes Mal, ja?« Tobias hat das immer gern mit Louis gemacht, unsere Geburtshäuser anstarren, voller Neugier, ob die heutigen Bewohner irgendetwas umgebaut hatten, dann weiter zu Tobias' alter Grundschule. Doch das meiste von früher steht schon lang nicht mehr.

»Geht es einigermaßen?«, fragt Nadine. Sie stellt mir immer wieder eine andere Variante derselben Frage.

»Ja.« Ich lächele. »Es geht schon.« Nadine knöpft die Jacke auf, und ich bemerke mit einem Mal die Wölbung ihres Bauchs. Sie reibt am kneifenden Hosenbund entlang. Als sich unsere Blicke treffen, lächele ich flüchtig.

»Willst du vielleicht noch schnell nach Hause?«, funkt Tobias dazwischen.

»Nach Hause?«

»Ende des Monats müssen wir die Schlüssel bei der Baugenossenschaft abliefern, wir haben also noch etwas Zeit. Ich kann dich auch nächste Woche mal abholen, wenn du willst.«

Im Auto fragt er dann: »Können wir?«

Ich nicke.

Doch plötzlich habe ich das Gefühl, dass wir Louis vergessen haben und ihn einfach so hier zurücklassen. Das bittere Bedauern, dass es kein Grab mit seinem Namen gibt. Louis wollte es so. Dass er wirklich nirgends mehr ist.

Nadine blickt mich durch die Kopfstützen an, legt mir die Hand auf das Knie. »Wie fühlt es sich an?«

»Was?« Ich weiß nicht, welches Gefühl ich jetzt schon wieder in Worte fassen soll.

»Einfach das Ausstreuen.«

Weil ich nicht verärgert auf die ganze Fragerei reagieren will, starre ich in die Ferne zur Buchenallee. »Gut, ja, Liebes.« Ich tätschele kurz ihre Hand. »Jetzt erzähl doch mal: Was macht die Arbeit?«

4

Und dann sitze ich wieder in meinem neuen Zimmer am Fenster. In Louis' Sessel mit der Fernbedienung. Keine Kraft zum Fernsehen, zu müde, um ins Bett zu gehen. Also schaue ich hinaus. Eine Amsel hüpft über den Rasen, pickt nach Würmern für den piependen Nachwuchs in einem verborgenen Nest. Noch ist die Sonne nicht untergegangen, aber es dämmert schon zwischen den Gebäuden.

Zuerst bemerke ich seinen Schatten neben mir auf dem Fußboden. Der Nachtfalter von gestern? Ich schaue auf. Er flattert wieder über die Scheibe, unkontrolliert, im Zickzack, als würde ihn ein betrunkener Pilot steuern.

»Da bist du ja wieder.«

Dieser Nachtfalter ist so groß wie ein kleiner Vogel. »Bist du ein Weinschwärmer?« Es kann sein, dass ich das bei jeder Motte dieser Größe denke, weil ich mir eben diesen Namen gemerkt habe.

Um ihn besser beobachten zu können, muss ich aufstehen. Wie ein Botschafter am Stadttor tickt und tickt er an die Scheibe. Erst jetzt fällt mir auf, dass draußen in der Ecke des Fensters große Spinnweben hängen.

»Gib acht!«, sage ich. Ich strecke den Arm in die Luft, doch der lässt sich nicht mehr hoch genug heben, um den Falter zu warnen.

In einem Zimmer auf der anderen Seite des Innenhofs streckt jemand zögerlich die Hand hoch. »Hallo, hallo«, sage ich und winke. Die Silhouette winkt begeistert zurück.

Der Nachtfalter flattert weiter gegen die Scheibe. »Morgen mache ich die Netze weg«, sage ich. »Ich werde Tobias bitten, einen Stock mitzubringen, damit ich das Fenster öffnen kann.«

Doch dann verfängt sich der Falter in einem der Spinnennetze.

»Oh nein. Nein, nein.« Eine Spinne schießt unruhig über die Fäden. Ich strecke den Arm noch einmal hoch, erreiche das obere Fenster aber wieder nicht. Ich wedele mit der Fernsehzeitung und klopfe gegen die Scheibe, damit sich der Falter vielleicht losmacht, aber es hilft nichts.

Die Lampen! Ich klammere mich ans Büfett, schlurfe vom Esstisch zur Kochnische und mache überall das Licht aus. Das Fenster ist nur noch ein orange-blaues Rechteck. Der Falter kämpft mit dem Spinnennetz. Ich schwinge die Schnur des Sonnenrollos, aber auch das bringt nichts. Nach ein paar Sekunden Regungslosigkeit versucht er wieder loszuflattern. Die Spinne wartet nicht weit entfernt.

Ich greife nach dem Telefonhörer.

»Empfang. Guten Abend, Frau Buitink-Tendeloo. Womit kann ich behilflich sein?«

»An meinem Fenster ist eine Motte.«

»Ja?«

»Könnte vielleicht rasch jemand kommen und sie da wegmachen?«

»In Ihrem Zimmer?«

»Nein, draußen.«

»Draußen?«

»Äh, ja.«

»Sie befindet sich also nicht in Ihrem Zimmer?«

»Nein, aber das arme Tier …« Ich möchte nicht, dass sie mich für verrückt hält. »Sie, äh …«

»Bitten Sie doch morgen früh den Pflegedienst.«

»Es macht mich nervös.«

»Dann schließen Sie den Vorhang. Sie gehen doch wahrscheinlich sowieso gleich ins Bett.«

Ich höre an ihrer Stimme, dass sie auflegen möchte.

»Es ist ein Weinschwärmer. Und die Spinne …«

»Es kommt gerade ein Anruf auf der anderen Leitung, Frau Buitink-Tendeloo. Ich muss auflegen.«

Weil ich es nicht mitansehen kann, wie der Nachtfalter zu entkommen versucht, ziehe ich tatsächlich den Vorhang zu.

Ich gehe ins Bett, schließe die Augen und warte auf den Schlaf.

5

Oft habe ich mich gefragt, ob ich eigentlich existiert habe, bevor ich Otto kennenlernte.

Der Himmel war mit dem frischesten Blau bemalt, das ich je gesehen hatte, und die orange Sonne warf überall lange, scharfe Schatten. Eigentlich verliebte ich mich schon an diesem Nachmittag. Dabei war ich allein zur zugefrorenen Waal gegangen und hatte niemanden, an den ich hätte denken können. Der verdreckte Schnee war geschippt und weggefegt, doch in den Ecken im Windschatten zwischen den abgerissenen Häusern der Unterstadt türmten sich noch immer weiße Dünen, die der Wind ständig in neue Formen blies. In den letzten Wochen war es so kalt gewesen, dass selbst die Uhren an den Laternenpfählen vereist waren. Sie zeigten alle unterschiedliche Uhrzeiten an, was mir als gute Entschuldigung diente, um zu spät zum Abendessen zu kommen. Es war schon absurd, dass ich mich mit meinen einundzwanzig Jahren noch an die Essenszeiten meiner Eltern halten musste.

Ich schlitterte über die Grotestraat und dann schräg hinunter zum weißen Fluss. Ringsum tobende Kinder, die alle als Erste bei der nächsten Pfütze sein wollten, um das Eis mit den Absätzen ihrer Schuhe zu zersplittern. Meist handelte es sich um gefrorenes Putzwasser, das ihre Mütter ausgeschüttet hatten.

»Hier ist noch mehr Eis«, rief ich. »Schaut mal!«

»Juhu!«, grölten sie.

»Halt, wartet kurz«, sagte ich geheimnisvoll und hielt sie auf, bis auch der kleinste Knirps bei uns war. Jetzt konnten wir alle zugleich das Eis auf der Pfütze zertrampeln.

Es war Anfang März 1963. Nach knapp zehn Wochen bitterem Frost war für morgen Tauwetter vorhergesagt. Die Kälte hatte sich schon so lang hingezogen, dass niemand mehr die Energie aufbringen konnte, sich noch darüber zu beklagen. Doch da der Wetterbericht jetzt Frühling versprach, waren alle ausgelassen, und jeder wollte ein letztes Mal über die zugefrorene Waal spazieren. Für mich war es das erste Mal.

Ich hatte eine glatte Fläche erwartet, aber der Fluss war eher ein schlampig gepflügter Eisacker. Bei den festgefrorenen Binnenschiffen am Kai hatte sich das Eis hochgeschoben, und ein Stück weiter in Richtung Waalbrücke türmten sich große Eisplatten auf. Wie die Ruine eines Winterpalasts sah es aus.

Beim alten Gaskraftwerk neben der Eisenbahnbrücke fiel das Ufer schräg ab. Dort wimmelte es von Menschen. Jungen von einer Studentenverbindung hatten mit Öllampen eine sichere Route zum gegenüberliegenden Ufer abgesteckt. So konnte man auch nach Sonnenuntergang die Waal überqueren. Das Eis war abgenutzt, voller Risse und Löcher, aber noch immer dick und doch ungewöhnlich glatt. Der Frost drang sofort durch meine Schuhsohlen. Meine Füße in den Nylonstrümpfen schienen zu schrumpfen. Ich rutschte ein paar Schritte vorwärts und lächelte. Niemand bemerkte es. Väter zogen Schlitten mit bis zu vier Kindern, eine Prozession sich umarmender Ehepaare glitt zum anderen Ufer. Jeder war gemeinsam mit anderen auf dem Fluss, sogar die frierenden Nonnen hatten einander untergehakt, um nicht auszurutschen.

Bei den ersten Schollen posierte ein frisch verlobtes Paar neben einem Eiszapfen für ein Foto. Ihr hatte man auf ein hohes Eisplateau geholfen, er stand brav unter ihr und versuchte, männlich zu wirken. Alle Pärchen nutzten die Glätte, um sich ein wenig mehr zu berühren, als ihnen zu Hause zugestanden wurde. In Manteltaschen wurde heimlich Händchen gehalten, vorsichtig wurden die von den Mänteln verdeckten Rundungen befühlt. Auf dem Eis wurde mehr gekichert und gekitzelt, als es am Ufer geschah. Wenn die verliebten Geräusche verstummten, war so ein Pärchen nicht etwa in ein Eisloch gefallen, sondern küsste sich verstohlen im Schutz einer aufragenden Eisplatte oder eines festgefrorenen Schiffs.

Ich kletterte über eine Eiswand und zwängte mich durch schmale Öffnungen. Der Schnee der vergangenen Wochen war hart und körnig wie Zucker. Meine Füße waren nicht nur kalt, sondern auch nass. Dunkle Ringe wucherten auf dem Leder meiner Schuhe. Ich sah das Kopfschütteln und den verkniffenen Mund meiner Mutter schon vor mir. Aber ich mühte mich weiter, denn die Schollen hatten sich aufgetürmt, und zwischen einer flachen Eisschollenlandschaft konnte ich unauffällig verschwinden.

Das Eis rumorte wie Bauschutt, der ausgekippt wird. Ich erstarrte, da ich aber keine Risse entdecken konnte, kletterte ich weiter. Bald schon ließ ich die Stimmen hinter mir, bis auf das gedämpfte Gejohle der Kinder. Schließlich hörte ich nur noch mein eigenes Keuchen, das Knirschen meiner Schritte, unterbrochen von Geräuschen aus dem Eis.

Im Windschatten zwischen den aufragenden Schollen gelang es der Sonne sogar, mich sanft zu wärmen. Anscheinend war ich eine der ersten Besucherinnen hier, denn diese Eisplatte war noch glatt und dunkel. Die Tiefe darunter war schwarz.

Der Gedanke an die vielen Meter Wasser unter mir kitzelte in meinem Bauch wie Höhenangst. Obwohl es eigentlich Tiefenangst heißen müsste. Vielleicht aber war der Fluss mittlerweile ja auch bis auf den Grund gefroren. Zögernd glitt ich über eine Art Teich – ich hätte hier ein paar Runden Schlittschuh laufen können. Eine Eiswand versperrte mir die Sicht auf den Kai. Als ich der Waalbrücke den Rücken zukehrte, war vor mir alles nur noch weiß. Mit einem kleinen Rand der untergehenden Sonne. Ich befand mich auf meinem eigenen Nordpol.

Plötzlich hörte ich Schlurfen und Scharren. Zuerst erschien sein Schatten, dann zwängte er sich selbst an der Eiswand entlang. Ich sah mehr Mantel als Mann. Er hatte seinen Schal bis über die Nase gezogen.

»Willkommen«, sagte ich, als bäte ich ihn in mein Haus.

»Oh, Verzeihung«, sagte der Mantel erschrocken. »Ich hatte hier niemanden erwartet.« Rasch zog er den Schal herunter, damit ich sein Gesicht sehen konnte. Eiskristalle hingen in seinen Augenbrauen. Mit den Handschuhen klopfte er sich den Schnee von den Mantelschößen. »Ich bin nur ein bisschen ziellos herumspaziert und habe nicht geahnt, dass es so schwer sein würde, den Weg zurück zum Kai zu finden.«

»Ist nicht weit«, sagte ich.

»Ein Glück.«

Da die Sonne fast untergegangen war, erstreckten sich die Schatten in voller Länge. Weil ich vorher das Weiß so intensiv angestarrt hatte, erschien mir die Dämmerung nun gesprenkelt.

»Es ist wunderschön, finden Sie nicht?«, sagte der Mann.

»Was?«

»Ich stelle mir vor, dass so der Nordpol aussieht.«

»Mhm«, brachte ich heraus.

»Ich wollte den zugefrorenen Fluss einmal so erleben, als wäre ich der Einzige hier.«

»Und? Ist es Ihnen gelungen?«

Er lachte geheimnisvoll. Er hatte etwas gesehen, das er nicht beschreiben konnte.

»Ich habe es auch gesehen«, sagte ich.

Wir kamen ins Plaudern. Normalerweise vergesse ich solche Gespräche sofort, wie den freundlichen Austausch mit den Kunden im Blumenladen. Doch nach all den Jahren erinnere ich mich noch an jede Einzelheit. Der schmale Streifen Handgelenk über dem Handschuh. Meine Überraschung über seine grauen Schläfen, als er kurz die Mütze abnahm, und seine spitze Nase, die erst hübsch wurde, als ich sein ganzes Gesicht sah. Seine Mundwinkel zeigten ein wenig nach oben, ein unablässiges Versprechen eines Scherzes. Der Mann war einen Kopf größer als ich, doch wir standen so, dass die Köpfe unserer Schatten auf dem Eis dicht beieinander waren. Hätte ich mich etwas vorgebeugt, hätte mein Schatten seinen küssen können.

»Wollen wir?«, fragte er. Ganz selbstverständlich waren er und ich mit einem Mal ein »Wir«.

»Bitte?«

»Es wird gleich dunkel.«

Wir schlitterten eine Weile hintereinanderher und konnten uns dank der Turmspitze der Stevenskerk einigermaßen orientieren. Das Ufer kam wieder in Sicht. Ein Auto wendete gerade, die Scheinwerfer fegten wie Flutlichter über die Eisfläche. Das Licht schien kurz an uns hängen zu bleiben. Wir wendeten beide das Gesicht von den blendenden Lichtkegeln ab und sahen einander an. Ein, zwei Sekunden, ein ertapptes Lächeln, wir glitten weiter.

Sobald wir das flachere Stück erreicht hatten, holte der Mann einen silbernen Flachmann aus seiner Innentasche. »So, die Nordpolexpedition haben wir überlebt.« Erleichtert drehte er den Verschluss auf. Bevor er einen Schluck nahm, hielt er mir die Flasche hin. »Möchten Sie?«

»Ja, gern.«

»Wirklich?«, fragte er und verzog das Gesicht. »Es ist alter Genever.«

»Schmeckt der denn nicht?«

»Richtig lecker finde ich ihn nicht, aber er wärmt.«

Der Flaschenhals war eisig. Ich nahm einen kleinen Schluck. »Hui«, brachte ich heraus und rieb mir übers Brustbein, aber das linderte nichts. »Das ist ja wie ein Schluck Feuer.«

»Stimmt genau.« Der Mann grinste.

Auf dem Eis schwirrte außer uns nur noch ein Rudel übermütiger Jungs. Ein Polizist erschien und forderte sie auf, ans Ufer zu kommen. Je lauter er sie ermahnte, desto weniger kümmerte es sie. Wir mussten beide lachen. Die Kerle wussten ganz genau, dass es dem Polizisten unmöglich war, sie in diesem Winterlabyrinth einzufangen.

Mit kleinen Schritten schlitterten wir zu der Stelle, an der ich das Eis betreten hatte. Nicht Arm in Arm, aber sehr nah beieinander. Er hätte mich bestimmt aufgefangen, wenn ich gefallen wäre. Meine Zehen spürte ich längst nicht mehr, meine Füße waren taub und schwer.

An der Uferböschung war von dem Polizisten nichts mehr zu sehen. Wahrscheinlich waren die Jungs irgendwo anders hochgeklettert. Wir verließen als Letzte die zugefrorene Waal.

»Schaffen Sie das?«, fragte der Mann und streckte den Arm aus.

»Danke schön«, sagte ich und ließ mir von ihm über die

glatten Basaltblöcke hinweghelfen, obwohl ich das genauso gut allein geschafft hätte. Am Ufer hielt ich seine Hand länger fest als nötig. Gemeinsam warfen wir noch einen Blick auf den Fluss. Im Abenddunkel erklangen Peitschenhiebe durch das Eis. Das Weiß spendete noch etwas von dem Licht, das es am Tag zusammengespart hatte.

»Schön, oder?«, flüsterte er.

»Wunderschön«, sagte ich. »Wahrscheinlich sind wir die Letzten, die das zu sehen bekommen.«

»Was meinen Sie?«

»Dass der Fluss nicht strömt, sondern ruht.«

Nebel stieg aus dem körnigen Schnee auf, die Route der brennenden Öllampen lag vor uns. Sie erinnerten an die Sterne eines tief liegenden Himmels.

»Morgen wird hier alles knarren und bersten. Dann erwacht der Fluss wieder.«

»Aber noch ist er vereist«, sagte er. »Und wir schauen ihn uns an.«

»Vielleicht ist er gerade deshalb so schön.«

Er lächelte.

Ich auch.

Es wurde zu kalt, um es weiter hinauszuzögern. Wir blickten beide gleichzeitig unsere Münder an, danach in unsere Augen, lächelten wieder, zurückhaltender jetzt, fast ernst.

»Ich heiße Otto«, sagte der Mann.

Ich nickte, weil ich etwas verstanden hatte, das er nicht ausgesprochen hatte.

»Tschüs, Otto.« Ich vergaß, ihm meinen Namen zu nennen.

Wir mussten in entgegengesetzte Richtungen.

»Auf Wiedersehen. Vielleicht.« Otto wedelte mit seiner Handschuhhand. Ich reckte meinen Fäustling in die Luft und lauschte dem Knirschen seiner Schritte so lang, bis es verstummte. Er drehte sich um. Ich winkte mit dem Fäustling, er winkte zurück. Kurz verschwand er in der Dunkelheit entlang der Speicherhäuser, tauchte aber ein Stück weiter im Schein der nächsten Laterne auf. Bis er verschwunden blieb und irgendwo in eine Gasse eingebogen sein musste.

Otto.

In den Tagen danach sah ich ihn überall. Doch jedes Mal waren es andere Männer, die ihm nicht einmal ähnelten. Eine Woche später ging ich am Sonntag noch einmal zur Waal hinunter. Die Eisfläche schien noch intakt, doch als ich näher kam, bemerkte ich, wie die Platten sanft wogten. Knarzend schob sich das Eis übereinander, Eiszapfen schaukelten im Wasser, Schollen schoben sich gegenseitig vorwärts. Mit einem Mal war der Fluss in Eile. Er strömte und versuchte, den Stillstand der vergangenen Monate wettzumachen. Die windgeschützte Stelle auf dem Eis, dort, wo wir uns begegnet waren, gab es schon nicht mehr.

Niemand konnte damals wissen, dass dies das letzte Mal gewesen sein sollte, dass die Waal zufror. Niemand konnte damals überhaupt irgendetwas wissen.

6

»Warum sitzt du denn hier im Dunkeln?« Tobias steht in der Tür, eine Tasche über der Schulter. Nadine ist diesmal nicht dabei. »Draußen ist herrliches Wetter, Mam.«

Dem Pfleger habe ich gesagt, ich hätte Kopfweh und vertrüge deshalb kein Licht. Bei Tobias komme ich damit nicht durch. Wir wollen heute Dankschreiben an alle verschicken, die uns nach Louis' Tod ihr Beileid ausgesprochen haben.

»Geht's dir nicht gut?«

»Bin einfach noch nicht dazu gekommen«, murmele ich.

»Nicht dazu gekommen? Hast du hier etwa so viel um die Ohren?« Die Gleiter schrillen über die Schiene, als Tobias den Vorhang aufzieht. Der Frühling ist grell und aufdringlich. Ich traue mich nicht, sofort zum Spinnennetz hinaufzusehen.

»Ich habe die Post mitgebracht. Es kommen immer noch Beileidsschreiben. Jedes Mal, wenn ich in die Wohnung gehe, liegt wieder ein Stapel auf der Fußmatte. Bald wird alles automatisch hierhergeschickt.«

»Leg sie nur auf den Tisch, Junge. Ich sehe sie mir später an.«

»Soll ich Teewasser aufsetzen?« Bevor ich antworten kann, macht er es schon. Kurz denke ich, dass der Nachtfalter doch entwischt ist. Doch dann springt mir der kleine Kokon aus weißen Spinnenfäden ins Auge. Über dem Netz. Ein totes längliches Knäuel.

»Tobi?«

»Ja?«

»Würdest du eben etwas für deine Mutter tun?« Er tut alles
für mich, wenn ich so frage.

»Natürlich.«

»Kannst du diese Schweinerei am Fenster wegmachen?«

»Wo denn?«

Ich zeige es ihm, ohne hinzusehen.

»Ich sehe nichts.«

»Draußen. Wenn du dich auf die Fensterbank stellst und
das Fenster öffnest, kommst du bestimmt dran.«

»Seit wann hast du was gegen Spinnweben? Früher hast du
doch sogar Motten reingelassen, wenn Nachtfrost angekündigt
war.« Er steigt auf die Fensterbank und öffnet das obere Fenster. Mit seinen flinken Fingern pflückt er das Netz aus der Ecke.
»Was soll ich damit machen?« Mit drei Schritten ist er im Badezimmer.

»In den Treteimer, Tobi.« Dann kann ich den Kokon später
herausholen und ihn mir ansehen. Aber ich höre schon die Toilettenspülung. Der Falter ist für immer weg. Tobias mit seinem
langen Leib kommt wieder ins Zimmer.

»Hattest du schon Kontakt zu den anderen Bewohnern?«

»Ein wenig.«

»Wirklich?«, fragt er aufgeregt.

»Na ja, noch nicht richtig.«

»Hier gibt es so viele Leute, die du kennenlernen kannst. Ein
Flur voller potenzieller Freundinnen. Vielleicht kennst du ja
auch irgendwen von früher?«

»Vorläufig genügen mir diese neuen Wände.« Er sieht so hilflos aus. Fast hätte ich noch etwas hinzugefügt, damit er sich
nicht so verantwortlich fühlt.

»Was tust du denn den ganzen Tag so allein?«

»Nachdenken.«

»Worüber?« Er schaut sich im Zimmer um, als flögen meine Gedanken hier herum.

Ich zucke die Schultern. »Nichts Bestimmtes.«

»Mam«, sagt Tobias und drückt damit aus, dass ihm diese Antwort nicht genügt.

»Ach, Junge. Manchmal sitze ich hier und grüble stundenlang. So ist das, wenn man älter wird. Dann sitzt man den lieben langen Tag auf einem Stuhl und schaut aus dem Fenster, ohne an etwas Besonderes zu denken.« Ich sehe Tobias an, dass er sich damit nicht zufriedengibt. »Das habe ich in den letzten Jahren immer öfter getan, aber jetzt wird die Stille nicht mehr von Louis unterbrochen. So können sich meine Erinnerungen in einem fort umeinanderwinden.«

»Welche Erinnerungen denn?«

»Ereignisse von früher. Nichts Besonderes.«

Tobias setzt sich zu mir. »Erinnerungen an Papa?«

»Natürlich, mein Junge.« Ich drücke ein paarmal seine Hand. »Natürlich sind es Erinnerungen an Papa.«

Ich schiebe mich vor zur Stuhlkante und will aufstehen.

»Was hast du vor?«

»Ich hole die Keksdose.«

»Das kann ich doch machen.« Und schon steht er in der Kochnische.

»Erzähl mal«, sage ich so interessiert wie möglich. »Wie geht es Nadine?«

Sein Lächeln zieht sein Gesicht in die Breite.

»Gut«, seufzt er. »Sehr gut.«

»Wie schön.«

»Wollen wir uns mal anschauen, was ich mitgebracht habe?«

Tobias holt den Leinenbeutel. »Alles von Leuten, die dir tröstende Worte schreiben.«

Es ist tatsächlich ein stattlicher Stapel Trauerpost. Wir setzen uns an den Tisch. Mit einem Messer öffne ich die Briefumschläge und sehe mir die dezenten Zeichnungen vorne auf den Karten an, dann die Namen innen. Ich schließe die Karten wieder. Die Wünsche lese ich später.

Tobias klappt sein Tablet auf, tippt rasend schnell mit den Fingern auf dem Touchscreen herum.

»Nadine hat Namen und Adressen aus dem Kondolenzbuch auf die Umschläge geschrieben.«

Ich blicke ihn fragend an.

»Für die Dankeskarten.«

»Jaja, natürlich.«

»Ein paar wollte ich dir kurz vorlegen. Und vielleicht fallen dir ja auch noch Leute ein, die ich vergessen habe.«

»Lass mal sehen.«

»Jeannet und René? Ist das nicht ein ehemaliger Kollege von Papa aus der Apotheke?«

Ich nicke.

»Wie heißen sie mit Nachnamen?«

»Huivinkx.«

»Und die Postleitzahl fehlt.«

»Puh, die weiß ich nicht aus dem Kopf.«

Tobias hämmert auf den Bildschirm, zaubert irgendwo aus dem Internet die Postleitzahl hervor.

»Kriegst du das hier auch?«

»Was?«

»Internet.«

»Mam«, stöhnt er. »Ich weiß, du hast es nicht so mit Computern. Aber du weißt doch, dass ich überall Internet habe.«

»Ach so. Hier also auch …« Irgendwie unwirklich, auch in diesem Zimmer von unsichtbarem Wissen, Fakten und Informationen umgeben zu sein.

»Und dann habe ich hier eine Adresse ohne Namen, Krayenhofflaan …«

»Das muss Grietje sein.«

»Wow.« Tobias lacht. »Du bist ja schneller als Google. Du hast wohl eine Suchmaschine im Kopf.«

Jeder bekommt eine Karte mit einem Porträt von Louis. Tobias hat ein altes Foto herausgesucht. Es ist vor Ewigkeiten bei einer gemeinsamen Wanderung in den Hatertse Vennen aufgenommen worden. Louis und ich haben in der letzten Zeit kaum noch Fotos von uns gemacht. Ich habe jedenfalls kein einziges neues von ihm gefunden.

»Und dann ist da noch ein Brief von einer Frau, die nicht auf der Trauerfeier war. Eine Johanna.« Tobias gibt mir den Briefumschlag.

»Das sind Urlaubsfreunde. Salamanca, Jahre her.«

»Kenne ich nicht.«

»Doch«, sage ich. »Aus Heiloo. Seine Trauerkarte hat noch eine Weile bei uns am Kühlschrank gehangen.«

»Ach ja«, sagt Tobias, um das Thema abzuschließen.

»Gib mal her, dann schreibe ich ihr noch etwas Persönliches.«

Eine lange Geschichte wird es nicht werden, weil es mir nicht gelingt, den Stift richtig zu halten. Ich danke Johanna für ihren Brief und schreibe, dass es ein Schock gewesen sei und mir noch immer unwirklich vorkomme, Louis verloren zu haben. Dass sie ja wisse, wovon ich rede. Ich füge hinzu: Louis hat dich immer gern gemocht. Und dass wir noch oft von ihr und Paul gesprochen hätten. Erst als ich meinen Namen darunterkritzle, fällt mir auf, dass ich oben *Liebe Johanna und lieber Paul* geschrieben habe. Ich konnte mich nie an ihren Namen ohne den seinen gewöhnen. Erschrocken streiche ich Paul durch, aber das geht natürlich nicht. Ich nehme eine neue Karte, lasse den Satz weg, dass Louis sie gern gemocht habe. Stattdessen schreibe ich, dass ich sie gern noch einmal besuchen würde.

»So.« Ich klebe den Umschlag zu. »Hast du Johannas Adresse irgendwo?«

Tobias tippt hastig.

»Kriegst du's hin?«

»Äh …« Konzentriert tippt er weiter. »Da kam gerade eine Arbeitsmail dazwischen.«

»Und jetzt?«

»Entschuldigung.«

»Kein Problem, Junge.«

»Die häufen sich in den letzten Wochen.«

»Ist das heute nicht etwas zu viel für dich?«

»Nein, nein, gar nicht. Welche Adresse wolltest du haben?«

»Von Johanna und Paul. Sie steht nicht auf dem Briefumschlag.«

Auch die zaubert er irgendwo aus dem Internet hervor.

»So. Das hätten wir. Wir sind durch, glaube ich.«

»Danke schön, mein Junge.«

»Oder gibt es noch jemanden, den ich suchen soll?«

Ich schüttele den Kopf. Doch als er das Tablet zuklappen will, frage ich: »Könntest du kurz noch Otto Drehmann eingeben?«

»Wen?«

»Otto Dreh-mann.« Ich starre auf meine Hände, damit Tobias mir nicht in die Augen sehen kann.

»Natürlich.«

Heimlich trockne ich meine Handflächen am Tischtuch ab.

»Drehmann? Mit Doppel-n?«

»Ja. Und Dreh mit h, glaube ich«, sage ich möglichst beiläufig. »Willst du die Adresse haben?«

»Nein, nein. Such ihn einfach nur.«

Tobias sieht mich kurz an und macht dann weiter. »Ich kann nichts finden.«

»Hm.« Ich schaue auf den Bildschirm, erleichtert und enttäuscht zugleich. »Gar nichts?«

»Nur einen Professor Drehmann in den Vereinigten Staaten, in Pittsburgh. Aber den meinst du bestimmt nicht, oder?«

»Ich weiß nicht. Kannst du sehen, wie alt er ist?«

Tobias schüttelt den Kopf, wischt über den Bildschirm. »Nur ein paar Artikel. Sonst nichts, kein Foto von dem Mann. Nichts.«

»Was lehrt er denn?«

»Applied Physics. Was auch immer das sein soll.«

Ich streichle seine Hand und sortiere den Stapel Briefe neu.

»Ah, doch«, ruft Tobias. »Das muss er sein, ein ziemlich verwackeltes Foto. Otto Drehmann ist schon seit Jahren in Rente.« Er dreht den Bildschirm zu mir.

Otto schaut mich direkt an. Ich beuge mich vor, um ihn von Nahem zu betrachten. Aber das ohnehin grobkörnige Foto wird dadurch noch verschwommener. Das ist sein Gesicht, absolut, nur um Jahre älter. Einbuchtungen von rosa Haut auf dem Kopf in schütterem Haar, ernster Blick. Die Zimmerwände um mich herum beginnen sanft zu schwanken. Bei jedem Ausatmen wölben sie sich von mir weg, um gleich danach wieder angesaugt zu werden.

»Schärfer krieg ich's nicht«, sagt Tobias. »Aber ich kann mal versuchen, ob ich ...« Er will das Tablet zurück, aber ich kann nicht loslassen. »Mam?«

»Das ist er«, bringe ich heraus und lasse doch los.

»Wirklich?«

44

Ich stehe auf. Ich will nicht, dass Tobias mir etwas anmerkt.

»Willst du ihm auch eine Karte schicken?«

»Nein. Das reicht.«

Otto, Otto, Otto. Auf dem Tablet meines Sohnes.

»Geht's dir nicht gut, Mam?«

»Müde, ich bin ein bisschen müde.«

»Leg dich doch kurz hin.«

»Mache ich.«

An seinem Arm bringt Tobias mich ins Schlafzimmer. Dort sind die Vorhänge noch geschlossen. Das Kopfkissen ist kalt.

»Kannst du mir mein Kissen von zu Hause mitbringen?«

»Was sagst du?«

Mir fehlt die Energie, es zu wiederholen.

»Soll ich jemanden rufen?«

»Nein, Junge, ich …«

»Ist alles ein bisschen viel für dich, oder?«

»Ja, alles ein bisschen viel«, beruhige ich ihn.

7

»Guten Tag«, hörte ich Gemma sagen. Sie kümmerte sich gerade im Schaufenster des Blumenladens, in dem wir beide arbeiteten, um die Frühjahrsdekoration. Ich blickte erst auf, als ich das Türglöckchen bimmeln hörte.

»Guten Ta...« Ich erkannte ihn sofort. Otto. Noch immer mehr Mantel als Mann. Ot-to, Ot-to. Er hatte mich noch nicht bemerkt. Nur um etwas zu tun zu haben, begann ich die Karten in dem kleinen Ständer auf der Ladentheke zu ordnen. Derweil schlenderte er prüfend an den Blumeneimern entlang. Mit diesem braunen Anzug und dem schmalen Schlips hatte er etwas Altmodisches an sich, obwohl er höchstens Anfang dreißig war.

Eigentlich mussten die Kunden so lange warten, bis ich ihnen half, aber Otto ließ ich einfach machen. Am Hinterkopf schimmerte ein bisschen Haut durch sein Haar. Er hockte sich neben die Eimer, wählte hier und da eine Blume. Vorwiegend Nelken. Ich konnte mich nicht daran erinnern, dass sich ein Mann schon einmal selbst bedient hätte. Meistens standen sie etwas hilflos herum und nannten den Anlass, für den sie einen Blumenstrauß brauchten. Oft war ihnen anzusehen, dass sie logen und eigentlich Blumen kauften, weil sie etwas gutzumachen hatten.

Und dann stand Otto vor mir, nur die Ladentheke zwischen uns.

»Möchten Sie etwas Grün dazu?«

Seine Aufmerksamkeit galt noch immer den Blumeneimern.

»Otto?«

Er schreckte auf in einer Art glücklicher Fassungslosigkeit. »Hallo! Da sind Sie ja«, sagte er, als hätten wir uns hier verabredet. »Ich wusste nicht, dass Sie hier …«

»Nein.« Ich lachte dümmlich.

»Ich komme nicht so oft in diese Gegend. Eher zufällig …« Er legte eine Hand auf die Nelkenstiele. »Ich habe Sie hier nicht erwartet.«

Gemma steckte derweil Blumen in einen enormen Schaumblock, doch ich erkannte an jeder Bewegung, dass sie lauschte.

»Möchten Sie jemanden überraschen?«, fragte ich, um ihrer Neugier einen Dämpfer zu verpassen.

»Nein, keine Überraschung.« Es klang besänftigend. »Für das Grab meiner Eltern.«

»Oh, Verzeihung. Wie traurig.«

Unsere Blicke trafen sich.

Er nickte mir zu, so ein formelles Dankeschönnicken. »Ist schon eine Weile her …« Otto zuckte die Schultern. »Ich versuche, alle zwei Wochen zum Grab zu gehen. Ich bin ihr einziges Kind.«

Gemma kletterte aus dem Schaufenster und fing an, Eimer zu verschieben, die eigentlich nicht verschoben werden mussten.

»Also wirklich«, sagte Otto freudig überrascht, »dass ich Sie hier wiedersehe!« Er ließ seinen Blick durch den Laden schweifen. »Ich habe Sie schon gesucht.« Gemma tat nicht länger unauffällig. Sie stand hinter ihm, riss ihre großen, strahlenden Augen auf und versuchte, meine Aufmerksamkeit auf sich zu lenken.

»Hier haben Sie also gesteckt.« Otto wollte weitersprechen. Um ihn zum Schweigen zu bringen, zog ich rasch ein Stück Papier von der Rolle und riss es ab. Darauf legte ich die Blumen, die er ausgesucht hatte, und etwas Grün.

»Es war ein schöner Nachmittag«, flüsterte er.

»Ja. Und das wird ein prachtvoller Blumenstrauß.« Ich steckte noch ein paar Lorbeerzweige hinein.

Zum Schluss heftete ich ein schwarzes Bändchen an das Papier und schob ihm die Blumen über die Ladentheke zu. »Bitte sehr.«

Mittlerweile standen andere Kunden im Laden und machten sich bemerkbar, damit sie endlich an die Reihe kämen.

»Vielen Dank.« Otto nahm den Strauß. »Wunderschön.« Ich kannte dieses unterdrückte Lächeln von unserem Nachmittag auf dem Eis, wenn sich seine Lippen etwas spitzten, während die Mundwinkel versuchten, sich nicht zu kräuseln. Dieser Mund, der im Begriff war, etwas Lustiges zu erzählen, dann aber innehielt.

Während ich den nächsten Kunden bediente, ging Otto zur Tür. Beim Schaufenster klemmte er den Strauß unter den Arm, um etwas einzufangen, das gegen die Scheibe flatterte. Konzentriert betrachtete er es und ließ es dann draußen frei.

»Auf Wiedersehen, der Herr«, rief Gemma ihm nach. Dann wandte sie sich mit großen, neugierigen Augen mir zu und flüsterte: »Wer war denn das?«

Erst viele Jahre später fiel mir auf, dass Otto den Blumenstrauß nicht bezahlt hatte. Ich war inzwischen schon lange mit Louis verheiratet und stand in der Küche unserer Wohnung in der

Uilenborgstraat. Tobias war bereits auf der Welt. Louis hatte mir zum Muttertag einen Strauß Nelken gekauft. Er hatte vergessen, den Preis abzumachen. Ich musste laut lachen.

»Was ist denn?«, fragte Louis.

»Ach, nichts«, wiegelte ich ab. »Nur so.«

»Gefällt er dir nicht?« Louis betrachtete eingehend die Nelken, um herauszufinden, was nicht stimmte. »Ist der Preis noch dran?«

»Er ist wunderschön.« Ich bedeckte das Preisschild mit der Hand.

»Wirklich?«

»Ja, wirklich.«

Louis setzte sich auf einen Küchenstuhl, schenkte mir einen Sherry ein und öffnete seine Bierflasche mit dem Feuerzeug. Es war ein Sonntagnachmittag. Tobias machte noch Mittagsschläfchen.

»Du magst doch Nelken?« Er hörte nicht auf zu fragen.

»Louis.«

»Ja?« Die Flasche war auf halbem Weg zu seinem Mund.

Da küsste ich ihn so innig, dass er verdutzt schwankend dasaß, als ich seinen Mund schließlich freigab. »Frieda, du überraschst mich immer wieder.«

* * *

Durch den bedeckten Himmel schien es schon zu dämmern. Dabei war es noch lang vor dem Abendessen. Nachdem wir den Laden abgeschlossen hatten, radelte Gemma schnell davon, um dem aufziehenden Wolkenbruch zu entgehen. Den ganzen Tag hatte sie mich über die Begegnung auf dem Eis ausgehorcht.

Ich beeilte mich, zur Bushaltestelle zu kommen, musste aber an der Ampel warten. Autos rasten vorbei. Jeder wollte möglichst schnell nach Hause. Aus Richtung der Universität kamen Fahrradfahrer mit schwingenden Aktentaschen am Lenker. Ich winkte einer schwangeren Frau zu, doch sie bemerkte mich nicht. Ihre beiden Kinder auf dem Gepäckträger winkten jedoch vergnügt zurück. In ihrem jungen Leben war ich eine Berühmtheit. Jede Woche erlaubte ihre Mutter ihnen, sich bei mir im Laden eine Blume auszusuchen. Während die Ampel wieder auf Rot sprang, knatterte noch rasch ein Lastenmoped von einer Bäckerei vorbei. Danach hätte ich endlich über die Straße rennen können.

»Pardon«, rief jemand hinter mir. Eine Autotür wurde zugeschlagen. Ich begriff gar nicht, dass ich gemeint war. »Fräulein …?« Ich spürte eine Hand auf meiner Schulter, drehte mich um und konnte nur lächeln. Otto. »Hallo.«

»Hallo.« Es klang, als wäre er selbst überrascht, mich hier zu treffen.

»Fräulein?«, spöttelte ich. »Sehe ich etwa aus wie ein Fräulein?«

»Entschuldigung, aber ich weiß doch nicht, wie Sie heißen.« Er streckte mir die Hand entgegen. »Das hatte ich ganz vergessen zu fragen.«

»Ich bin Ida.« Sein Händedruck war kräftig, aber kalt. »Stehst du hier schon lang?«

»Ich bin rein zufällig hier.«

»Zufällig?«

»Nein, stimmt nicht. Nicht zufällig.«

»Hast du auf mich gewartet?«

Er nickte kaum merklich, wie ein ertappter kleiner Junge.

»Und wie lange schon?«

»Eine Stunde höchstens.«

»Eine Stunde?«

»Ich wollte dich nicht verpassen. Außerdem liegt es auf meinem Weg. Und ich will mich entschuldigen.«

Ich war perplex, dass er hier stand, und vergaß, ihn zu fragen, wofür er sich entschuldigen wollte. Das sagte er von sich aus.

»Ich war vorhin so überrascht, dass ich nicht wusste, was ich sagen sollte.«

»Oh.«

»Und ich wollte deinen Namen wissen.« Auf die Motorhaube seines hellblauen Simca klatschte ein Regentropfen wie Möwenkacke. Dann noch einer und sofort noch viel mehr. »Steig ein, steig ein«, rief Otto. Er machte die Tür auf und beugte sich über den Sitz, um das Knöpfchen der Beifahrertür hochzuziehen. In diesen wenigen Sekunden war ich schon klatschnass. Ich sprang ins Auto und knallte die Tür zu. Meine Haare tropften, mein Rock hatte sich in der kurzen Zeit mit kalter Nässe vollgesogen.

»Ist doch nicht schlimm, oder?«

»Was?«

»Dass ich hier auf dich gewartet habe.«

Ich schüttelte den Kopf. »Ich bin froh, dass du da bist.«

Er antwortete nicht, vielleicht hatte er mich wegen des Prasselns auf dem Dach nicht verstanden. Wasser strömte über die Scheiben. Die Außenwelt bestand nur noch aus verschwommenen Klecksen. Rote Bremslichter, die sich abwechselnden Farben der Ampel, ein brauner Umriss, der zum Vordach des Blumenladens hastete, um sich vor dem Wolkenbruch zu schützen.

Und neben mir saß Otto.

Ganz nah.

Otto.

»In welche Richtung musst du?«, fragte er.

»Zur Bushaltestelle.« Wir mussten beinahe schreien, um uns zu verständigen.

»Darf ich dich nach Hause fahren?«

»Nach Hause?«

»Dann musst du nicht durch den Regen«, sagte er, als wollte er sich für jede Annäherung irgendwie rechtfertigen.

»Hast du denn so viel Zeit?«

Er startete den Motor. »Wenn du das möchtest, tue ich das gern.«

Abwechselnd blickten wir zur Seite, um einander die Zeit zu geben, den anderen zu betrachten. Ertapptes Kichern, wenn sich unsere Blicke trafen. Er hatte sich nicht verändert, seit wir uns auf dem Eis begegnet waren. Und doch sah er vollkommen anders aus als in meiner Erinnerung.

Der Scheibenwischer ächzte bei jedem Schwung. Ein Stück weiter lief unter einem Regenschirm das Ehepaar, das immer an dieser Haltestelle ausstieg und mich beim Einsteigen grüßte. Ich hob die Hand, aber sie sahen mich nicht. Natürlich. Ob sie mich heute wohl vermisst hatten? Hinter dem Steuer eines Lastwagens, der uns entgegenkam, erkannte ich Metzger Verkuijlen. Der Bus, in dem ich normalerweise saß, war in der Ferne noch zu sehen. Er musste so oft anhalten, dass wir ihn schließlich einholten. Da oben unterm Dach wohnte Gemma. Es brannte Licht. Als wir vorbeifuhren, zog sie gerade den Vorhang zu. »Gemma«, murmelte ich. Doch niemand sah mich, niemand erwartete mich in diesem hellblauen Auto neben diesem Mann. Neben Otto. Ich musste ihn immer wieder ansehen, um sicher zu sein, dass er es war. Eine nach der anderen flackerten die Straßenlaternen auf. Erst noch in mildem Orangerosa, dann immer heller.

»Hier rechts«, rief ich durch den Lärm des Regens. »Und dann geradeaus bis zur St. Annastraat.«

Otto blickte konzentriert auf die nasse Fahrbahn. Immer wenn er bemerkte, dass ich ihn beobachtete, kräuselten sich seine Mundwinkel, aber er blickte weiterhin nach vorn. Sein Oberschenkel war dicht neben meinem. Seine Hand schwebte über meinem Knie, doch griff er immer nur nach dem Schaltknüppel, um einen anderen Gang einzulegen. Da sah ich an seinem Ringfinger etwas funkeln. Das Gold war matt, reflektierte aber Licht, wie Gold es nun einmal tut.

»Und jetzt?«, fragte Otto.

»Dort drüben.« Ich deutete auf eine leere Parkbucht, ein Stück von unserem Haus entfernt. Mühelos steuerte Otto das Auto hinein. Ich konnte nichts dagegen tun, ich starrte weiter auf den Ring.

»So.« Er drehte den Schlüssel um und legte die Hände unten auf das Lenkrad. Da bemerkte er, was ich anstarrte. Ich erwartete, dass er den Finger mit der anderen Hand bedecken würde, eine Entschuldigung stammeln. Aber er betrachtete seinen Ringfinger, als fehlte ihm an der Hand ein Finger, als wäre da eine Narbe, die schon lange nicht mehr schmerzte.

»Ja«, sagte er leise. »Stimmt.« Er schien noch etwas sagen zu wollen, verstummte dann aber.

Ich lächelte ihn an: Schon gut, ich verstehe, belassen wir es dabei. »Ich muss jetzt aussteigen. Sonst machen sie sich Sorgen.«

»Hast du auch …?«

»Was?«

»Kinder, einen Mann …?«

Ich zeigte ihm meinen Ringfinger.

»Ja, das ist mir schon aufgefallen.«

»Und?«

»Ich kann es kaum glauben.«

»Ich wohne noch bei meinen Eltern.«

Otto nickte, verarbeitete meine Antwort und sah mich zum ersten Mal wirklich an. »Da war etwas Besonderes zwischen uns auf dem Eis. Dieser Nachmittag. Das wollte ich dir gern sagen.«

»Ja, fand ich auch.«

»Ich habe oft an dich gedacht.«

Es hatte aufgehört zu regnen. Nur ein paar Tropfen fielen noch aus dem Baum, unter dem wir parkten. Die Fensterscheiben waren durch unsere nassen Kleider und unseren Atem beschlagen.

»Danke fürs Nachhausebringen.«

Meine Hand lag schon auf dem Türgriff, doch ich stieg nicht aus. Gleichzeitig blickten wir auf unsere Münder, wie schon an dem Nachmittag an der zugefrorenen Waal. »Darf ich dich küssen?«, fragte ich, noch bevor ich es gedacht hatte.

Er lächelte, ich durfte.

Als wir uns vorbeugten, raschelten unsere nassen Jacken, unsere Lippen pressten nur einen sparsamen Stempel aufeinander. Dann noch einen. Ich öffnete die Lippen ein wenig, und beim dritten Kuss tat er das auch. Ein zögerliches Zusammentreffen zweier Münder. Als wollte er mir diesen Kuss geben, traute sich aber nicht so richtig. Seine zweifelnde Zunge, der weiche, warme Geschmack nach Mund, machten mich hungrig. Ich legte ihm die Hand in den Nacken, den Daumen hinter sein rechtes Ohr und drückte seinen Mund fest auf meinen.

Kurz bevor wir uns losließen, kniff ich sanft in sein Ohrläppchen. Wir rieben unsere Nasen aneinander. Seine Pupillen waren geweitet. »Ich habe das noch nie mit einer anderen getan«,

flüsterte Otto. Er befühlte seinen Mund, als wollte er sicher-
gehen, dass seine Lippen noch da waren.

»Ich auch nicht mit einem anderen.«

»Darf ich dich noch einmal nach Hause bringen?«

»Ja.«

Schon am nächsten Tag holte er mich wieder ab.

»Ah, Elfrieda«, sagte meine Mutter. Ich hörte ihrer Stimme an,
dass sie in Sorge war, dabei war ich nur ein paar Minuten später
dran als gewöhnlich. »Lass deinen Vater nicht länger vor seinem
leeren Teller warten. Elfrieda?«

»Ja.«

Meine Eltern waren die einzigen, die mich ihr ganzes Leben
lang mit meinem Geburtsnamen ansprachen. Ich war so sehr
an Frieda und Ida gewöhnt, dass sich Elfrieda immer formell
und streng anfühlte. Insbesondere, weil sie sich damit an dem
Bild der Frau festzuklammern schienen, die ich ihrer Meinung
nach werden sollte.

8

Am nächsten Abend nach Geschäftsschluss stand Otto wieder vor dem Blumenladen. Als ich die Tür abgeschlossen hatte und zur Bushaltestelle laufen wollte, stieg er aus. »Ida!«

»Hallo!«

Wir drückten uns an seinem Auto herum, schauten zur Seite wie verlegene Kinder. Zwischendurch überprüften wir heimlich, ob unsere Küsse noch auf dem Mund des anderen zu sehen waren.

»Bist du wieder zufällig in der Gegend?«

»Möchtest du, dass ich dich nach Hause bringe?«, fragte er zögerlich. »Das kann ich gerne machen, weißt du? Es könnte wieder zu regnen anfangen.«

Seine Sätze enthielten damals noch oft Entschuldigungen. »Ich bin nur hier, weil …«, »Ich war gerade in der Gegend, also …«

Tags darauf stand er wieder da, vor allem um mir zu sagen, dass er mich morgen nicht abholen könne, da er andere Verpflichtungen habe. »Aber Montag wieder, wenn es dir passt. Möchtest du das?«

Ich nickte. Ich konnte gar nicht mehr aufhören zu nicken. Und wir küssten uns. Auch damit konnten wir nicht mehr aufhören.

Schon bald blieb es länger hell, weswegen wir uns nicht mehr im Schummerlicht in der Parkbucht in der Straße meines Elternhauses küssen konnten. Also fuhren wir bis ans Ende des Polderwegs in Richtung Ziegelei beim Vlietberg, wo nach Arbeitsschluss niemand hinkam. Dort dehnten sich unsere Küsse aus, verlagerten sich zu Ohren und Hals. Und danach rasten wir in seinem Simca über die Straßen, um beide nicht zu spät zu unseren eigentlichen Leben nach Hause zu kommen. Langsam gingen uns die Entschuldigungen aus.

Unter der Bedingung, ihr am nächsten Tag alles zu erzählen, ließ Gemma sich überreden, früher Schluss zu machen. Ich versprach, den Laden zu fegen, wenn sie ihren kichernden Mund hielte. Danach schmuggelte ich Otto durch die Hintertür ins Lager. Da fielen wir zwischen den Trauerkränzen, an denen ich noch am Nachmittag gearbeitet hatte, übereinander her. Unter meinem Pulli knetete er meine Brüste. Ich traute mich, über seinen Hosenschlitz zu reiben. Den Mund dicht an meinem Ohr, fragte Otto: »Willst du …?« Der Rest des Satzes ging in ein unverständliches Stöhnen über.

»Was?« Ich nahm sein Gesicht in meine Hände.

»Willst du am Sonntag mit mir spazieren gehen?«

»Spazieren?«, prustete ich. Ich konnte mir in diesem Moment in dem abgedunkelten Lager allerlei vorstellen, nur das nicht.

»Am Strand, die Waal entlang.«

»Geht das denn?« Ich tippte seinen Ring an. »Sonntags?«

»Ja, das geht.« Meine Frage ließ alle Erregung dahinschmelzen, als hätte ich plötzlich grelles Licht eingeschaltet. Sofort bereute ich es, *sie* in seine Gedanken gebracht zu haben. Als hätte ich ihn daran erinnert, dass draußen jemand auf ihn wartete, den er kurz vergessen hatte.

»Sonntag?«, fragte ich vergnügt. Er nickte. »Wann?«

»Nach dem Mittagessen?«

»Ja, gern!«

Sein Mund zeigte das kleine Kräuseln, das ich mittlerweile so gut kannte, aber seine Augen machten bei dem Lächeln nicht mit. Das wurde zu seinem Gesichtsausdruck, wenn er in meinem Beisein an sie dachte.

9

»Hallo, Tobi. Ich bin's kurz.«

»Hey, Mam.« Anscheinend erwische ich ihn im Auto. »Hallo, Frieda«, ruft Nadine.

»Hallo, Nadine, bist du auch da?«

Im Hintergrund scheppert etwas aus Metall.

»Ist es gerade schlecht?«

»Aber nein. Sonst wäre ich nicht drangegangen. Es kann nur sein, dass ich dich wegdrücken muss, wenn wir an der Reihe sind.«

»Bist du nicht bei der Arbeit?«

»Wir stehen im Stau«, mischt sich Nadine ein. »Am Recyclinghof. Anscheinend hat sich heute alle Welt vorgenommen, alten Krempel wegzubringen.«

»Die Baugenossenschaft will, dass wir den Fußbodenbelag entfernen … und ich räume Papas Schuppen aus.«

»Oh«, sage ich.

»Mittlerweile haben wir schon ein Abonnement beim Recyclinghof«, kichert Nadine.

»Tobi!«, unterbreche ich beide. »Kannst du mir bitte bei deinem nächsten Besuch mein Kopfkissen mitbringen? Auf diesem weichen Ding hier kann ich nicht schlafen.«

»Dein Kopfkissen? Ich werde versuchen, daran zu denken.«

Ich höre Dröhnen, ein Transporter wird geöffnet.

»Hast du nur deswegen angerufen?«

»Und meine kleine Biedermeierkommode? Die steht unter der Garderobe. Papa fand sie hässlich, aber ich hätte sie gern hier. Ich denke, sie passt neben mein Bett. Dann hätte ich auch mehr Platz für meine Pflanzen.«

Stille.

»Tobi?«

»Äh …«

»Weißt du, welche Kommode ich meine? Die, die ich immer mit Bohnerwachs behandelt habe, erinnerst du dich? Wir haben darin unsere Schlüssel und die Autopapiere aufbewahrt.«

»Ich weiß, welche du meinst.«

»Es hat keine Eile, irgendwann, vergiss es nur nicht.«

»Das wird nicht gehen.«

»Wieso nicht?« Ich stelle mir vor, wie die Kommode gerade in der Klaue einer Maschine zersplittert.

»Wir haben sie einer Freundin von Nadine geschenkt.«

»Oh … einer Freundin … ein Glück.«

»Ich dachte, du wolltest nichts mehr aus der Wohnung.«

»Wärest du so lieb, sie zurückzuholen, Nadine? Deine Freundin kann sie ja haben, wenn ich … wenn die Zeit gekommen ist, verstehst du?« Am anderen Ende der Leitung ist es still. »Ich verspreche, dass deine Freundin nicht mehr allzu lang auf die Kommode warten muss.«

Weil sie nicht reagieren, lache ich nervös.

»Ich kann sie fragen«, sagt Nadine. »Es ist nur …«

»Sie hat sie überpinselt«, sagt Tobias.

»Überpinselt? Eine Kirschholzkommode?«

»Limettengrün.«

»Das war meine Kommode!« Ich umklammere das Telefon. »Du kannst doch nicht einfach meine Sachen weggeben.«

»Es tut mir leid, Mam. Du hast selbst entschieden, was du mitnehmen wolltest und was nicht. Und ...«

»Und was?«

»Es sind doch bloß Sachen.«

Für dich vielleicht.

»Gut«, sage ich, so leicht ich kann. »Dann ist es halt so.« An seinem Schweigen höre ich, dass ihn das nicht ganz beruhigt. Also sage ich: »Es ist ja nur eine Kommode.«

»Mam, ich muss aufhören. Wir telefonieren später.«

»Ich wollte nur noch nach dem Gliederkaktus fragen. Den hast du doch nicht auch verschenkt, oder?« Mit einem Mal höre ich am anderen Ende Unruhe, eine brummende tiefe Stimme. »Ist noch jemand bei euch im Auto?«

Keine Antwort.

»Hallo?«

»Nein, nein«, sagt Nadine. »Wir sind an der Reihe. Jemand zeigt uns, was wir zu welchem Müllcontainer bringen müssen.«

»Ihr schmeißt doch den Gliederkaktus nicht weg, Tobi? Die Pflanze ist älter als du.«

»Nein, Mam.« Mittlerweile ist er verärgert. Ich sollte besser den Mund halten. »Weißt du, was dieses Ungetüm wiegt? Dafür brauchen wir einen Gabelstapler, den Topf kann man nicht mal zu zweit anheben. Und in deinem neuen Zimmer ist wirklich kein Platz.«

10

Unsere Hecke müsste dringend geschnitten werden. Ich bleibe auf dem Bürgersteig stehen und sehe mir das Haus an.

An Nadines Arm schlurfe ich zur Haustür. »Ist es schön, wieder hier zu sein?«

»Mhm.«

»So kommst du auch mal raus.«

Ich will meinen Schlüsselbund aus meiner Tasche holen, dabei habe ich den vor Wochen Tobias gegeben. »Jetzt muss ich schon an meiner eigenen Haustür klingeln.«

Nadine verzieht ihren Lippenstiftmund zu einem Lächeln und streicht mir über den Rücken.

»Was hast du gesagt?«, fragt Tobias und murkst mit meinem Schlüssel im Schloss herum.

»Ach, nichts, Junge.«

Am Fenster seines alten Kinderzimmers sind die Gardinen bereits abgenommen, aber unten hängen sie noch. Ich erschrecke über die leeren Stellen auf der Fensterbank. Da haben die drei Pflanzen gestanden, die ich mitgenommen habe. Das restliche Grün hängt schlapp in den Töpfen. Ich werde vom vertrauten Klappern unseres Briefschlitzes abgelenkt. Die Tür schiebt drinnen die Werbeprospekte über die Fußmatte. Ein weißer Briefumschlag, Tobias bückt sich und geht damit durch den Flur. »Ich mache mich an die Schränke.«

»Soll ich dann das Badezimmer putzen?«, fragt Nadine. »Das ist ja schon leer.«

»Ja, bitte«, sagt Tobias. »Du bist ein Schatz.«

»Kommst du zurecht, Frieda?«, fragt Nadine.

»Jaja.« Auf die Biedermeierkommode kann ich mich nicht mehr stützen. Auf dem Linoleum sind noch die Abdrücke ihrer Beine zu sehen. Ein paar Staubflusen tanzen durch unsere Bewegungen in Richtung Küche. Dort, wo die Garderobe hing, sind nun vier zugeschmierte Löcher in der Wand. Ich behalte meinen Mantel an. In meiner eigenen Wohnung. Es riecht fremd vertraut. Wie nach einer Urlaubsreise. Das ist mir seit Jahren nicht mehr passiert, und es wird wohl auch das letzte Mal sein. Ich bleibe auf der Matte stehen und schnuppere. Mit jedem Atemzug gewöhne ich mich wieder an den Geruch. Feuchtigkeit, die vom Keller aufsteigt. Ein Hauch von Gummi, vielleicht von den zerbröselten Dichtungen.

»Mam.«

»Ja, Junge?«

»Willst du dich noch ein letztes Mal umsehen? Vielleicht willst du ja doch noch etwas mitnehmen.« Ich kann den Hall seiner Stimme in unserer halb leeren Wohnung nicht ertragen, das rohe Verschieben unserer Möbel, die wummernden Schuhe auf unserer Treppe.

»Pass auf, Mam.«

»Was?«

»Der Türrahmen ist vielleicht noch feucht.«

»Wieso das denn?«

»Die Baugenossenschaft wollte, dass wir alles neu streichen.« Tobias schüttelt den Kopf. »Ihr habt fünfzig Jahre Miete gezahlt, aber jetzt soll alles so aussehen wie damals bei eurem Einzug. Wahnsinn.« Tobias zählt auf, was er schon alles getan hat, welche Zimmer leer sind. So wie er mich ansieht, will er ein Lob von mir.

»Danke dir, Junge, du machst das ganz prima.« Ich schüttele den Kopf. »Was für eine Heidenarbeit.«

Etwas unschlüssig schaue ich mich um. Ich weiß nicht, in welchen Zimmern ich noch willkommen bin. Nadine hantiert oben im Badezimmer mit Eimer und Putzlappen. Ihre Jacke liegt über meinem alten Lehnstuhl. Tobias tippt nervös auf seinem Handy herum, telefoniert, flucht, sieht mich herumstehen. »Mam, kannst du dir das hier mal anschauen?«

An der Stelle, an der unser Esstisch gestanden hat, hat Tobias allerlei Krempel verteilt, von dem er nicht weiß, was er damit anfangen soll.

»Ja«, sage ich, auch wenn ich lieber in die Küche flüchten möchte. »Natürlich, mache ich gleich.« Tobias nimmt mir so viel ab, dass ich mich jetzt nicht davor drücken kann.

»Ansonsten geht es morgen mit …«

»Mit?«

»Die Leute vom Sozialkaufhaus kommen morgen und holen deinen Lehnstuhl, die Kleiderschränke und das Sofa ab.« Selbst die Lampen hängen nicht mehr an der Decke. »Und euer Bett nehmen sie auch mit. Falls der Typ nicht doch noch auftaucht.«

»Steht unser Bett noch oben?«

»Es hat zwei Wochen im Internet gestanden, nur einer wollte es geschenkt haben. Aber na ja, der Typ sollte vor einer halben Stunde hier sein.«

»Wollt ihr es denn nicht nehmen? Das Bett ist prima. Papa und ich haben darin immer gut geschlafen.«

»Wir haben schon ein Bett, Mam.«

»Und wenn ihr Gäste habt?«

»Die schlafen dann auf einer Matratze. Du kennst doch unser Haus: Da ist wenig Platz. Und bald kommt das Baby.«

Tobias steckt die Inbusschrauben unseres Wohnzimmertischs in eine Butterbrottüte, die er mit Klebeband an der Unterkante der Tischplatte befestigt. Praktisch für den zukünftigen Eigentümer.

»Gibt es eigentlich etwas, das du von deinem Vater haben möchtest?«

»Äh.« Die Hände in die Hüften gestemmt, mustert Tobias die restlichen Sachen ringsum. »Weiß nicht.«

»Wenn du nicht willst, dann nicht.«

»Ich habe in den letzten Wochen eigentlich alles in den Händen gehabt. Und ich habe mich immer gefragt, was Papa wirklich etwas bedeutet hat.«

»Wie meinst du das?«

»Ich glaube, ihm war das Leben wichtig. Wir waren ihm wichtig. Aber ich glaube, aus Dingen machte er sich nicht viel. Von dir kenne ich deine Lieblingsteetasse, die von Tante Emma, und ich weiß, mit welchem Löffel du gern den Zucker umrührst. Und dass der Gliederkaktus noch von früher ist. Aber Papa war es wurst, aus welcher Tasse er seinen Kaffee trank. Dinge waren dazu da, dass man sie benutzte. Und was soll ich mit seinen alten Schuhen? Oder seinem rostigen Union-Rad? Verstehst du, was ich meine?«

»Verstehe ich, mein Junge.« Trotzdem komme ich nicht ganz mit.

»Na ja.« Tobias zuckt die Schultern. »Da stehe ich oben und stopfe seine Kleider in einen Sack und dann … Ich würde so gern noch einmal mit ihm zusammensitzen. Einfach hier auf dem Sofa.« Er schnieft. Erst jetzt merke ich, dass er weint. Mir kommen natürlich auch die Tränen.

»Ich wünschte, Papa würde mich noch einmal zu meinem Auto begleiten und draußen auf dem Bürgersteig noch ein wenig mit mir plaudern. Und mich wie immer nach dem Ölstand fragen.« Er lächelt über seine Tränen hinweg. »Hören, wie er als einziger Mensch der Welt zum Abschied sagt: ›Tschüs, mein lieber Junge …‹ und dann die Autotür zuwirft, aber zu winken vergisst, weil er nach dem Reifendruck sieht.« Tobias grinst erneut durch seinen Kummer hindurch.

»Dein Vater hat dir immer hinterhergewunken.«

»Wirklich?«

»Er blieb immer stehen, bis du schon um die Ecke warst. Vielleicht für den Fall, dass du zurückkommst.«

»Er fehlt mir so sehr.«

Ich möchte aufstehen, um Tobias zu trösten, aber Nadine kommt mir zuvor. Sie ist heruntergekommen, um einen Eimer frisches Wasser zu holen. Jetzt flüstert sie ihm unverständliche Worte ins Haar und streichelt liebevoll seinen Nacken, während ich auf meinem Rollator danebensitze.

»Willst du vielleicht seine Angeln? Ihr wart früher doch so oft am Fluss«, fragt Nadine zärtlich. »Oder sein Werkzeug?«

»Keine schlechte Idee«, schnieft Tobias. »Wenn du nichts dagegen hast, Mam.«

»Natürlich nicht. Nimm alles mit, bitte.«

»Und, oh ja.« Tobias kommt in Schwung. »Darf ich seine Brieftasche haben?«

»Das alte Ding?«

»Ich habe sie in der Schublade gefunden. Wusstest du, dass da noch immer unsere uralten Passfotos hinter dem Plastikfenster stecken?«

Durchs Fenster schaue ich hinaus in den Garten. Dem Rasen sieht man nicht an, dass Louis dort gelegen hat: Er ist gleichmäßig frischgrün. In unserem Leben sind wir Tausende Male über den Pfad gegangen, ohne zu wissen, dass Louis genau dort sterben würde.

»Papas Schuppen ist auch schon fast ausgeräumt.«

Tobias will wieder hören, wie gut er alles im Griff hat, aber dieses Mal bringe ich kein Wort heraus. Ich wackle in die Küche und mache Kaffee. Weil ich mich heute noch nicht viel bewegt habe, komme ich nur schwer in die Gänge.

An dem kalten Heizkörper in der Küche hängt ein offener Müllsack, die Spüle ist schmutzig. Zwei leere Pizzaschachteln, eine aufgerissene Kekspackung von einer Marke, die wir nie im Haus hatten. Eine halb volle Colaflasche. Der Abreißkalender zeigt noch den letzten Tag an, an dem ich hier gewohnt habe. Zum Glück gibt es meine Kaffeemaschine noch. Eigentlich hatte ich sie mitnehmen wollen, aber Nadine und Tobias haben mir ungefragt eine neue geschenkt. Zwischen dem ganzen Kram auf der Anrichte steht ein halb leeres Päckchen Kaffee. Ich nehme einen Filter aus der Schublade und fülle Wasser in die Kanne. Der Griff am Wasserhahn liegt mir so vertraut in der Hand, dass ich ihn einen Moment lang festhalte.

Automatisch öffne ich die Tür des Hängeschränkchens, um den Würfelzucker herauszuholen. Es ist noch voller Lebensmittel. Ich kriege fast einen Schreck. Die gestapelten Konservenbüchsen, Gläser und Tüten. Alle geduldig wartend, bis Louis und ich sie aufessen. Ein Brotbeutel ist voller grünblauem Schimmel. »Himmel.« Ich nehme den prallen Beutel heraus und schließe den Schrank leise, damit sich da drinnen bloß nichts verändert.

»Hallo, waren wir nicht vor einer halben Stunde verabredet?«, höre ich Tobias.

»Was sagst du?«, frage ich.

Tobias redet weiter. »Würden Sie mich bitte zurückrufen? Gegen zwei Uhr müssen wir weg.« Anscheinend spricht er auf einen Anrufbeantworter. Dass der Türrahmen zur Diele klebt, bemerke ich erst, als ich mich an ihm festhalte.

»Vorsicht, Mam. Den habe ich heute Morgen erst gestrichen.«

»Ich habe ihn gar nicht angerührt.« Ich verstecke den weißen Farbabdruck auf meiner Hand. »Musst du los?«

»Wieso?«

Ich deute auf sein Handy.

»Äh, ja. Wir haben gleich einen Termin beim Gynäkologen. Aber ich erreiche den Kerl nicht, der das Bett abholen wollte.« Tobias lehnt sich über die Fensterbank, um einen besseren Blick auf die Straße zu haben. Ein vertrocknetes Blatt fällt von der Friedenslilie.

»Wolltest du dich nicht um sie kümmern?«

»Was?«

»Du wolltest doch ein neues Zuhause für meine Pflanzen finden.«

»Mam, entschuldige. Ich … ist das jetzt dein Ernst?«

»Jetzt sind sie tot.«

»Mam, ich …« Er macht eine Wegwerfgeste. »Weißt du eigentlich, was ich alles für dich tue? Scheiß auf die blöden Pflanzen.« Nadine kommt mit einem schwappenden Eimer Wasser aus der Toilette. »Was ist denn los?«

»Nichts.« Tobias beendet abrupt das Gespräch.

Ich gehe schnell in die Küche, um den durchgelaufenen Kaffee mit zitternder Hand in die Tassen zu gießen. Ich stelle sie auf das Tablett rund um eine Schale mit Keksen.

Im Wohnzimmer höre ich Tobias gedämpft schimpfen. »Und dann meckert sie über ein paar tote Pflanzen. Ich hätte sie einfach in die Biotonne schmeißen sollen. Und der Trottel, der wegen des Betts kommen wollte, geht nicht ans Handy.«

»Dann gehe ich halt allein und du bleibst hier«, beschwichtigt Nadine ihn. »Heute wird noch kein Ultraschall gemacht.«

»Nein, nein, nein. Ich will dabei sein. Ich bleibe nicht hier und warte. Scheißbett. Dann kommt es halt ins Sozialkaufhaus.«

»Ich kann doch auf den Mann warten.« Sie drehen sich zu mir um.

»Wirklich?«, fragt Tobias.

»Schaffst du das denn?«, fragt Nadine.

»Ich habe mein ganzes Leben hier geschafft, eine Stunde länger ist kein Problem.« Ich gehe mit dem Kaffee zu ihnen hinüber. Nadine nimmt mir das Tablett ab und stellt es auf einen Stuhl. Gedankenverloren streicht sie sich über den Bauch. Sie bemerkt, wie ich sie beobachte. »Jaja«, sagt sie, »es lässt sich nicht mehr leugnen.«

»Nein« ist das Einzige, was ich herausbringe. Ich sollte etwas Nettes sagen. »Es lässt sich wirklich nicht mehr verstecken.«

Tobias gibt ihr einen Kuss auf den Kopf und reibt mit der Hand ein paarmal um ihren Nabel.

»Ich warte auf den Mann und rufe mir dann ein Sammeltaxi.«

Eine Melodie ertönt, Tobias holt sein Handy aus der Hosentasche. »Ah, das wird er sein.« Er stiefelt in den Flur, sagt ja und mhm und dann: »Okay. Hören Sie, meine Mutter bleibt hier und lässt Sie rein. Aber sie kann Ihnen nicht beim Tragen helfen.«

»Siehst du.« Nadine zwinkert mir zu. »Alles wird gut.«

Ich glaube, sie sitzt im Hohlkreuz, damit ihr Bauch noch praller aussieht.

»Er kommt in einer halben Stunde.« Tobias ist erleichtert.

»Na, dann geht mal. Zu so einem Gespräch mit dem Gynäkologen solltet ihr wirklich zusammen erscheinen.«

Ich winke ihnen vom Fenster aus nach und bleibe dort eine Weile stehen. Niemand in der Straße bemerkt, dass ich wieder da bin, wahrscheinlich sind sie mittlerweile vor allem gespannt auf die neuen Nachbarn. Louis und ich waren die letzten ursprünglichen Bewohner der Straße. Mit den Fingern befühle ich die ausgetrocknete Erde in den Blumentöpfen auf der Fensterbank. Der Gliederkaktus hat runzlige Blätter, aber der berappelt sich schon wieder. »Du hast Durst, was?« Ich presse mein Knie gegen den Topf, er bewegt sich kein Stück. »Dich kann ich wirklich nicht mitnehmen.«

Vorsichtig breche ich ein paar Triebe ab, die werde ich heimlich neu einpflanzen. Ich nehme ein Taschentuch aus meiner Handtasche, befeuchte es unter dem Wasserhahn und lege die Stecklinge hinein. Zur Sicherheit breche ich noch ein paar der flachen Triebe ab, damit ganz bestimmt einer überlebt.

In der Diele bleibe ich ein paar Minuten stehen und überlege. Die Treppe ist einer der Gründe, weshalb ich nicht mehr hierbleiben konnte. Ich schaue hinauf. »Na komm«, spreche ich mir Mut zu. Mit beiden Händen am Geländer ziehe ich mich hoch, Stufe für Stufe. Schon auf halbem Weg bereue ich es. Aber meine Waden streiken bei dem Gedanken, die Treppe rückwärts hinunterzugehen. Und so hieve ich mich noch eine Stufe höher und noch eine. Am Treppenabsatz verschnaufe ich kurz.

Tobias' Zimmer ist schon ganz leer. Ich gehe in unser Badezimmer, einige Kacheln sind noch dunkel vom Wischen. Vorsichtig öffne ich unsere Schlafzimmertür. An Louis' Seite warten seine Hausschuhe auf ihn.

Keuchend setze ich mich auf seine Seite des Bettes, streiche über die weiche Tagesdecke mit den verwaschenen Farben. Ich erinnere mich noch, dass sie von *Vroom & Dressmann* kommt und 49,95 Gulden gekostet hat. »Aber Sie werden ein Leben lang Ihre Freude daran haben«, versprach die Verkäuferin.

Ich hebe erst das eine Bein aufs Bett, dann das andere. Mit Schuhen schlüpfe ich unter die Decke. Louis' Kopfkissen riecht vor allem nach Waschmittel. Ich lege mir mein Kopfkissen auf den Bauch. Nachher nehme ich beide mit. Sofort überkommt mich die vertraute Müdigkeit auf dieser Matratze. Unser ganzes Eheleben haben wir in diesem Bett geschlafen, mit Blick auf den Schrank am Fußende. Wir hatten nie einen Fernseher im Schlafzimmer. Hier wurde Tobias geboren. Bis vor fünf Jahren haben wir hier miteinander geschlafen. Es gab kein definitiv letztes Mal, keinen Entschluss. Bei mir ging es nicht mehr so leicht, und Louis brauchte es wohl nicht mehr. Denke ich. Vielleicht ist es sogar über fünf Jahre her. Louis könnte sich bestimmt genau an den Moment erinnern.

Plötzlich schrillt die Türklingel durch die leere Wohnung.

Ich ächze und keuche. Ich bin wohl eingenickt. Mein Herz dröhnt erschrocken in meiner Brust. Ich versuche, mich aufzurichten, aber das warme Bett hält mich fest. Träge streiche ich mit dem Stoff der Tagesdecke über meine Lippen, reibe meine Wange am Frotteelaken.

Die Klingel schrillt noch einmal. Der Zu-spät-Abholer klappert sogar mit dem Briefschlitz, dieses vertraute Geräusch von Post oder von Tobias, der die Schnur sucht, um hineinzukommen.

»Ach, Louis. Wie soll ich nur für uns beide von hier Abschied nehmen?« Mit dem kleinen Finger fummele ich in meinem Ohr herum, um die Hörgeräte leiser zu stellen. Aber ich höre die Klingel noch immer. Also nehme ich die Schnecken aus meinen Ohrmuscheln und lege sie auf Louis' Nachtschrank. Denen kann ich dann ja die Schuld geben, wenn Tobias fragt, warum ich den Mann, der unser Bett nur deshalb haben wollte, weil es gratis war, nicht geöffnet habe.

Fruits de mer nannte Louis meine Hörgeräte, wenn er sie mir morgens reichte. »Hier sind deine Herzmuscheln, Liebes.« So haben wir sie genannt, seit wir während eines Bretagneurlaubs mit einer kleinen Gabel die kalten Tiere aus ihren Schalen gepickt hatten. Wir beide fanden, dass sie wie Hörgeräte aussahen. In diesem Urlaub haben wir noch miteinander geschlafen, erinnere ich mich. Mit unseren Händen suchten wir uns unter der Decke. Oder wir lagen hintereinander, damals konnte ich noch längere Zeit auf der Seite liegen. Mein Po hat unser ganzes Leben perfekt in seinen Schoß gepasst.

Irgendwann genügte es uns, einfach so beisammenzuliegen.

11

Aus irgendeinem Grund machte mich Otto an diesem Nachmittag immerzu auf Raupen aufmerksam. Jedes Mal musste ich laut lachen, weil sie wie bunte Babypimmel aussahen. Mein Kichern war an dem Nachmittag sowieso leicht entflammbar. Ständig dachte ich, er meinte mit dem, was er sagte, etwas anderes. Otto machte das nichts aus, er redete und redete. Wir wussten beide genau, was an diesem Tag am Waalstrand noch passieren würde.

Wieder zeigte mir Otto etwas im Gebüsch. »Schau, die wird mal ein Nachtfalter.« Über einen dicken Halm kroch eine bauschige Augenbraue.

»Gestreifter Grasbär«, sagte er todernst.

»Wie bitte?« Mir kam es so vor, als würde er sich extra für mich Namen ausdenken.

»So heißen die nun mal.«

Ich knuffte ihn in die Seite. »Ich glaube dir kein Wort.«

»Und hier …« Seine Bewegungen schienen plötzlich zu flüstern. »Hier liegen verpuppte Raupen.« Zwischen zwei verdorrten Blättern enthüllte er zwei rotbraune Zäpfchen. »Da schlüpfen bald wunderhübsche Erbseneulen aus.«

Ich kicherte wieder.

Über den Fluss quälte sich ein tief liegendes Schiff flussaufwärts. Wir waren gleichauf mit dem Bug, zwischendurch blieben wir immer wieder stehen, weil ich irgendetwas bewundern sollte. Manche Raupen waren so haarig wie die Ohren meines Vaters.

Auf einmal ließ Otto meine Hand los. Ein Stück weiter picknickte eine Familie mit Kühlbox und Decke. Der Vater saß auf einem Klappstuhl und las Zeitung. Er richtete die Gläser seiner Sonnenbrille auf uns.

»Kennst du die?«

Otto antwortete nicht.

Die Mutter saß neben ihm auf der Decke und behielt ihre Kinderschar im Auge, die in den kleinen Uferwellen spielte. Erst als sie aufblickte, entspannte sich Otto. Er grüßte. »Guten Tag.« Der Mann nickte kurz und las weiter.

Der Sand war locker und von der grellen Frühlingssonne warm. Ich war stehen geblieben, um Schuhe und Strumpfhose auszuziehen. Ich wollte gern durchs Wasser waten.

»Schau«, flüsterte Otto entzückt. Er legte mir die Hand auf den Unterarm, um mich aufzuhalten, und zeigte mir eine glänzende Vogelkacke, die über einen Weidenzweig kroch. »Das ist doch fabelhaft, oder?«

»Ja, fabelhaft.«

»Findest du das wirklich?« Otto sah mich hoffnungsfroh an, da konnte ich keinen Rückzieher machen.

»Aber ja. Ganz und gar fabelhaft.«

Als er mir die roten Pusteln auf der Unterseite eines Eichenblatts zeigte, knuffte ich ihn wieder in die Seite. »Au.« Verdutzt betrachtete er meine Hand. Der Blick eines Einzelkinds, das nicht gewohnt ist, sich zu raufen. Also knuffte ich ihn fester und bedeckte seinen Hals mit Küssen, bis er lachen musste. Er packte meinen Arm und kitzelte mich unter den Achseln. Glucksend spurtete ich davon. Aber er verfolgte mich nicht.

Ich rannte ein paarmal um ihn herum, bis er mir endlich hinterherlief. Ottos Schlips flatterte an seinem Hals wie eine Hundeleine, die niemand festhält.

Schließlich landeten wir hinter einer Flussdüne neben einem Tümpel. Im Schatten von Schlehen und Weiden küssten wir uns. Ich drehte meinen Rockbund um meine Taille, um den Verschluss leichter zu öffnen.

»Willst du das wirklich?«, fragte Otto. Aber vielleicht fragte er sich das auch selbst, denn ich hatte nicht den Hauch eines Zweifels. So oft hatte ich es mir schon ausgemalt, auch wenn ich noch nie einen Penis gesehen hatte, erst recht nicht so einen aufragenden, der zum Vorschein kam, als Otto seine Unterhose hinunterzerrte. »Ha!«, platzte ich heraus. »Was für eine Rute.«

»Entschuldige«, sagte Otto. Ein wenig beschämt betrachtete er seinen Penis.

»Wofür?«

»Weiß ich auch nicht. Vielleicht, weil du bei seinem Anblick lachen musstest.«

Ich zog ihn an seinem Hemd an mich.

»Willst du's wirklich?«, fragte Otto noch einmal. »Wir müssen nicht …« Ich drückte meinen Mund auf seinen, um ihn zum Schweigen zu bringen. Als ich von ihm abließ, sagte er: »Aber du darfst …« Sofort küsste ich ihn wieder. Ich spürte, wie sich sein Mund zu einem breiten Grinsen verzog. Küssend setzten wir uns. Otto zog an meinem BH, wodurch eine Brust herausrutschte, die Brustwarze der anderen schaute über den Rand.

»Moment«, sagte ich.

Otto schrak zurück. »Stimmt etwas nicht?«

»Nein, nein, alles in Ordnung.« Ich öffnete den BH und ließ die Träger über die Arme nach unten gleiten, die Körbchen fielen von meinen Brüsten. Otto traute sich kaum hinzusehen. Im Schatten der Schlehe breitete er seine Jacke aus. Die Ärmel sahen aus wie Flügel. Ich legte mich hin, bedeckte aber die Brüste mit gekreuzten Armen. Im Rücken spürte ich etwas Hartes, wahrscheinlich einen Stift in seiner Innentasche. Der größte Teil meiner Haut hatte niemals die Sonne gesehen. Der Wind war ziemlich neugierig auf mich. Ich bekam Gänsehaut, doch gleichzeitig war mir unendlich heiß.

Während Otto sein Hemd weiter aufknöpfte, betrachtete ich heimlich diesen aufgerichteten Penis. Keinesfalls wollte ich an meine Mutter denken, tat es dann aber doch. »Du lässt es über dich ergehen«, war ihr in einer mulmigen Minute der Aufklärung herausgerutscht. Ich war knapp sechzehn gewesen, wir saßen bei verschlossener Tür im Badezimmer. Da war klar, dass etwas besprochen werden musste.

»Sitz still, Elfrieda.« Ich durfte mich nicht bewegen, denn sie stocherte gerade mit einer Häkelnadel in meinem Ohr herum, um zu sehen, ob dort auch alles sauber war.

»Du lässt es über dich ergehen.«

»Und dann?«

»Was meinst du damit?«

»Wenn es angefangen hat.« Ich wagte kaum, das Wort *es* auszusprechen. »Was kommt dann?«

Sie klopfte mir ein paarmal auf die Schulter. »Das weiß dein Ehemann dann schon. Damit müssen wir uns nicht befassen.« Erleichtert stand sie auf und steckte die Häkelnadel in die Tasche ihrer Schürze. »Du musst nur stillhalten.«

Jahrelang habe ich geglaubt, dass mir da unten etwas Spitzes hineingesteckt werden würde. Etwas so Spitzes wie ein Nagel. Und dass ich deshalb reglos liegen bleiben müsste, sonst würde mich so ein Penis innerlich verletzen.

Diese gefährliche Waffe war bei Otto ein empfindsamer, stumpfer Schatz. Als ich mich hingelegt hatte, spreizte ich wie von selbst die Beine. Ihm hingen die Haare wie eine Gardine vorm Gesicht, eine Ader pochte an seiner Schläfe.

»Sei vorsichtig, ja?«

»Jaja, natürlich.«

Ich spürte, wie sein steifer Penis ungeduldig an meine Leiste stieß, Otto stützte sich schwer auf meine Hüften.

»Du darfst nicht in mir ... du weißt schon. Bitte, sei vorsichtig.«

»Mach dir keine Sorgen. Ich passe schon auf.«

Ich hatte erwartet, dass alles wie von selbst gehen würde, so wie man unwillkürlich hinunterrutscht, wenn man oben auf einer Rutschbahn sitzt. Aber Otto nahm seinen Penis in die Hand und bewegte ihn rundum meine Vagina.

»Du bist zu tief«, flüsterte ich.

»Könntest du vielleicht ...«, stöhnte er, »... ein bisschen helfen?«

Ich kippte mein Becken, aber er meinte, ich solle ihn mit meiner Hand steuern. Zum ersten Mal berührte ich einen Penis. Vorsichtig hielt ich ihn zwischen den Fingern. Er war steif, fühlte sich aber auch weich und warm an. »Nicht zu schnell«, flüsterte ich, als er in mich eindrang. Mein Hintern und alles andere unten verkrampfte sich, wollte fort von dem drängenden Penis. »Mach langsam.«

»Entschuldige bitte.«

»Entschuldige dich nicht ständig.«

»Ent... ja ...« Er richtete seinen Oberkörper auf. »Vielleicht ist es doch keine so gute ...«

»Doch, doch.« Ich zog ihn an mich. Ich wollte seine warme Haut wieder an meinem Bauch spüren. »Du musst dich nur ruhiger bewegen«, wisperte ich ihm ins Ohr. »Ich habe das noch nicht so oft gemacht.«

»Natürlich.«

»Noch nie, um ehrlich zu sein.«

»Oh.« Wieder zögerte er. »Willst du es wirklich?«

Ich zwickte ihm ins Ohrläppchen, um ihm klarzumachen, dass er das nicht mehr fragen sollte. »Du musst nur sanft sein.«

»Bin ich doch.«

Je geduldiger er sich in mir bewegte, desto mehr entspannte ich mich. Es war ungewohnt, etwas in mir zu fühlen, dort. Er drang immer tiefer in mich ein. Er berührte mich an einer Stelle, die ich mit meinen Fingern nie erreicht hatte. Es scheuerte ein bisschen, vielleicht war etwas Sand in mich hineingekommen. Plötzlich stieß er heftiger zu, wodurch mein Becken ruckte. »Nicht so schnell.« Otto hielt sich wieder zurück, bis ich mich entspannte. Ich legte meine Hände auf seine Pobacken und versuchte, ihn so zu steuern. »Mach weiter«, flüsterte ich. Ich küsste ihn, damit er nicht dachte, ich wollte es nicht. Oder damit er nicht wieder vorschlüge, es sein zu lassen. Sein Atem machte ruckende Geräusche. Er befreite sich aus unserem Kuss, um mit weit aufgerissenem Mund nach Luft zu schnappen. Ich wurde mir meines Körpers bewusst, der Sand unter meinen Füßen, der Stift in der Innentasche seiner Jacke unter meinem Rücken. Meine Nase war der seinen so nah. Das alles erfüllte mich mit Hingabe. Ich zog die Beine etwas an, damit Otto noch tiefer in mich eindringen konnte. Das war schön, gleichzeitig war ich überempfindlich.

Ich schloss die Augen.

Beim Ausatmen machte Otto ein Geräusch zwischen Schlottern und Wimmern. Ich wollte seinen Mund auf meinem haben, aber der war zu weit weg. Dann stieß er heftig zu, was nicht angenehm war, doch bevor ich etwas sagen konnte, fühlte es sich wieder ganz anders an. Inzwischen genoss ich den Wind. Ich hatte gar nicht gewusst, dass er so viele Finger hatte.

Plötzlich glitt sein Penis aus mir heraus. Otto rollte sich hastig zur Seite, als hätte er eine Tasse glühend heißen Tee in den Händen, die er schleunigst loswerden wollte. »Was ist los?« Ich kam hoch und stützte mich auf die Ellbogen. »Warum hörst du auf?«

Er saß mit nacktem Hintern im Sand und hielt seinen glänzenden Penis krampfhaft in seiner Faust. Es zuckten ein paar milchige Spritzer heraus. Verschämt streute er Sand darüber. Mir kam es so vor, als wollte er sich unverzüglich wieder ankleiden, doch er zog nur seine Unterhose hoch, steckte seinen Penis wieder weg. Es war vorbei. Als hätten wir getanzt, bis die Musik auf einmal mitten im Lied aufhörte. Otto kuschelte sich neben mich auf die Rockschöße seiner Jacke und drückte seine Nase an meinen Hals, legte seine Hand auf meinen Bauch. Ein bisschen erstaunt hielt ich einen Mann in meinen Armen. Ein Mann, der Trost suchte. Und ich tröstete ihn, streichelte seine Schulter.

Das war's also, dachte ich. Mein erstes Mal. Ich hatte mit jemandem geschlafen. Glücklicherweise hatte ich noch den Wind mit all seinen Fingern. Möwen schrien, Kinder grölten in sicherer Entfernung. Die Sonne stand nun höher und brachte meine Schienbeine zum Glühen.

Ruhige Wolken, Summen in jeder Tonart. Eine der Kühe, die eben noch im Wasser gestanden hatten, lag nun am Strand und peitschte mit dem Schwanz, um die Fliegen zu vertreiben. Das Gras rings um den Tümpel bewegte sich anders, ein Hase kam zum Vorschein. Schnüffelnd, mit aufgestellten Ohren auf die Menschengeräusche in der Ferne lauschend, weiter schnüffelnd. Wir lagen so still, dass uns der Hase nicht von den Schlehensträuchern unterscheiden konnte.

»Schläfst du?«, flüsterte ich.

»Nein.«

Um es zu beweisen, strich er unter meinen Brüsten entlang, streichelte meinen Nabel.

»Wie fühlt sich das an?« Ich drehte mich zu ihm.

»Was?«

»Ein Orgasmus.«

Er zuckte die Schultern, vielleicht weil es beschämend war, Worte für dieses Gefühl zu suchen. Der Hase erstarrte bei unserer kleinen Bewegung, stellte die Ohren auf, knabberte aber gleich wieder am Gras.

»Ist es schön?«

»Ja.« Er nickte. Wir grinsten, und dann sah er mir zum ersten Mal wieder in die Augen.

»Möchtest du noch …?« Er fragte es in einem Ton, als hielte er mir eine Schale mit übrig gebliebenen Eiern hin.

»Was?«

»Mehr.« Er grinste. »Ich könnte … wenn du möchtest. Muss aber nicht sein.«

»Was denn?«

»Mit den Fingern …« Er spielte eine Tonfolge auf dem Luftklavier. »Ich weiß nicht, ob dir das gefällt.«

»Komm her, mit deinem Mund«, sagte ich und wir verloren uns in einem langen Kuss.

Allein schon seine flache Hand, die sich langsam von meinem Nabel über meinen Unterleib nach unten schob, war köstlicher als alle Finger des Winds. Seelenruhig zupfte er an meinem Schamhaar. Ich kippte mein Becken und führte so seine Hand weiter nach unten.

Er brauchte mich zwischen den Beinen kaum zu berühren, schon spürte ich ein Glühen wie von aufglimmenden Kohlen. Geschmeidig trippelten seine Finger zwischen meinen Beinen, seine Fingerspitzen kreisten um die Stelle, wo Funken zu sprühen schienen. Seine Hände waren daran gewöhnt, Schmetterlinge festzuhalten, resolut, aber ohne die Flügel zu beschädigen. Ich klemmte seine Hand zwischen meinen Schenkeln ein, sodass er sie nicht plötzlich wegziehen konnte. Dadurch konnte er sie kaum noch bewegen, aber das übernahm ich jetzt für ihn. Mein Atem ging schneller, ich zwang seinen Daumen ein Stück weiter nach unten. Ein Schauer überzog meinen Rücken. Meine Stirn berührte seine Wange. »Entschuldige.« Ich lockerte die Umklammerung meiner Beine, Otto rieb heftiger. Der Kurzschluss sprühte bis in meine Brustwarzen und bis in meine Lippen. Ich explodierte. Ich musste seine Hand wegschieben, weil meine Vagina mit einem Mal wieder überempfindlich wurde, und erschlaffte mit einem tiefen Seufzer.

Über uns kroch eine Raupe über einen Zweig. Als ich das sah, musste ich laut lachen. So unglaublich laut, dass es Otto erst nicht geheuer war. »Was ist los? Was ist denn los?« Aber ich konnte nicht aufhören und steckte ihn schließlich an, und so lachten wir beide, bis uns die Bäuche wehtaten.

Danach lagen wir einfach da. Ich bedeckte mich mit meiner Bluse.

»Wie geht's dir?«, fragte ich nach einer Weile.

Otto nickte.

Ich stützte mich auf meine Ellbogen, um ihn anzusehen. Etwas Trauriges lag in seinen Augen.

»Wirklich?«

Otto versuchte, mich mit einem Lächeln zu beruhigen, aber seine Augen machten nicht mit.

»Hier bin ich früher mal mit meinem Vater gewesen. Nachts.«

»Wo?«

»Na, hier am Fluss. Da war ich acht oder so.«

»Was habt ihr hier gemacht?« Ich wusste ja nur, dass seine Eltern auf dem Friedhof lagen, weiter hatte er mir nichts erzählt.

»Wir haben Nachtfalter gezählt.«

»Hast du das Hobby von ihm geerbt?«

»Ich denke schon.«

Nichts erinnerte noch daran, dass wir eben miteinander geschlafen hatten. Otto hatte sich schneller wieder angezogen als ich.

»Weißt du, warum dein Vater Motten gezählt hat?«

»In der Nacht, damals, als wir hier waren, dachte ich, dass das Zählen eine einmalige Angelegenheit gewesen wäre. Oder irgendetwas mit seiner Arbeit zu tun hätte. Aber nach seinem Tod fand ich im Keller eine Kiste mit Notizbüchern. Mit Zählungen aus Dutzenden Jahren. Hier an dieser Stelle.«

»Und dann?«

»Was meinst du?«

»Was hast du damit gemacht?«

Otto zuckte die Schultern, fühlte sich ertappt. »Ich habe weitergezählt.«

Als wir über den Strand zurückschlenderten, fühlte sich der Sand noch weicher an als auf dem Hinweg. Schiffe mit rauchenden Schornsteinen holten uns auf ihrem Weg nach Rotterdam ein. Ich wollte mich an Otto schmiegen, aber der Abstand war zu groß: Es hätte leicht noch jemand zwischen uns gepasst.

»Schau.« Ich zeigte auf etwas Flatterndes und wollte, dass er sich mit mir unterhielt.

»Das ist ein Zitronenfalter«, sagte Otto. »Einer der häufigsten Tagfalter.«

Ich holte die Apfelsine aus meiner Jackentasche, die ich von zu Hause für uns mitgenommen hatte, und setzte mich auf einen warmen Basaltblock.

Otto bemerkte erst nach ein paar Schritten, dass ich zurückgeblieben war. Er drehte sich um, kam zu mir und kniete sich neben mich. Er beobachtete die Möwen, die vor den Wellen davontrippelten und ihnen wieder hinterherliefen, sobald sie sich zurückzogen.

»Hier.« Ich reichte ihm eine Apfelsinenspalte. Die grelle Sonne ließ den Teerfleck glänzen, der sich auf dem Basaltblock angesammelt hatte. Er war weich, blieb aber nicht an meinen Kleidern kleben. Mit der Fingerspitze drückte ich einen Abdruck hinein. Meine Nagelränder waren vom Pellen der Apfelsine weiß beschlagen. Ich hielt Otto das letzte Stückchen hin. Das nahm er mit den Lippen an, gab mir aber keinen Kuss auf die Finger.

»Nimmst du mich einmal mit?«

»Wohin?«

»Auf so eine Nachtfalterexpedition?«

»Ja«, sagte er erstaunt, »natürlich. Wenn du Lust hast.«

Ich nickte und ergriff Ottos Hand. Seine Finger ließen sich leicht zusammenfalten, bis nur noch der Zeigefinger übrig blieb. Kauend sah er zu, was ich mit seinem Finger tat. Ich drückte die Kuppe in den weichen Teer. Direkt auf meinen eigenen Stempel, sodass wir hier einen gemeinsamen Abdruck hinterließen.

Er rieb über seine Fingerspitze, um zu sehen, ob sie schmutzig war. Er lächelte. Ich glaube, er wusste nicht, dass sich mein Abdruck unter seinem befand.

»Es war schön«, flüsterte ich.

»Das finde ich auch.« In seiner braunen Iris entdeckte ich einen grünen Fächer, wie eine Guppyschwanzflosse. Und dann ließ er sich küssen.

* * *

Beim Abendessen traf mich ständig Mutters Blick. Ich hatte Angst, dass sie mir etwas anmerkte, deshalb beugte ich mich tief über meinen Pudding. Mein Vater löffelte sein Emailleschälchen leer und leckte danach das Besteck ab. »So«, brummte er und holte Luft, um gleich das zu sagen, was er allabendlich sagte. »Löffel und Schale können gleich wieder in den Schrank.«

»Fein«, sagte meine Mutter. »Fein, dass es geschmeckt hat.« Dann warf sie mir wieder einen Blick zu.

»Es war lecker, Mutter. Soll ich schon mal abwaschen?«

»Es ist doch noch keine Erdbeerzeit, oder?«

»Wie bitte?«

»Dein Mund ist ganz rot.«

»Ich habe Eis gegessen«, log ich.

»Soso«, sagte sie, als wäre das etwas Anstößiges. »Siehst du?«

»Was?« Ich fühlte mich in diesen Tagen oft ertappt, obwohl ich mir sicher war, dass niemand etwas wusste.

»Eine Mutter merkt alles, Elfrieda.« Sie musterte mich eindringlich. »Erdbeereis an einem Sonntagnachmittag … also wirklich.«

Mein Vater ging hinaus in den Garten, um sich um seine Sittiche in der Voliere zu kümmern.

»Wenn du je Kinder bekommen solltest, wirst du's schon merken.«

»Was?«

»Dass eine Mutter alles sieht.«

Später entdeckte ich im Badezimmerspiegel, dass meine Mundpartie von Ottos Bartstoppeln ganz rau war. Sein Penis war nicht spitz und scharf gewesen, aber gerade Küssen hatte ich mir als etwas Weiches vorgestellt. Ich hatte das große Bedürfnis, alles zu erzählen, wusste aber nicht, wem.

12

An der Straße zur Ziegelei stand eine Trauerweide, deren Zweige bis zum Boden hingen. Das frische Grün streifte die Fenster, als wir unter dem Rock des Baumes anhielten. Wenn wir miteinander schliefen, war es so leidenschaftlich und intensiv, dass ich kaum glauben konnte, dass andere Menschen dies auch so erlebten. Wenn ich in den Bus stieg, sah ich mir die anderen Fahrgäste genau an. Bei niemandem konnte ich mir vorstellen, dass er oder sie jemals so etwas empfunden haben könnte.

Manchmal entdeckten wir Stellungen, bei denen er mich so zart berührte, dass mir die Tränen über die Wangen liefen.

Im Hochsommer fuhren wir in unserem Simca über die Schlängeldeiche in der Betuwe zu einem Kirschgarten, in dem Leitern an den Bäumen lehnten. Ohne zu zögern, fand Otto den Weg zu Orten, an denen er nie zuvor gewesen war. Wir fuhren über einen holprigen Weg den Deich hinunter. Eine Gänseschar begrüßte uns schnatternd, Schafe unterbrachen das Grasen und starrten uns an. »Kommt her«, rief der Bauer aus einem Kirschbaum. Zu sehen waren nur seine Beine, der Rest wurde von den Blättern an den Ästen verborgen. Routiniert füllte er einen Eimer, der an seiner Leiter hing. »Probiert mal.«

»Aber gern.« Otto konnte mit fremden Leuten reden, als wären sie alte Bekannte.

Extra für uns füllte der Obstbauer zwei Tüten mit Kirschen bis weit über den Rand. »So süß wie in diesem Sommer waren sie noch nie. Und auch noch nie so saftig.«

»Wunderbar«, sagte Otto. »Genau deshalb sind wir hier.« Was niemand wissen konnte: dass die Kirschen so prall und saftig waren, lag allein an uns.

Genau wie die Tatsache, dass am Abend die Stare im Deichvorland hoch oben für uns tanzten.

Und der prachtvolle Forstgarten in Kleve war vor Hunderten von Jahren einzig mit dem Ziel angelegt worden, dass wir ihn eines schönen Tages betrachten würden. An der Grenze auf dem Weg nach Kleve wurden wir zu *Herr und Frau*. In Deutschland kannten wir beide niemanden. Deshalb wagte Otto es, mit mir Arm in Arm durch den Park zu spazieren. Wir schlenderten, blieben stehen, sahen in die hohen, rauschenden Baumkronen hinauf, bewunderten die Windungen der alten Eichenäste. Wir sammelten Blätter mit Formen, die wir noch nie gesehen hatten. Manche Nadelbäume waren so feinhaarig wie die Fühler eines Nachtfalters. Die Spazierwege waren verlassen. Wahrscheinlich hatten sich die Gärtner versteckt und lasen heimlich an unseren Gesichtern ab, ob uns dieses Paradies gefiele. Hunderte Jahre hatte man an dem Park gearbeitet, und nun kamen wir, das Königspaar, um seine Schönheit zu inspizieren.

Der Forstgarten wurde zu unserem Park.

Anderswo hatte man ganze Gebäude nur für uns errichtet. Jedes Gewässer war unser Fluss. Sahen wir in den Himmel, zogen dort unsere Wolken. Und was noch nicht schön war, wurde es von selbst, sobald wir stehen blieben und es uns anschauten.

13

»Guten Morgen, Frieda.«

»Hallo, mein Junge.«

Wir haben vereinbart, dass er mich Frieda nennt, was er allerdings manchmal vergisst. »Ich bin hier, um eine hübsche Dame noch hübscher zu machen.«

Ich bin schon auf. Sein Name ist mir wieder entfallen. Es ist der Junge mit den Tattooärmeln.

»Wollen wir heute Ihre Haare waschen?«

Seitwärts wanke ich ins Badezimmer.

»Heute haben Sie aber viel Schwung.«

»Ich will rasch ins Einkaufszentrum, bevor es draußen zu heiß wird.«

»Ja, heute wird ein heißer Tag.«

Im Einkaufszentrum will ich mir einen Blumentopf und etwas Erde für die Stecklinge meines Gliederkaktus besorgen.

»Wissen Sie, ob es dort einen Blumenladen gibt?«

»Puh, nein.« Er klopft auf seine Hosentasche. »Aber ich kann es gleich googeln.«

»Das wäre lieb.«

Weil er mir nach meiner ersten Nacht in diesem Bett geholfen hat, mich zu waschen, fühle ich mich bei ihm am wohlsten. Auch wenn ich mittlerweile häufiger von anderen Mitarbeiterinnen gewaschen wurde.

»Finden Sie sie schön?«

Offenbar habe ich seine Tattoos angestarrt. »Ihr Arm sieht aus wie eine Ming-Vase.«

»Den hier …« Er zeigt mir den Drachen, der sich um seinen Unterarm schlängelt. »… den habe ich mir in Thailand stechen lassen.« Er riecht nach Shampoo, wahrscheinlich von derjenigen, die er vor mir geduscht hat.

»Diese Blume ist für meine Mutter.«

»Hübsch.« Die Farben sind grell, und die Zeichnung hat sogar etwas Tiefe. »Eine Amaryllis.«

»Echt?«

»Ja.«

»Ich habe sie kurz nach ihrem Tod stechen lassen. Das war ihre Lieblingsblume.«

»Wie traurig. Ist sie plötzlich gestorben?«

»Ich war knapp zwanzig.« Kurz streichelt er das Tattoo. »Aber ich kann mich nicht daran erinnern, dass sie jemals gesund gewesen wäre.«

Ich drücke ihm kurz die Hand, was er zulässt. Dann zeige ich auf ein anderes Motiv. »Und dieses da?« Auf seinem Bizeps wölbt sich eine Schwalbe.

»Die steht für Glück.« Auf der Innenseite des Oberarms ist noch so ein Schwalbentattoo. »Doppeltes Glück«, lächelt er.

»Hilft es?«

Er schnaubt ein Lachen durch die Nase. »Wird sich noch herausstellen. Ich habe sie noch nicht so lang.«

Ich merke, dass er es eilig hat, aber ich finde es so angenehm, nach dem Aufwachen ein bisschen mit ihm zu plaudern. Meinetwegen könnten wir das Duschen auch sein lassen.

»Was war denn Ihr erstes Tattoo?«

Der Ärmel seines T-Shirts verbirgt einen Schmetterling.

»Den würde ich heute nicht mehr machen lassen.« Er zuckt die Schultern. »Aber jetzt muss ich wohl den Rest meines Lebens damit herumlaufen.«

»Ich finde ihn reizend.« Ich darf den Schmetterling anfassen. An seiner Haut spürt man ihn nicht.

»Wollen wir jetzt Ihre Haare waschen?«

Unterhose, Windel, der Junge lässt mich selbst tun, was ich noch kann. Und ich lasse mir helfen, weil es zusammen schneller geht, das Nachthemd über den Kopf zu ziehen. Er dreht den Wasserhahn auf und reicht mir den Duschkopf, damit mir nicht kalt wird. Ich sitze auf dem Plastikhocker und richte den Strahl auf meine Brüste, das Wasser läuft, und ich kann heimlich pinkeln.

»So«, sagt er. Ich spüre den Luftzug der aufschwingenden Schranktüren. Handtuch, Waschlappen, Shampoo. »Oh, wir haben Ihre Brille ganz vergessen.« Vorsichtig nimmt er sie an den Bügeln. Alles verschwimmt. Durch den Wasserstrahl und ohne meine Hörgeräte kann ich ihn nur noch verstehen, wenn er laut spricht. »Wollen wir?« Sanft drückt er mein Kinn nach oben, dann macht er mein Haar nass. Die freie Hand hält er schützend über mein Ohr. Er drückt mir den Duschkopf in die Hand und massiert mir einen Klecks Shampoo in die Haare.

»Vielen Dank«, sage ich. Und meine damit eigentlich alles, was er für mich tut. »Sie sind ein Schatz.«

Er geht kurz weg. Anscheinend fehlt noch etwas.

»So«, ruft er und übernimmt wieder den Duschkopf. Mir strömt reichlich Schaum über die Stirn. Plötzlich ruft er: »Hier, bitte schön.« Vollkommen unerwartet drückt er mir einen Waschlappen auf die Augen. Alles ist mit einem Mal pechschwarz, ich ersticke fast.

»Neeein!«, kreische ich. Ich werfe den Waschlappen weg und schlage zu. Mit aller Kraft, die ich in mir habe, schlage ich zu. Die Brause fällt auf mein Knie und knallt dann auf den Boden. »Au.« Ich sehe Farbflecken; das Shampoo brennt. Wut wirbelt durch meinen Körper, doch ich murmele: »Entschuldigung, Entschuldigung, Entschuldigung.«

Das Wasser prasselt gegen meine Waden. Es gelingt mir nicht, den Jungen in dem Dampf zu erkennen, denn er bewegt sich nicht. »Es tut mir leid.« Ich taste um mich, suche sein Handgelenk oder einen Arm, um ihn an mich zu ziehen. Ich will den Schlag ungeschehen machen. Gleichzeitig bin ich bitterböse auf ihn. »Wo ist meine Brille?«

»Hier.« Der Dampf nimmt wieder Form an, Wassertropfen auf den Gläsern. Der Junge steht zwei Schritte von mir entfernt.

»Damit hatte ich nicht gerechnet«, sagt er verdutzt.

»Tut es weh?«

»Geht schon.« Er befühlt Schläfe und Wange. Mein Handballen fängt heftig an zu hämmern, was seltsam ist, weil ihm nichts anzusehen ist.

»Was war denn los?«, fragt er.

»Sie … Sie …« Nein, nicht ihm die Schuld geben. »Es war ein Versehen. Ich … ich wollte nach etwas greifen, konnte aber nichts sehen. Ohne Brille. Und dann war da plötzlich Ihr Gesicht.« Ich will dem lieben Jungen den Schmerz von der Wange streicheln, ihn wenn nötig an mich ziehen, obwohl ich noch nackt bin. Ich kriege nur seinen Unterarm zu fassen und liebkose seine bunten Fingerknöchel. »Entschuldigen Sie bitte.«

»Geht schon wieder, so etwas kann passieren.«

Ich kann seine Hand nicht loslassen.

»Vorsicht.« Er grinst. »Sonst verreiben Sie noch meine Tattoos.«

»Ich wollte doch nur nach etwas greifen«, sage ich noch ein paarmal, damit wir beide es glauben. »Darf ich mir Ihr Gesicht ansehen?«

»Ach, Quatsch. Ich habe drei ältere Brüder. Ich kann einstecken.« Er bückt sich, hebt den Waschlappen auf und braust ihn ab.

»Wir müssen Ihre Haare noch ausspülen.«

»Stimmt.«

»Vielleicht möchten Sie Ihr Gesicht selbst waschen.«

Grob reibe ich die Schuld aus meinen Augen, aber ich kriege sie nicht weg. Er fängt an, Scherze zu machen, um über diesen Notausgang meine Unbehaglichkeit zu vertreiben. Dass ich eine hervorragende Boxerin abgeben würde, dass ich eine gute Rechte hätte, dass ich bestimmt mein Leben lang trainiert hätte, um all die aufdringlichen Verehrer abzuwehren. Dass ich auch einfach hätte sagen können, dass ich von jemand anderem gewaschen werden wolle. Und ich höre mich übertrieben lachen, so laut ich nur kann, um es wiedergutzumachen.

Abgetrocknet und angekleidet führt er mich zu Louis' Sessel.

»Soll ich den Fernseher anmachen?«

Ich nicke, weil ich zu sehr außer Atem bin, um zu antworten. Der Schlag hat mich meine ganze Energie gekostet. Ich kann nur noch meine Hand ansehen, die krumm und schlaff in meinem Schoß liegt und mir nach einem ganzen Leben mit einem Mal fremd und unbekannt vorkommt. Meine Fingerknöchel schlagen alle eine andere Richtung ein. Knorrige Wurzeln. Nur der kleine Finger ist gerade, aber der weist nach außen, als wollte er mit dem Rest der Hand nichts zu tun haben.

»Kann ich noch etwas für Sie tun?«

Ich wedele mit der guten Hand, schaffe es aber nicht, ihn anzusehen.

»Bis zum nächsten Mal.« Er zögert an der Tür, kratzt an seinen Tattoos.

»Wann sehe ich Sie wieder?«

»Hängt vom Dienstplan ab. Ich bin Aushilfspfleger.«

Vielleicht wäre es besser, wenn er nicht mehr wiederkäme, dann nähme er meinen Schlag mit sich, weg von mir. Die Zimmertür wird so leise geschlossen, dass ich hinsehen muss, um sicher zu sein, dass er weg ist. Jamie, er heißt Jamie. »Ich habe diesen lieben Jungen geschlagen, diesen Jamie«, flüstere ich. Der Einzige auf der ganzen Welt, dem ich davon erzählen möchte, ist Louis.

14

Auf dem Deich wurden wir von Schwalben empfangen, die immer wieder unerwartet um die Motorhaube streiften. Sie flogen tief über der Straße und wendeten spektakulär wie Kunstflieger. Langsam fuhren wir auf ein Dorf zu, bei dem zwischen den Bäumen nur die Kirchturmspitze und ein paar Dachfirste aufragten. Der Rest des Dorfs verbarg sich im Laub. »Da wollen wir hin«, sagte Otto.

Vor dem Friedhof bogen wir ab. »Hier liegen meine Eltern.« Er sagte das so gelassen, dass ich es erst nicht mitbekam.

»Was für ein schöner Ort«, antwortete ich. Ich wollte mehr sagen, aber da waren wir schon weiter. In den Kurven rutschten unsere halb leeren Koffer auf der Rückbank. Im Kofferraum war kein Platz, dort lagen seine Sachen für die Nachtfalterexpeditionen. Aber die brauchten wir dieses Wochenende wahrscheinlich nicht.

Durch ein Tor in der mittelalterlichen Befestigungsanlage fuhren wir hinein in die schmalen Gassen. Beschnittene Platanen säumten den Marktplatz. Otto parkte. Wir stiegen aus und lächelten uns über das Autodach hinweg an.

»Soll ich da drüben mal fragen, ob sie ein Zimmer haben?«

Ich nickte, eigentlich sagte ich zu allem ja, was auch immer er fragte.

Die Hotelfenster hatten braune Butzenscheiben. Draußen

glitzerte der Frühsommer, drinnen brannte, wie wahrscheinlich das ganze Jahr über, das Licht. An den Wänden hingen nur tote Dinge: Trockenblumensträuße, Geweihe samt abgesägter Schädeldecke und über jeder Tür ein Kruzifix.

Otto und ich schlichen über den Teppichboden der Empfangshalle und lächelten verlegen, wenn sich unsere Blicke trafen. Immerzu fühlten wir uns irgendwie ertappt. An der Rezeption stellten wir unsere Koffer ab.

Otto räusperte sich.

Nichts passierte.

Auf dem Tresen stand eine Klingel. Ich drückte drauf. *Ping-ping* klang es unter meinem Finger. Das hatte ich noch nie im Leben getan. *Ping-ping.* Harsch wurde der Vorhang hinter der Rezeption zur Seite geschoben. Kurz konnte ich einen Blick in einen dämmrigen Wohnraum werfen, dann wurde der Vorhang wieder geschlossen.

»Guten Tag, der Herr. Die Dame«, sagte der Hotelbesitzer. Er sah Otto an. »Sie wünschen?«

»Haben Sie noch ein Zimmer frei?«

»Für heute Nacht?« Widerwillig blätterte er durch das Reservierungsbuch. Er hatte den Blick eines Mannes, der einen Kaktus in der Unterhose versteckt. »Sie sind spät dran …« Er blätterte vor und zurück, obwohl an der Wand hinter ihm die Schlüssel an ihren Haken hingen. Nur zwei fehlten.

»Eine Nacht müsste gehen«, murmelte er dann. »Ich habe aber nur noch das Luxuszimmer frei. Ist eine höhere Preisklasse.« Er sah Otto über den Brillenrand an, der nickte.

»Auf welchen Namen bitte?«

»Drehmann.«

Aus der Brusttasche seines Spenzers nahm der Mann einen Füller, dessen Kappe er gemächlich aufdrehte. Er beugte

sich über sein Buch und sagte feierlich: »Herr und Frau Drehmann.«

»Nein«, sagte Otto prompt.

»Wie bitte?« Der Hotelier und ich sahen Otto erstaunt an.

»Äh …« Er kratzte sich am Hinterkopf.

»Nicht Herr und Frau Drehmann?«

Otto fing zu wippen an.

»Ah …«, sagte der Mann höhnisch. »Sie sind kein Ehepaar?«

»Doch, doch«, sagte ich schnell.

»Ach ja?«

»Noch nicht so lang.«

»Soso.« Der Hotelier setzte die Kappe wieder auf den Füller,
schraubte ihn aber nicht zu. »Sie müssen sich noch aneinander
gewöhnen, ja?«

»Genau. Vor allem ich muss mich noch an den neuen Namen gewöhnen. Und es ist Drehmann mit h und Doppel-n«,
sagte ich.

Otto stand nur da. Ein verlegener Junge, stammelnd, als hätte
er seine Sprache in der Stille zwischen zwei Worten verloren.

»Soll ich Ihnen den Namen aufschreiben?«

Der Hotelier klappte das Buch zu.

»Gibt es ein Problem?«, versuchte ich die Situation zu ret-
ten. »Sicher nicht, oder? Wir sind einfach noch nicht so lange
verheiratet.«

»Dürfte ich dann bitte Ihren Trauschein sehen?«

»Äh … hast du den dabei?«, fragte ich Otto.

Ich bemerkte, dass der Mann meine Hand musterte.

»Ihr Ringfinger hat sich anscheinend auch noch nicht daran gewöhnt.«

»Ich habe eine Goldallergie«, platzte ich heraus.

Der Hotelier runzelte die Stirn. Nicht aus mangelndem Verständnis, vielmehr schluckte er seinen Zorn hinunter. »Raus«, sagte er dann.

»Entschuldigen Sie die Unannehmlichkeiten«, murmelte Otto und beeilte sich, mit unseren Koffern zur Tür zu kommen. Ich blieb stehen. Der Mann wandte sich von mir ab, als wäre ich in seinen Augen schmutzig. »Raus«, sagte er noch einmal. Er zeigte auf die Tür. Hinter Otto her.

Der lief schon die Straße entlang. Das Kopfsteinpflaster glänzte vom Nieselregen, der eben erst aufgehört hatte. Ich musste rennen, um ihn einzuholen, und nahm ihm dann meinen Koffer ab. Er ließ nicht zu, dass ich seine Hand berührte. Schlagartig war er wieder der Mann einer anderen. Ich durfte mich zwar in ihm verlieren, er aber nie vollkommen in mir.

»Es tut mir leid«, sagte Otto, »darauf war ich nicht vorbereitet.«

»Ich verstehe.« In meiner Lage gab es wenig andere Antworten, die ich hätte geben können.

»Herr und Frau Drehmann ...«

»Schöner Name für eine Nacht«, versuchte ich dem Gespräch eine heitere Note zu geben.

Otto gab sich Mühe zu lachen.

»Hast du so reagiert, weil es schon eine Frau Drehmann gibt?«

»Ich habe mich nur erschrocken, dass der Mann dich so angesprochen hat. Ich wusste nicht, was ich sagen sollte.«

Ich konnte nichts dagegen tun, aber ich nahm es seiner Frau übel. Es war allein ihre Schuld, dass wir hier so durch die Straßen irrten.

»Unsere Liebe geht nicht auf Kosten meiner Liebe zu Brigitte«, beteuerte er. Nie zuvor hatte er sie Brigitte genannt. »Ich habe wohl sehr viel Liebe in mir. Die reicht für euch beide. Bei dir bin ich ein ganz anderer Mann. Das überwältigt mich.« Otto hörte nicht auf zu reden. »Ich versuche, an meinem Leben mit ihr nichts zu verändern. Es ist so geblieben, wie es war. Vielleicht haben wir es jetzt sogar noch schöner zusammen. Aber eben ... als er dich mit ihrem Namen angesprochen hat, merkte ich, wie ungerecht ich ihr gegenüber bin. Als würdest du ihren Platz einnehmen und ich sie verleugnen. Das ... das kann ich nicht. Es tut mir leid.«

Wir waren mittlerweile stehen geblieben. Unsere Koffer waren nicht halb leer, weil wir für diese gemeinsame Nacht so wenig benötigten, sondern weil aus dieser Nacht nichts werden würde. Durch eine goldene Briefkastenklappe sah ich Kinderaugen, die uns anstarrten. Um den Kirchturm schwärmten Krähen.

»Willst du nach Hause?«

Zum Glück schüttelte er den Kopf.

»Ich würde es verstehen.« Ich ließ nicht locker. Ich wollte verständnisvoller sein, als ich es war.

»Nein, wirklich nicht. Wenn du das möchtest, verstehe ich das. Ich weiß nicht genau, wie es jetzt weitergehen soll.«

Ein Stück vor uns ragte ein Haus etwas weiter aus der Reihe der mittelalterlichen Fassaden heraus. Auf einem Metallschild stand mit zierlichen Buchstaben *Hotel*.

»Komm«, sagte ich.

»Wohin?«

Ottos Hand ließ sich leicht ergreifen und mitnehmen, was den Rest seines Körpers zu überraschen schien. »Was hast du vor?«

»Komm mit.«

In der Hotellobby schwang eine ältere Frau einen Staubwedel aus Straußenfedern über Nippesfiguren. »Guten Tag«, rief ich fröhlich durch die Halle. »Wir hätten gern ein Zimmer.«

Die Frau erschrak so heftig, dass der Beistelltisch beinahe umkippte. »Ich hole den Herren des Hauses.« Otto war wieder auf der Hut.

»Du könntest wirklich ein bisschen lächeln.«

»Was sollen wir hier sagen?«

Ich drückte ihm einen Kuss auf den Mund.

»Willkommen«, brummte jemand. Unser ergrauter Gastgeber war mehr Bart als Gesicht. Er trug einen Pullover, der aussah, als wäre er aus seinen Haaren gestrickt. »Was kann ich für Sie tun?«

»Hätten Sie ein Zimmer für eine Nacht?« Ich behielt meine unberingte Hand in der Manteltasche. »Ein Doppelzimmer.«

»Haben der Herr reserviert?«

Ich blickte zur Seite. Otto schien nicht zu wissen, was er darauf entgegnen sollte. Er sah mich an, dann wieder den Bartmann und schüttelte den Kopf.

»Kein Problem. Wir haben noch ein Zimmer zur Straßenseite. Von dort haben Sie Aussicht auf den Kirchturm.« Er drehte sich zum Schlüsselbrett um. »Und ich habe noch ein etwas günstigeres Zimmer …«

»Wir nehmen das erste«, sagte ich. Der Bartmann nickte und wandte sich wieder an Otto. Er nannte den Preis, die Frühstückszeiten und zog an seiner Zigarette. Als er den Rauch ausblies, schien sein Bart zu schwelen.

»Auf welchen Namen, der Herr?«

»Tendeloo«, sagte ich schnell.

»Tendeloo …« Der Bartmann notierte meinen Namen grazil in das Reservierungsbuch. Auf Ottos Gesicht brach ein vorsichtiges Lächeln durch, doch seine Augen blieben gespielt ernst, während er zusah, wie der Mann unseren neuen gemeinschaftlichen Namen aufschrieb. »Mit Doppel-o am Ende und einem e in der Mitte«, korrigierte Otto.

»Ah ja …« Ein winziges e wurde noch dazwischengekritzelt. »Richtig?« Der Bartmann drehte uns das Buch zu.

Gleichzeitig sagten wir beide: »Ja.«

»Herr und Frau Tendeloo«, sagte er feierlich. »Dann wünsche ich Ihnen einen angenehmen Aufenthalt.«

»Haben Sie vielen Dank«, sagte Otto. Ich drückte seine Hand. Und er meine. Ohne sein Wissen hatte uns der Hotelier gerade an der Rezeption getraut.

»Herr und Frau Tendeloo, Ihr Zimmer ist im zweiten Stock.« Das klang zauberhaft. Ich hätte alles dafür getan, dass er es noch mal sagte.

»Morgen müssten Sie spätestens um zwölf Uhr abreisen, aber das ist ja noch lang hin.« Er nahm einen Schlüssel und hielt ihn am Anhänger über den Tresen. »Wem darf ich ihn übergeben?« Rasch steckte ich meinen Ringfinger durch den Schlüsselring.

»Das Bad befindet sich drei Türen neben Ihrem Zimmer.«

Während wir die mit einem Läufer ausgelegte Treppe hochgingen, machte Otto ein hohes Geräusch, das ich von ihm noch nie gehört hatte.

»Herr Tendeloo«, sagte ich gespielt streng, »benimm dich.«

»Ja, Frau Tendeloo«, schmunzelte er. Im Flur summte er und machte drei Tanzschritte. Schwungvoll warf er die Zimmertür auf. Sekunden später fielen wir übereinander her, als hätten wir nicht die ganze Nacht Zeit. Seine Hände glitten unter meinen Pulli, ich zerrte an meinem Rock. Plötzlich hielt Otto inne.

»Was ist denn?«

»Ich habe eine Kleinigkeit für dich.«

»Oh …«

»Von einem ehemaligen Schulkameraden. Der ist Apotheker.« Er ging zum Tisch und klappte seinen Koffer auf. »Er hat mir das hier gegeben.« Otto reichte mir eine schmucklose Glühbirnenschachtel.

»Was ist das?«

»Mach sie auf. Also, es … ich habe gedacht, vielleicht … dann müssen wir nicht mehr so vorsichtig sein. Oder anders gesagt, damit ist es viel sicherer.« In der Schachtel steckte ein Puppenhut aus Gummi, ein Ring mit einer Schale darin.

»Die hab ich dazu bekommen.« Eine Tube, die, wie sich herausstellte, eine spermienabtötende Creme enthielt.

»Entzückendes Geschenk.« Ich grinste. »So romantisch.«

»Es ist nicht als Geschenk gemeint, entschuldige, es ist eher … ich dachte …«

»Ich weiß, was du meinst«, sagte ich, weil er da so unbeholfen saß, mit der Tube in der Hand und geöffneter Hose.

»Wollen wir es ausprobieren?«

Ich zog mich weiter aus und ließ Otto zuschauen, bis ich nackt war. Auf Zehenspitzen ging ich über den kalten Fußboden zum Wandschirm hinüber, der beim Waschbecken ein bisschen Privatsphäre schuf.

In der Schachtel mit der Schale lag auch ein Beipackzettel, auf dem ein abstrakter Querschnitt eines Frauenkörpers abgebildet war, bei dem ich nichts von mir selbst wiedererkannte.

Dass ich mir das Gummischälchen einführen musste, verstand ich auch ohne Erklärung. Ich spähte durch den Spalt im Wandschirm. Otto hatte sich ausgezogen, sein Penis war schwer geworden, steif, er wippte bei jeder Bewegung. Otto kniete sich aufs Bett, um die Heizung höherzudrehen. So erfuhr ich, dass man bei einem Mann zwischen den Beinen von hinten die Hoden hängen sehen kann. Ich wollte etwas Lustiges darüber sagen, aber dann verkniff ich es mir. Otto schlug die Decke zur Seite. »Klappt es?« Er blickte zum Wandschirm hinüber.

»Ja, sicher.«

Er ordnete seinen Penis und die Hoden neu. Ich musste grinsen.

»Kitzelt es?«, fragte Otto.

»Geht so«, sagte ich. Das Schälchen war trocken und dickwandig wie ein Gummischnorchel. Dieses störrische Ding kriegte ich kaum in meine Vagina. Ich traute mich nicht, noch mehr Kraft einzusetzen, aus Angst, in mir ein Vakuum zu erzeugen. Ich drückte etwas Paste aus der Tube und verteilte sie über den Rand. Sie sollte vor allem die Spermien abtöten, machte aber auch das Gummi weicher.

Beklommen versuchte ich noch einmal, es in mich zu zwängen. Ich stellte einen Fuß auf den Waschbeckenrand. So ging es besser. Flutsch. Komisch, etwas in mir verschwinden zu lassen, das dann auch dort blieb.

Ich kam hinter dem Wandschirm hervor. Gemeinsam begutachteten wir meinen Unterleib, als führte ich ein unsichtbares Kleidungsstück vor.

»Und ist es unangenehm?«

»Ich spüre es eigentlich nicht.«

»Ein Glück.«

»Wollen wir das Ding ausprobieren?«

Ottos Penis antwortete mit einem Schlenkern. Rasch zog er die Decke über sich. Ich legte mich neben ihn und presste meinen kalten Po an seinen Bauch. Noch nie hatten wir in einem echten Bett miteinander geschlafen. Noch nie hatte ich unter einer Decke den Geruch danach wahrgenommen. Wir hörten erst auf, als wir zu verdampfen drohten. Seine Hüften prallten gegen meine Pobacken, dabei versuchten wir, möglichst leise zu sein. Nie zuvor hatten wir uns so oft geküsst wie an diesem Wochenende. Wo auch immer er mich berührte, scheuerte er mich mit seinen fast unsichtbaren, messerscharfen Bartstoppeln wund.

Bevor ich Otto kannte, war ich mir meiner Brüste nie bewusst gewesen. Ich hatte immer nur versucht, sie zu verstecken. Sie gehörten zu dem Paket für später, sie waren für jemand anderen bestimmt, ein Geschenk, das erst in der Hochzeitsnacht ausgepackt werden durfte.

Seit Otto und ich miteinander schliefen, fühlten sich meine Brüste manchmal schwerer an, praller. Als würden sie wachsen, nachdem sie berührt worden waren oder auch nur, weil Otto sie angesehen hatte, sie anfasste, sie mit den Handflächen bedeckte, wenn er hinter mir lag. Nach all den Jahren des einsamen Fantasierens hatte ich nun das Gefühl, dass mein Körper in Betrieb genommen worden war. Mehr noch: Dass ich meinen Körper in Betrieb genommen hatte. Ein seltsamer Gedanke, den ich niemandem gegenüber auszusprechen wagte.

Ich musste eingeschlafen sein, denn ich wachte allein im Bett auf. Die Kirchturmuhr behauptete, es wäre schon früher Nachmittag. Noch nie im Leben hatte ich an einem Samstagnachmittag im Bett gelegen, ohne krank zu sein. Der Himmel war leuchtend blau. Die Kirchturmuhr schlug. Zeit existierte also noch, aber wir brauchten uns nicht an sie zu halten. Mein Magen knurrte. Otto hörte es zum Glück nicht. Er hatte seine Hose angezogen. Mit den Hosenträgern über dem nackten Oberkörper saß er in dem knarzenden Rohrstuhl und las mit ernster Miene Zeitung.

Dank der paar Dinge, die ich von ihm wusste, dachte ich, ihn ganz und gar zu kennen. Gleichzeitig aber kam er mir oft sehr fremd vor. Jetzt war ich mir bewusst, dass auf dem Stuhl ein anderer, fremder Körper saß. Mit den kleinen Haarbüscheln um seine rosa Brustwarzen, den Muttermalen auf seinen bleichen Oberarmen. Wie seine Nase länger erschien, wenn er in die Ferne blickte oder nach oben sah, um zu erkennen, was um die Lampe einer Straßenlaterne flatterte.

Ich wusste nicht einmal, welcher Arbeit er an der Universität nachging. Trotzdem hatte ich das Gefühl, dass ich durch das Wenige, was ich wusste, auch den Rest von ihm kannte. Und vielleicht mochte ich am meisten, wie ich mich in seinem Beisein veränderte. Was ich mir plötzlich zutraute. Ich wollte mit ihm schlafen, um ihm meinen Stempel aufzudrücken und um ihn mir anzueignen.

Die Zeitung raschelte leise, als Otto umblätterte, wahrscheinlich dachte er, ich schliefe noch.

»Guten Tag, Herr Tendeloo«, flüsterte ich. Sein Mund verzog sich zu einem breiten Grinsen, das sein ganzes Gesicht verformte.

»Guten Tag, Frau Tendeloo.« So sah er aus, wenn er an niemand anderen dachte, nur an mich.

Schließlich musste ich wieder nach Hause. Wo ich das Leben mit meinen Eltern wie einen alten Pullover wieder überzustreifen versuchte. Einen Pullover, der nach jedem Treffen mit Otto wieder ein Stück eingegangen war. Mittlerweile hatte er die Größe eines Kinderpullovers. Ich bekam den Halsausschnitt kaum noch über den Kopf.

Er spannte so, dass ich fast erstickte, als ich mich meinen Eltern gegenübersetzte. Kartoffeln und Blumenkohl. Vielleicht war es immer schon ein Kinderpullover gewesen, der jetzt nicht mehr passte, weil ich erwachsen geworden war.

15

Das Telefon.

Ich schrecke auf.

Bin anscheinend eingenickt. Die Fernsehnachrichten sprechen zu mir. Wieder klingelt es. Ich versuche, das Telefon vom Tisch zu fischen, aber es gelingt mir nicht. Der Handballen meiner rechten Hand und mein steifer Daumen sind angeschwollen und lila verfärbt. Das kommt von dem Schlag. Pochende Schmerzen. Letzte Nacht konnte ich kaum schlafen, wollte die Pfleger aber nicht um Schmerztabletten bitten. Wenigstens konnte ich meine Hand vor dem Mädchen verbergen, das mir heute Morgen aus dem Bett half und mich abbrauste.

Das Telefon klingelt wieder. Ich muss mich ganz zur Seite lehnen, um es mit der linken Hand vom Tisch zu nehmen. Allein schon diese Drehung tut weh.

Tobias Handy steht auf dem Display. Ich tippe auf die grüne Taste.

»Tobi!«

»Mam«, sagt er schroff. Er hat mir etwas mitzuteilen.

»Hallo, Schatz.«

»Ähm …«

»Geht es dir gut? Ist etwas mit Nadine?«

»Nein, nein. Ich, ähm … du hast jemanden geschlagen.«

»Was?«

»Na ja, wie ich sagte. Du hast jemanden geschlagen.«

Ich stammle ein paar Wortsilben und dann: »Woher weißt du das?«

»Man hat mich angerufen.«

»Oh.«

»Gestern schon. Ich dachte, ich gebe dir etwas Zeit, um selbst mit der Sprache rauszurücken. Hast du aber nicht getan. Ich war fassungslos. Sie machen sich Sorgen. Und ich natürlich auch, Mam.«

»Tobi, Tobi, hör zu …« Wir reden durcheinander.

»Mam, ich …«

Ich seufze und lasse Tobias den Vortritt.

»Mam?«

»Mhm.«

»Was ist denn in dich gefahren?«

»Ich weiß es nicht. Wirklich nicht.«

»Sie sagte, du wirktest verwirrt.«

»Verwirrt?«

»Du habest nicht einmal seinen Namen gewusst.«

»Aber nein, der Junge hat einfach einen schwierigen Namen. Und ich sehe hier so viele neue Leute und Aushilfen und Springer und Sommerkräfte. Und alle haben einen anderen Namen. Hätten sie alle denselben Namen, wäre das kein Problem. Ich weiß alles Mögliche über diesen Jungen, was seine Tattoos bedeuten und dass er zwanzig war, als seine Mutter gestorben ist.«

»Aha.«

»Nur sein Name war mir entfallen.«

»Ich wusste nicht, wie ich reagieren sollte, als sie angerufen haben.«

»Was hast du gesagt?«

»Dass du eine schlimme Zeit durchmachst. Der plötzliche Tod von Papa, die neue Umgebung. Viel Stress. So was in der Art.«

»Gut gemacht!«

»Ja?«

Ich nicke dem Fenster zu.

»Glaubst du, dass es daher kam?«

»Was?«

»Der Schlag.«

»Ach, der Schlag, der Schlag. Du solltest das nicht so aufbauschen. Ich hatte keine Brille auf, ich wollte nach etwas greifen, während ich geduscht wurde. Und dann stand der arme Junge im Weg. Der zappelt auch ständig herum, verstehst du? Es war ein Versehen, das ist alles.«

»Ah.«

»Schlag klingt, als hätte ich ihn absichtlich verprügelt. Die übertreiben doch.«

»Es hat also nichts mit dem Stress zu tun und damit, dass alles neu für dich ist.«

»Schatz …« Ich seufze. Ich möchte etwas sagen, das ihn überzeugt, aber da kommt nichts.

»Soll ich vorbeikommen?«

»Mach dir keine Sorgen.«

»Hast du die Vorhänge geöffnet?«

»Mhm.«

»Mam?«

»Was ist?«

»Hast du sie geöffnet? Ja oder nein?«

»Mach ich gleich.«

»Sitzt du da wirklich noch im Dunklen? Es ist fast halb zwölf.«

»Ich bin noch nicht dazu gekommen, Junge.« Ich will an dem Stoff ziehen, damit er die Gleiter rasseln hört, aber bei der kleinsten Bewegung spüre ich den brennenden Schmerz im Handgelenk.

»Ich versuche, die Hitze draußen zu halten.«

Stille rauscht zwischen uns.

»Ich mache mir Sorgen. Neulich hast du auch vergessen, dass der Mann das Bett abholen wollte.«

»Ich habe dir doch gesagt, dass ich meine Hörgeräte nicht drin hatte!«

»Soll ich nicht doch eben vorbeikommen?«

»Brauchst du wirklich nicht. Es war alles nur etwas viel für mich. Erst Papa, der ganze Umzug. Mach dir keine Sorgen.« Tobias lässt sich immer am besten mit seinen eigenen Worten beruhigen.

»Ich soll also nicht kommen?«

»Du brauchst nicht vorbeizukommen.« Ich sehe vor mir, wie er nickt, beruhigt, ein bisschen erleichtert auch, dass er nicht wieder einen ganzen Nachmittag für mich opfern muss.

»Aber jetzt erzähl doch mal …«, sage ich. »Wie geht es Nadine?«

16

»Elfrieda?«

Die Badezimmertür war nur einen Spaltbreit geöffnet.

»Mutter?« Ich sah nur die Hälfte ihres Gesichts. »Was ist denn?«

»Komm mal her.« Ich wurde ins unbeleuchtete Badezimmer gezogen, dann wurde die Tür verriegelt.

»Was ist denn?«

»Bist du schwanger?« Die Frage traf mich wie ein Faustschlag in die Magengrube.

»Stimmt das, Elfrieda?« Unwillkürlich hielt ich die Hand schützend vor meinen Bauch. Sie sah mich mit aufgerissenen Augen an, die Pupillen scharf wie Bleistiftspitzen. All ihre Falten erschienen mir tiefer. »Sag, dass das nicht wahr ist.«

Ich stieß Laute aus, nicht einmal den Anfang von Wörtern. »Nein«, brachte ich schließlich heraus. »Nein.«

»Dass du mir das antust«, schrie sie. »Dein Vater hatte recht, wie immer. Ich hätte dich viel, viel kürzer halten müssen. Oh, Allmächtiger.«

Sie packte mich fest am Handgelenk, damit ich nicht entwischen konnte. In ihren Augen sah ich den Schwindelanfall schon heraufziehen. »Alle deine drei Schwestern habe ich gut hingekriegt. Und dann wirst du als Letzte …« Sie presste sich die Hand auf den aufgerissenen Mund, als wollte sie etwas aufhalten, was unbedingt herauswollte. »Sag, dass ich mich täusche.«

»Du täuschst dich.« Meine Stimme war dünner als gewollt. »Es ist alles in Ordnung.«

»Lüg mich nicht an! Lüg deine Mutter nicht an.« Sie griff nach dem Deckel meines Eimers, der wie ihrer neben der Toilette stand. Wir ließen darin unsere Frotteebinden einweichen. »Deiner ist seit eineinhalb Monaten leer.«

»Spionierst du mir etwa nach?«

Sie verpasste mir einen Schlag. Mitten ins Gesicht. »Du bereitest der ganzen Familie Schande. Vor allem aber dir selbst!« Sie spie die Worte aus. »Ich spioniere nicht. Als Mutter habe ich das Recht, so etwas zu wissen.« Mit den Fingern rechnete sie die Wochen nach. »Vier, fünf …« Eine Hand genügte nicht, also kam die andere zum Einsatz. »Es ist bestimmt sieben Wochen her, dass …« Sie nickte Richtung meines Bauchs.

»Reg dich nicht auf.«

»Wie bitte?«

»Meine Periode ist öfter unregelmäßig.«

»Mit wem hast du Umgang?«

»Mit niemandem.«

»Verkauf mich nicht für dumm, Elfrieda. Erst dieses Erdbeereis. Oder einfach so am Wochenende mal eine Nacht mit Gemma weg. Und dann am Sonntag nicht einmal rechtzeitig zurück für den Gottesdienst. Mir kannst du nichts vormachen.«

»Ich habe Einwegbinden benutzt«, platzte ich heraus.

»Was?«

»Deshalb ist mein Eimer leer.«

»Einwegbinden?«

»Die spüle ich runter. Durch die Toilette.« Meine Mutter sah den Eimer an, dann wieder mich.

»Gemma hat sie mir gegeben. Sie hat sie mir empfohlen.«
Für einen Augenblick hörte man nichts außer unserem Atmen
in dem kleinen Badezimmer.

»Wirklich?«, fragte sie, jetzt eher argwöhnisch als zornig.
»Stimmt das wirklich?«

Ich nickte, nickte, nickte.

»Warum sagst du das nicht gleich?«

»Ich wusste doch nicht …«

»Nächtelang habe ich wach gelegen.« Sie stöhnte. »Ich bin
nur froh, dass ich deinem Vater nichts gesagt habe, das wäre
sein Ende gewesen. Der hätte dich schnurstracks auf die Straße
gesetzt.« Zerstreut ordnete sie die Zahnbürsten auf dem Brett
über dem Waschbecken, leckte ihren Daumen an und entfernte zwei weiße Spritzer vom Spiegel.

»Du hast mich und deinen Vater vor einer großen Schande
bewahrt.« Ihre Augen waren rot und glänzten. »Und dich selbst
auch.« Mit einem Finger zog sie an dem Halsausschnitt ihres
Kleids und wedelte damit. »Jetzt ist mir richtig heiß geworden.« Sie ergriff meinen Menstruationseimer. »Den brauchst
du also nicht mehr?«

»Den räume ich schon selbst weg.« Die Worte stiegen zitt-
rig aus meiner Kehle auf, und ich klammerte mich am Waschbecken fest.

»Ich glaube, dein Vater wird mehr Kostgeld von dir verlangen.«

»Mehr Kostgeld?«

»Wenn du diese modernen Binden benutzen willst, wird es
bestimmt nicht günstiger werden.«

»Die kaufe ich schon selbst.«

Geschmeidig bückte sie sich und hob etwas vom Boden auf.
Ein langes Haar, wahrscheinlich von mir. Sie ließ es über der

Toilettenschüssel los und spülte es hinunter. »Ich gehe lieber schnell nach unten, nicht dass dein Vater vor einem leeren Frühstücksteller sitzt.«

Alle Wassertropfen in meinem Körper hatten sich zu einer Welle verbunden, die in mir schwappte. Ich musste mich auf den Toilettendeckel setzen und die Stirn an die kalten Kacheln der Wand lehnen.

»Elfrieda?«, rief meine Mutter aus der Küche. »Hast du die Zeit im Blick?«

Wie lang traf ich mich schon mit Otto? Sechs, sieben Wochen? Vielleicht war unser erster Spaziergang mittlerweile schon länger her. Meine Periode war schon oft unregelmäßig gewesen. Ich führte darüber nicht Buch. Sie kündigte sich immer mit einem Krampf und einem Blutfleck an. Rasch kontrollierte ich meinen Schlüpfer: Der war sauber.

»Elfrieda!«, rief meine Mutter jetzt von der Treppe nach oben. »El-frieda? Hörst du mich?«

»Ja, Mutter.«

»Dein Bus fährt in ein paar Minuten.«

Ich wusste nicht, was mich mehr beunruhigte, der anfängliche Zorn meiner Mutter oder das Ausmaß ihrer lebhaften Erleichterung, als sie meine Lüge glaubte.

»Was machst du denn da noch?«

»Ich komme.«

Als ich endlich aufstand, zog ich meine Weste straff über den Bauch. Ich wagte nicht, mich im Spiegel anzusehen.

17

Bei jedem meiner Schritte nahm ich mich viel zu bewusst wahr: wie ich atmete, welche Einzelheiten mir auffielen, wie ich die Füße auf dem Bürgersteig aufsetzte und abrollte. Alles so bedeutsam, dass ich kaum noch wusste, wie ich normalerweise ging. Trotzdem lief ich weiter und bekam sogar noch den Bus. Wie jeden Tag nickte ich den anderen Wartenden zu. Es kam mir vor, als würde ich mich selbst spielen. Ich grüßte den Busfahrer. Meine Stimme zitterte dabei, aber das schien ihm nicht aufzufallen. Im Laden band ich Blumen zu Sträußen und wünschte den Kunden einen schönen Tag.

In stillen Momenten betastete ich hinter der Ladentheke unauffällig meinen Bauch, so wie ich früher mit der Zunge einen Wackelzahn befühlt hatte. Vielleicht war er einfach nur härter als sonst. Aber eigentlich wusste ich nicht, ob das stimmte. Möglicherweise musste ich nur auf die Toilette, und danach wäre es vorbei. Aber ich traute mich nicht, allzu oft zu gehen, denn Herr Vlessing arbeitete heute auch. Er war der Inhaber. Hinter seinem Rücken nannten wir ihn »Teigtasche«.

Gemma und ich standen in der Pause im Hinterhof. Es gab noch einen kleinen Schattenrand, bevor die Sonne am höchsten stünde. Wir rauchten rasch eine Zigarette.

»Frieda?«

»Ja?«

»Hast du was?«

»Wieso?«

»Du bist so … ich weiß nicht. Du hast den ganzen Tag noch nichts gesagt.«

»Ich bin vielleicht schwanger.« Ich kriegte einen Schreck: Ich hatte es ausgesprochen.

»Was?« Gemma sah mich an, als hätte ich gesagt, ich litte an einer schlimmen Krankheit. »Nein!«

»Vielleicht.«

»Wieso vielleicht?« Gemma packte mich am Handgelenk, sodass ich ihren Fragen nicht entkommen konnte. »Wann hattest du zuletzt deine Regel?«

»Weiß ich nicht genau.«

»Rechne die Wochen zurück.«

»Meistens spüre ich einen Krampf und am nächsten Tag geht es dann los. Oder am übernächsten. Ich habe nie Buch geführt.«

»Du wirst dich doch wohl an deine letzte Periode erinnern?«

Ich nahm schnell einen Zug von unserer Zigarette. Auf so viele Fragen war ich nicht vorbereitet. Eigentlich war ich auch nicht darauf vorbereitet gewesen, es ihr zu erzählen.

»Sieh mich mal an«, flüsterte Gemma.

Um Zeit zu gewinnen, blies ich den Rauch in die Luft, erst dann blickte ich zur Seite.

»Ist es von diesem Otto?«

Ich reichte Gemma unsere Zigarette, aber sie vergaß zu ziehen. Sie starrte mich auf eine Art und Weise an, dass ich sie ansehen musste. »Otto war sehr vorsichtig«, flüsterte ich. »Er hat sogar so ein Ding gekauft, das ich einführen muss, bevor wir …« Hätte ich bloß nicht davon angefangen.

»Ein Diaphragma.«

Ich nickte.

»Wie lange schon?«

»Fast immer, wenn wir uns getroffen haben.«

»Und die anderen Male?«

»War er sehr vorsichtig.«

Gemma inhalierte den Rauch tief. Das half ihr beim Nachdenken. Dann stieß sie ihn lange aus und sagte sanft: »So schnell wird man nicht schwanger.«

»Nein?«

»Wir versuchen es schon seit einem Jahr.«

»Wirklich?« Mit einem Mal hatte ich wieder Platz in der Brust.

»Der Pfarrer hat uns sogar einen Besuch abgestattet, um uns zu ermahnen, endlich damit anzufangen.«

»Es geht also nicht so schnell?«

»Bei uns jedenfalls nicht.«

So schnell wird man nicht schwanger, hallte es durch meinen Kopf.

»Hat dieser Otto eigentlich Kinder mit seiner Frau?«

»Ich glaube nicht.« Seltsam, etwas so Intimes mit ihr zu besprechen. »Sie sind seit Jahren verheiratet. Vielleicht geht es ja bei ihnen auch nicht so schnell.«

Im Lager wummerten Vlessings schwere Schuhe. »Damen, ich bezahle Sie nicht fürs Schwatzen.«

»Wir kommen schon.« Die Teigtasche nannte uns nur Damen, wenn seine Frau nicht im Laden war.

»Danke«, flüsterte ich und umarmte Gemma. Sie gab mir einen Kuss auf die Wange.

»Du musst mir ab jetzt alles erzählen, Frieda.«

»Das tu ich doch?«

»Nun, ich wusste noch nicht, dass ihr es getan habt.« Ihr Mund kam dicht an mein Ohr. »War es schön?«

115

»Geht dich nichts an.«

Ihr Lachen hallte durch den Innenhof. »Willst du Otto heiraten?«

»Das geht nicht. Das weißt du doch.«

»Wenn sie dahinterkommt, dass eine andere Frau von ihm schwanger ist, schon. Vielleicht will Otto das ja auch? Er geht doch nicht nur so mit dir.«

»Ich weiß nicht.«

»Frieda …« Gemma schaute mich ernst an. Anscheinend hatte ich mich selbst verraten.

»Na siehst du.«

»Was?«

»Natürlich willst du ihn heiraten.«

»Die Damen!«, dröhnte es aus dem Lager. »Die Blumeneimer werden nicht von selbst sauber.« Die Eimer zu schrubben war eine eklige Angelegenheit, die er am liebsten uns überließ.

Gemma schnippte unseren Zigarettenstummel weg.

»Wenn nicht, solltest du schnell einen anderen heiraten.«

»Wie meinst du das?«

»Wenn du wirklich schwanger bist.« Zwei zwitschernde Spatzen landeten neben dem Zigarettenstummel und pickten an ihm, ließen ihn dann aber liegen.

»Du kennst doch Johan van Hees noch?«

»Äh, ja.« Das war so ein blutleerer Junge, der aus Fischfleisch zu bestehen schien.

»Er ist bald mit seinem Militärdienst fertig.«

»Ja, und?«

»Er hatte schon immer ein Auge auf dich.«

»Ich heirate doch nicht Jan van Hees. Warum sollte ich das tun?«

»Wenn es kein falscher Alarm ist, musst du dir etwas einfallen lassen.« Gemma rollte den Gartenschlauch aus und drehte den Wasserhahn auf. »Er hat dich gern, und das ist schon die halbe Miete.«

Aus den Eimern stieg der Gestank nach fauligem Wasser auf. Gemma spritzte Chlor hinein und hielt sie schief, damit ich schrubben konnte. Die Erleichterung, die ich erst gefühlt hatte, war zu einem Knoten in Magenhöhe geschrumpft.

»Mach schon, Frieda«, sagte sie, weil ich mit der Bürste zögerte. »Oder soll ich alles allein machen?«

»Gemma?«

»Was?«

Ich musste es noch einmal aus ihrem Mund hören. Es war mit einem Mal wichtig, dass sie es noch einmal aussprach, wie ein Versprechen, einen Zauberspruch.

»Was ist denn?«

»Man wird nicht so schnell schwanger, richtig?«

Gemma nickte müde.

»Könntest du das bitte laut sagen?«

»Man wird nicht so schnell schwanger, Frieda.«

Die Tage danach dachte ich nicht mehr ständig daran. Der Gedanke schlummerte, bis ich mich plötzlich dabei ertappte, dass ich mich in einer Fensterscheibe oder bei meinen Eltern im Badezimmerspiegel betrachtete. Oder wenn die schwangere Mutter mit den zwei Kindern, die sich jede Woche eine Blume aussuchen durften, an der Ladentheke stand. Während sie zankend an den Eimern entlangliefen, lächelte mich ihre Mutter verschwörerisch an, sodass ich dachte, sie sähe mir mehr an als ich selbst. Dieses Gefühl, dass andere mehr über mich wussten als ich selbst, kam immer wieder auf.

18

»Hör mal!« Otto streckte den Zeigefinger in die Luft. Aus allen Richtungen klang Zirpen. In der Ferne, am Fluss, lagen die Silhouetten der schlafenden Ziegeleien.

»Was soll ich denn hören?« Genau in diesem Moment ertönte ein Kreischen.

»Das ist ein Fuchs.«

»Ein Fuchs?«

Wir hatten am Deich geparkt. Ich schlug nach den Mücken, die mich durch meine Strümpfe hindurch in die Knöchel stachen. Eigentlich hatte ich nicht erwartet, dass wir wirklich Nachtfalter zählen würden. Aber Otto holte seine Utensilien aus dem Kofferraum, einen großen weißen Koffer, zwei Stative mit ausklappbaren Füßen und Sturmlaternen. Eine Starenschar schreckte aus einer Baumkrone auf, als Otto die Heckklappe zuschlug.

Seit ich am Bahnhof bei ihm eingestiegen war, überlegte ich, wie ich davon anfangen sollte. Wie sollte ich ihm von der zornigen Panik meiner Mutter erzählen, die meinen Eimer kontrollierte? Obwohl, vielleicht hatte das Ganze nichts zu bedeuten, denn meine Regel kam ja öfter unregelmäßig. Und dass Gemma gesagt hatte, dass man nicht so schnell schwanger werde. Und wir hatten doch aufgepasst. Wahrscheinlich ein Fehlalarm … ganz vielleicht … doch jedes Mal, wenn ich damit herausplatzen wollte, erschien mir ein anderer Moment geeigneter.

Wir waren zu dem flachen, straffen Abendpolder gefahren. Am Wegesrand wuchsen junge Pappeln und nichts, wohinter man sich hätte verstecken können. Meine Eltern hatten mir sofort geglaubt, als ich behauptete, ich müsste die Nacht durcharbeiten, um alle Margeriten, Nelken und Gladiolen für die Ankömmlinge des Viertagesmarsches einzupacken. Es stand sogar ein Transporter auf dem Hof, in dem der Blumenvorrat gelagert wurde. Morgen würden wir direkt von der Ladepritsche aus verkaufen. Zumindest Letzteres war nicht gelogen.

»Hier entlang«, flüsterte Otto geheimnisvoll. Unter seinen Armen klemmten die Stative, mit der einen Hand schleppte er den weißen Koffer, in der anderen trug er drei Sturmlaternen. »Das ist eine Abkürzung.« Otto strahlte eine unerschütterliche Heiterkeit aus.

»Wir brauchen doch nicht zu flüstern, oder?«

»Nein, eigentlich nicht«, sagte Otto. Aber wir flüsterten trotzdem weiter. Er verschwand im Gebüsch. Die Laternen klirrten bei jedem einzelnen Schritt. Wir gingen über einen Fischerpfad, Schlehen- und Brombeergestrüpp wollten mich festhalten, während Otto mitsamt dem ganzen Gepäck mühelos vorankam. Die Dornen verhakten sich und zogen Fäden aus meinem Pulli, die ich von innen zurückzufädeln versuchte.

»Eigentlich ist das ein Wildpfad«, sagte er und blickte über seine Schulter. Da entdeckte er, dass ich zurückgefallen war. Er wartete, bis ich ihn eingeholt hatte. »Schau.« Otto stellte die Sachen ab und beugte sich über einen Schimmerstrauch. Dann drehte er sich um, auf seinem Daumennagel saß eine braune

Motte. »Das ist ein Schwammspinner. Es sind immer Männchen.«

»Gibt's denn keine Weibchen?«

»Doch, aber die fliegen nicht. Sie bleiben in der Nähe ihres Kokons.«

»Ah«, sagte ich, was ihn anscheinend dazu ermutigte fortzufahren.

»Bei manchen Arten haben die Weibchen nicht einmal Flügel. Sie bewegen sich nur bei der Paarung. In der Veluwe gibt es den Habichtskrautspinner. Das Weibchen hat keinen Mund, deshalb kann es nur als Raupe fressen.« Otto redete und redete. Seine Erläuterungen überfluteten mich. Mir kam es so vor, als drängte er mich mit seinen Worten und dem Gerede ins Gestrüpp zurück. »Beim Wiesen-Sackträger bleibt das Weibchen in ihrem Raupensäckchen, nachdem es geschlüpft ist. Dort wird es befruchtet, legt die Eier ab und wartet, bis es aufgefressen wird. Rate mal, von wem?«

Ich hatte keine Ahnung.

»Von ihren eigenen Raupen!« Ich wollte mit offenem Mund einatmen, aber die Luft schien mir von Motten gesättigt zu sein.

»Otto!«

»Was ist?«

»Warum erzählst du mir das alles?«

»Entschuldige. Nur so … ich dachte … es würde dich interessieren.«

»Können wir bitte weitergehen?« Ich brauchte mehr Luft, Platz. Ein Stück weiter vor uns wurde es zwischen den Sträuchern lichter.

»Willst du wirklich weiter?« Otto versuchte zu erahnen, was in mir vorging. »Ich kann dich auch nach Hause bringen. Ich kann verstehen, wenn das hier vielleicht nicht ganz das ist, was

120

du erwartet hast. Ich meine, vielleicht war es eine schlechte Idee, und du findest es ein sehr seltsames Hobby.«

»Geh einfach weiter«, sagte ich, was ihm anscheinend auch am liebsten war.

Der Pfad ging in lockeren Sand über, und ein Fliegenvorhang aus Weidenzweigen streifte meinen Körper. Die Weite am Fluss spendete mir Luft. Otto stellte seine Sachen in den Sand. Ich wollte zum Wasser laufen, aber er verstellte mir den Weg. »Entschuldige, dass ich so auf dich eingeredet habe. Ich wollte dich beeindrucken.« Ich ließ mich von ihm umarmen, beruhigen.

»Ist schon gut.« Ich schämte mich ein bisschen und hoffte, dass ich den Abend nicht verdorben hätte. »Ich fand es dahinten etwas beklemmend.«

»Es gibt Nachtfalter, die sich bei der Paarung ineinanderhaken und stundenlang so verkeilt bleiben«, flüsterte Otto und kitzelte mich so lang, bis ich lachen musste.

Doch die Beklommenheit wogte weiter in meinem Magen. Ich lief zum Fluss, dessen Wellen sanft an den Strand plätscherten, und bückte mich, um die Hand ins Wasser zu stecken. Es hatte eine warme Frische. Plötzliches Gerede erschreckte mich. Fremde Männerstimmen, ganz in der Nähe. Ich war enttäuscht: Hatte Otto etwa Nachtfalterfreunde eingeladen? Dann bemerkte ich, dass die Stimmen von einem Ruderboot kamen, das an den Buhnen am anderen Ufer entlangfuhr. Zwei Gestalten, so klein wie Ameisen. Ich konnte ihr Gespräch nicht verstehen, hörte aber, wie die Ruder tröpfelnd hochkamen und wieder ins Wasser eintauchten. Der Fluss war flach und still. Er hätte ohne Weiteres auch zugefroren sein können.

»Es ist fast wie im letzten Winter«, rief ich Otto zu.

»Was sagst du?«

»Die zugefrorene Waal.«

Otto breitete drei weiße Laken auf dem Gras aus, als wollten wir gleich picknicken. Doch das erste Laken knotete er an ein Stativ und eine Weide, die sich derart vornüberbeugte, als wollte sie sich im Sand schlafen legen. Ich wollte mich nützlich machen, aber nicht fragen, was ich tun könnte. Ich nahm die Dose mit den Wäscheklammern und reichte ihm eine nach der anderen. Die drei Laken hingen bald wie ein Vorhang um uns herum, ein Zelt, das uns vor nichts schützen würde. »Wollen wir gleich loslegen? Warte, nur noch kurz ...« Otto holte ein Marmeladenglas und einen Pinsel aus dem Koffer. »Eigentlich ist es schon etwas zu dunkel«, murmelte er. »Aber das schadet nicht.«

»Was?«

»Ach nichts, ich rede mit mir selbst. Normalerweise bin ich hier allein.«

»Was ist in dem Marmeladenglas?« Dadurch, dass ich selbst wieder sprach, wurde alles etwas selbstverständlicher zwischen uns.

»Damit locke ich sie an.« Otto schraubte den Deckel ab und ging zu einem Baumstamm hinüber. »Geheimrezept.« Er wollte mich wohl neugierig machen, also fragte ich: »Was ist denn da alles drin?«

»Tja«, sagte er, »jeder Lepidopterologe hat so sein eigenes Rezept.«

»Wie nennst du dich?«

»Ein komplizierteres Wort für Schmetterlingszähler.« Er hielt mir das Marmeladenglas unter die Nase. Ich schnupperte begeistert, denn ich erwartete etwas Appetitliches. Doch es war ein zäher, ekelerregender Gestank aus feuchten, faulen Obstschalen. Otto grinste. »Ein halber Becher Sirup, ein ordentlicher

Schuss Wein, verdorbene Pflaumen. Und das zermansche ich dann so lange, bis es zu dieser Schmiere wird. Nachtfalter finden sie herrlich.«

»Und diesen Brei machst du zu Hause selbst?«, fragte ich.

Otto nickte. Eigentlich erstaunlich, dass ich dieses Marmeladenglas voller Fäulnis charmant fand.

»So locke ich Falter an, die nicht unbedingt von Licht angezogen werden.« Otto befühlte den Baumstamm. »Der klebt noch vom letzten Mal.«

Ohne nachzudenken, platzte ich heraus: »Und wie findet Brigitte, dass du dieses Zeug in ihrer Küche zusammenbraust?«

»Sie, äh …«

Sofort tat es mir leid.

»Brigitte rümpft immer die Nase.« Konzentriert pinselte er die Baumrinde ein.

»Darf ich?«

»Das brauchst du nicht.«

Ich nahm ihm das Glas aus der Hand.

»Schön dick, ja?«

Mich ekelte der Gestank, trotzdem beschmierte ich den Stamm fanatisch, bis er violett glänzte. »Das riechen sie aus Dutzenden Metern Entfernung«, sagte er. »Nachtfalter haben einen viel besseren Geruchssinn als wir.«

Otto hängte Apfelschalen an niedrige Zweige und beschwor damit eine eigenartig häusliche Atmosphäre herauf.

»Darf ich dich etwas fragen?«

»Natürlich«, sagte Otto erstaunt.

»Du und Brigitte, wolltet ihr keine Kinder?«

Otto erstarrte. »Äh, doch, natürlich.«

In der Dämmerung konnte ich sein Gesicht nicht gut erkennen, aber er sah in meine Richtung.

»Sehr gern sogar. Warum fragst du?«

»Nur so.«

»Wir hätten sehr gern Kinder.« Er hängte weiter Apfelschalen auf und beließ es dabei.

»Habe ich genug auf die Rinde geschmiert?«, fragte ich, um das Gespräch wieder von Brigitte wegzulenken.

»Jaja, so ist es gut«, sagte er, ohne mich anzusehen. Ich stellte Marmeladenglas und Pinsel neben den Koffer. Über uns flatterten Fledermäuse im Zickzack zum Flussufer und wieder zurück ins Gebüsch.

»Es klappt bei uns nicht so einfach«, sagte Otto. Es klang entschuldigend, weil es um einen Kummer ging, der nicht in dieses Leben mit mir gehörte. »Deshalb …«

Oh, sagte ich, ohne es auszusprechen. Und dann laut: »Oh.« Weil ich irgendetwas sagen musste. »Das ist schlimm. Für euch.«

»Tja.« Die Sturmlaternen standen jetzt zwischen den Laken. Er schob die Glasscheiben hoch und fummelte an den Dochten herum. Danach kontrollierte er die Füllhöhe des Petroleums.

Das fügte der Abendluft ein neues Aroma hinzu, plötzlich konnte ich tief einatmen. Es war mir unmöglich, Otto anzusehen, weil ich nicht wusste, was er dann alles an meinem Gesicht ablesen könnte.

»Es ist herrlich heute Abend«, sagte ich.

»Ja, es ist wirklich ein perfekter Abend. Für Nachtfalter.« Gemeinsam blickten wir zum Horizont, wo die Sonne noch immer nicht ganz untergegangen war und die dunkelblaue Wasseroberfläche mit violett-rosa Flecken bemalte.

»Morgen schlägt das Wetter um. Dann wird es für ein paar Tage keine Nachtfalter geben. Deshalb sind solche Abende perfekt.« Er holte eine Streichholzschachtel aus seiner Jackentasche. »Bist du bereit?«

»Natürlich.«

Otto zündete die Sturmlaternen an. Alles wurde schön. Die Scheiben der Lampen klirrten, als Otto sie zuschob, die Flammen rauschten, wenn er den Docht höherdrehte. Unsere Stoffwände leuchteten auf. Es fühlte sich an, als würden wir uns in einem Heißluftballon befinden. Ich spürte die Wärme, die die Laternen abgaben. Vor meinen Füßen warf ein tanzender Schneider einen langen Schatten im Sand. Das Licht gab den Grasbüscheln ihre grüne Farbe zurück und ließ die Blüten des Jakobs-Greiskrauts golden schimmern. Die Finsternis um uns herum wurde jedoch noch schwärzer.

»Komm«, flüsterte Otto. Er nahm meine Hand und führte mich an den Petroleumlampen vorbei. »Dies ist ein wundervoller Augenblick.« Aus einiger Entfernung betrachteten wir die Laken, die wie viereckige Monde zwischen den Bäumen hingen. Dann begann das Schwirren. »Schau doch«, sagte Otto begeistert, obwohl er das bestimmt schon Hunderte Mal erlebt hatte. »Ich war hier noch nie mit jemand anderem.«

»Doch, natürlich« sagte ich.

Otto sah mich fragend an.

»Mit deinem Vater.«

Seine Finger hakten sich noch fester in meine. »Ja, stimmt, mit meinem Vater.«

Summen und Brummen aus allen Richtungen. All die Krabbeltierchen schienen entzückt zu sein, Otto wiederzusehen. Ausgehungert stürzten sie sich auf das Licht, das er für sie angezündet hatte. Eine Art Wunderkammer aus Faltern, die sich tagsüber verbargen, nun aber übermütig wurden. Einige schienen von einer Wurfmaschine abgeschossen worden zu sein, andere flogen unkontrolliert im Zickzack oder in Spiralen auf die viereckigen Monde zu.

»Komm.« Otto zog mich noch ein paar Schritte tiefer ins Gebüsch. »Wir stehen in ihrer Flugroute.«

Neben uns raschelte etwas im halbhohen Gras.

»Was ist das?«, fragte ich verschreckt.

»Nur ein Igel, der vorbeimöchte.« Otto zog mich am Arm noch ein Stück weiter. »Auch ihm stehen wir im Weg.« Es hätte mich nicht gewundert, wenn er hier alle Tiere persönlich gekannt hätte.

»Schön, nicht wahr?«, fragte er.

»Mhm.«

»Ist dir kalt?«

»Nein.«

»Warte kurz.« Otto ging in einem großen Bogen um die erleuchteten Laken herum. Der Igel raschelte munter weiter. Plötzlich hielt er inne und stellte die Stacheln leicht auf. Und mit einer Geschwindigkeit, die nicht zu ihm passte, schnappte er sich den Schneider aus dem Gras.

Otto hielt eine grüne Korbflasche hoch. »Gläser habe ich leider vergessen. Trinkst du Wein?«

»Ich will es gern probieren.«

Der erste Schluck prickelte und kribbelte in meinem Mund. Sofort nahm ich noch einen Schluck und gab ihm die Flasche zurück. »Gießt du diesen hier auch in deine Mottenschmiere?«

Otto grinste. Ertappt. »Eigentlich kredenze ich ihnen viel zu teuren Wein.«

Plötzlich streifte ein Nachtfalter meine Wange und verfing sich in meinen Haaren. »Huch«, rief ich und schlug nach ihm. Das Viech dröhnte wie ein Brummkreisel. »Mach ihn weg!«

»Immer mit der Ruhe.« Otto fing den kitzelnden Falter von meinem Hals. Ich hatte Gänsehaut bis hinunter in die Zehenspitzen.

»Das ist ein Weidenkarmin! Den habe ich hier noch nie gesehen!« Otto sah mich mit großen Augen an. »Noch nie!« Fast jauchzte er. »Schau mal, wie hübsch.« Er hielt mir die Hand vors Gesicht und öffnete langsam die Finger. Ich wich zurück, aber die Motte hielt still. Ihre Flügel waren so grau wie die Westen, die meine Mutter schon ihr Leben lang trug, aber mit in grauen Linien verlaufener Farbe. »Sieh nur!«, flüsterte Otto. Er hielt seine Hand gegen das Licht. Langsam öffnete die Motte ihre Dachziegelflügel und offenbarte einen knallroten Unterrock mit zwei schwarzen Säumen und einer weißen Zierkante.

»Wunderschön«, sagte ich und meinte es auch so.

»Sie sind wirklich äußerst selten!« Otto blickte mir tief in die Augen. Ich brachte ihm Glück. Vorsichtig überließ er den Falter wieder der Luft. »Ich muss ihn rasch notieren.«

Unterdessen hatten die weißen Laken ein lebendes Schmetterlingsmuster bekommen. Otto nahm ein Notizbuch aus dem Koffer und begann mit Strichen zu zählen, schrieb hastig Namen auf die leeren Linien. Murmelnd ging er an den Laken entlang. Manche Nachtfalter schienen Blütenblätter unter ihren grauen Flügeln zu haben.

»Und die da?« In der Hoffnung, wieder eine seltene Art entdeckt zu haben, deutete ich auf eine weiße Motte mit schwarzen Pünktchen. Aber das war nur eine gewöhnliche Gespinstmotte. Und davon gab es jede Menge, Otto zeigte mir Dutzende Striche in seinem Notizbuch.

»Trotzdem finde ich sie schön.«

»Ist sie ja auch.«

Otto schrieb und zählte weiter. Manchmal stand er mit dem Gesicht sehr nah an den Laken, um eine Art zu bestimmen. Es gab nur wenige Momente, in denen ich ihn ansehen konnte, ohne dass er es bemerkte. In denen ich ihn als Individuum sehen konnte. Manchmal war es kaum vorstellbar, dass dieser Mann bei seiner Haut aufhörte, während er für mich so viel größer war als sein Körper.

Das Licht der Petroleumlampen wurde immer schwächer. Ich hatte es erst nicht gemerkt. Die ersten Nachtfalter brachen auf und hinterließen auf den Laken graue Flecken. »Schau mal.« Otto hielt ein Laken schräg zur einzigen Lampe, die noch brannte, und zeigte mir, dass in den schmutzigen Flecken eine Art Goldpuder glitzerte.

»Wie hübsch.«

»Manche Nachtfalter haben Sternenstaub zwischen den Flügeln.« Wir sahen uns für ein paar Sekunden tief in die Augen. Ich glaubte, in dem Moment kurz seinen Vater in ihm gesehen zu haben.

Bevor wir die Lampen mitnehmen konnten, mussten sie erst ein wenig abkühlen. Um uns noch anschauen zu können, standen wir nun dicht beieinander, er nahm mich in die Arme.

»Hast du schon mal einen neuen Nachtfalter entdeckt?«

Er schüttelte den Kopf.

»Würdest du das gern?«

»An der Universität laufen so viele Männer herum, die hoffen, irgendwann auf eine Theorie zu stoßen, der sie ihren Namen geben können. Oder sie spähen ein Leben lang durch ein Mikroskop und warten auf ein Teilchen, das vorher noch niemandem aufgefallen ist.« Otto rieb seine Wange an meiner und betrachtete dabei die Sterne über uns. »All die Männer, die in den Himmel sehen und hoffen, dort irgendwo einen neuen Stern zu entdecken.« Er zuckte die Schultern. »Mir ist das ganz egal.«

»Wieso?«

»Ob ich nun eine Schmetterlingsart entdecke oder nicht …
Sie existiert auch ohne mich.«

Ich war mir nicht sicher, ob ich eine dumme Frage gestellt
hatte.

»Es ist so wie mit dir.«

»Was?«

»Ich habe dich auch nicht entdeckt. Es gab dich schon, bevor ich dich kannte.«

»Da bin ich mir nicht so sicher.«

»Wie meinst du das?«

»Ob es mich schon gab, bevor ich dich kannte.« Ich erschrak, als seine Hand meine suchte. Ich war auf der Hut vor
Tieren.

»Vielleicht hast du recht«, sagte Otto. »Ich bin mir auch nicht
mehr sicher, ob ich schon existiert habe, bevor ich dich kennengelernt habe.«

»Dann sind wir unsere gegenseitigen Entdecker.«

»Und dürfen uns einen Namen geben.« Otto sah mich so an,
wie ich es am liebsten hatte. Mit seinem wirren Lächeln. »Hätte ich doch eher gewusst, dass es dich gibt.«

»Was hättest du dann getan?«, fragte ich.

Otto nahm mein Gesicht in seine Hände, küsste mich aber
noch nicht.

»Na?«, flüsterte ich herausfordernd, weil er mich nur anstarrte. »Herr Tendeloo?« Am liebsten hätte ich gehabt, dass die
Welt nicht größer wäre als der Raum zwischen unseren Gesichtern.

»Ach, Ida«, seufzte er. Dann küsste er mich auf den Mund,
auf die Wangen. Mit jedem Kuss fachte er einen glühenden
Hunger in meinem Unterleib an, meine Zunge fühlte sich dicker an und prickelte. Otto küsste meinen Hals. Ich wollte mei-

nen Schlüpfer hier auf der Stelle auszuziehen, um ihn einzulassen. Gemeinsam mit ihm ein Universum öffnen. Ich war sogar bereit, später für ihn so eine Mottenschmiere in unserer Küche zu kochen.

»Komm«, unterbrach Otto unseren Kuss.

»Wohin?«

Er küsste mich auf die Stirn und ließ mich los.

»Wollen wir zum Auto gehen?«

»Äh … ist gut.« Mein Kopf hatte in seinen Händen geschwebt und musste sich kurz wieder daran gewöhnen, selbstständig auf meinem Hals zu balancieren.

Und schon lagen wir wie zwei halb aufgefaltete Klappstühle auf der Rückbank des Simca. Es war in diesem Moment unmöglich, die Zeit abzuschätzen. Mein rechtes Bein lag über der Schulter des Beifahrersitzes, Ottos Arm unter meinem Rücken. Als wir miteinander schliefen, fühlte ich kaum, wo mein Körper aufhörte und seiner begann. Jetzt wurde mir Otto aber allmählich zu schwer, meine eingeklemmte Hand fing an zu kribbeln. Er wandte sich von mir ab und suchte einen anderen Platz für seine Beine. Ich lag hier derart zusammengequetscht, dass mein Bauch sich wölbte.

Ich nahm seine Hand und legte sie möglichst lässig unter meinen Nabel. Wenn sich irgendetwas an meinem Bauch verändert hätte, wäre er der Einzige, der diesen Unterschied fühlen könnte. Langsam streichelte er ein paarmal meinen Unterleib.

»Hast du das Diaphragma drin?«

»Jaja«, stammelte ich, überrascht von seiner Frage. »Natürlich. Jedes Mal.« Ich hatte es zu Hause im Badezimmer sorgfältig mit der Paste eingeschmiert und eingesetzt. Die Tube war mittlerweile halb leer. Ich war so sorgfältig vorgegangen, dass es bestimmt einen rückwirkenden Effekt hatte.

»Stört dich das Ding?«

»Ich spüre es kaum.«

»Ein Glück.« Seine Hand drehte noch eine Runde über meinen Unterleib, dann trippelten seine Finger zu meinen Brüsten hoch. Da selbst Otto an meinem Bauch keinen Unterschied ausmachte, fühlte ich mich mit einem Mal unglaublich leicht. »Nicht so doll kneten.« Lachend klapste ich ihm auf die Hand. »Ist doch kein Brotteig.«

Dies nahm er zum Anlass, meine Brustwarzen zu küssen. Ich musste lachen und spürte, wie etwas Sperma über meine Oberschenkel lief.

»Komm«, sagte ich.

Und dann taten wir etwas, was wir nie zuvor getan hatten: Wir schliefen gleich noch einmal miteinander.

19

»Überraschung!«

»Oh, äh, wie nett.«

Mit Nadine an der Hand betritt Tobias mein Zimmer.

»Womit habe ich das verdient?«

»Nur so«, sagt Nadine und strahlt.

Zum Glück hat eine Frau heute Morgen mein Zimmer gesaugt und unaufgefordert den Vorhang geöffnet. Für mich hätte sie das nicht tun müssen, aber so sitze ich wenigstens nicht im Dämmerlicht, und Tobias muss sich nicht sorgen.

»Na gut«, sagt Tobias. »Wir sind hier nicht ohne Grund.«

Nadine umarmt und küsst mich. »Frieda, wie schön, dich zu sehen.«

»Gleichfalls, Mädchen.« Ihre Strickjacke ist mit nur einem Knopf in Höhe der Brüste geschlossen, wodurch die Wollschöße wie ein Theatervorhang an ihrem Bauch herunterhängen. Wenn ich die Hand ausstrecken würde, könnte ich ihn berühren.

»Wir haben eine Überraschung für dich.«

»Eine Überraschung für mich?«

»Warte kurz«, sagt Tobias über seine Schulter. »Ich mache rasch Tee.« Er steht in meiner Kochnische und wartet, bis das Wasser kocht. »Ich möchte dabei sein.«

»Natürlich«, sagt Nadine. Sie holt einen Stuhl vom Esstisch

und setzt sich mir gegenüber. »Du musst es deiner Mutter sagen.«

»Na, dann mache ich den Fernseher mal aus.« Ich greife mit der linken Hand nach der Fernbedienung, meine rechte tut weh, auch wenn ich sie nicht bewege. Nadine bekommt davon glücklicherweise nichts mit. Als ich sie ansehe, zieht sie die Augenbrauen in hohen Bögen über ihre freudigen Augen.

»Bitte schön.« Tobias verteilt die Teetassen. »Wir dachten, du könntest bestimmt etwas Aufmunterung gebrauchen. Deshalb sind wir hier, anstatt dich nur anzurufen.« Er stellt meinen Tee auf die Fensterbank und setzt sich neben Nadine. »Wir hatten nämlich heute Morgen wieder einen Termin beim Gynäkologen …« Er lächelt Nadine verschwörerisch zu. »Und der hat wieder einen Ultraschall gemacht.«

Ich konzentriere mich so darauf, was Tobias zu sagen hat, dass ich nicht auf Nadine achte. »Schau«, unterbricht sie ihn fröhlich und hält mir ein Ultraschallbild vor die Nase. »Das ist es.«

»Oh.« Ich weiche zurück, doch da ist schon die Kopfstütze meines Sessels. Die Umrisse eines kleinen weißen Körpers, umgeben von bedrückendem Weltraumschwarz.

»Es ist ein Mädchen!«, jubelt Tobias. »Du wirst die Oma eines kleinen Mädchens.« Er beugt sich über mich. »Sie winkt dir zu, Mam.« Er zeigt auf die Mitte des weißen Flecks.

»Da ist das Herz«, sagt Nadine, die sich von der anderen Seite über mich beugt. »Bumm-bumm-bumm, so hat es sich angehört. Wundervoll.« Ich spüre ihren lauen Atem an meinem Gesicht. »Ihr Herz klingt so quicklebendig.«

»Ein Mädchen«, sagt Tobias noch einmal. »Jetzt ist es noch viel realer.« Er zieht Nadine an sich. »Jetzt wissen wir, wessen Herz wir schon seit Wochen pochen hören.«

Ich klammere mich an die Armlehnen meines Sessels. Denn um mich herum kippt alles, obwohl ich weiß, dass die Wände neben mir sind und die Zimmerdecke über mir.

»Ist das nicht toll, Mam?«

»Nun …« Ich muss die Worte herauspressen. »Was für eine Überraschung.«

Nadine hört nicht auf zu lächeln. Ich will nach meiner Teetasse greifen, um mich an irgendetwas festzuhalten, aber mit meiner kaputten Hand gelingt mir das nicht.

»Tja«, sagt Tobias.

»Nun«, sage ich noch einmal, »und dafür der weite Weg.«

Die beiden werfen sich kurz einen Blick zu. So sehen sie sich auch an, wenn ich nicht auf einen Namen komme oder den Zettel mit meiner Geheimzahl aus der Tasche fische.

»Ihr braucht euch gar nicht so anzugucken!«

»Wie denn?«, sagt Tobias verblüfft. »Wie gucken wir denn?«

»So … so. Als würdet ihr denken, mit der stimmt was nicht.«

Tobias zuckt die Schultern. »Wir denken gar nichts.«

»Was für ein Trara.«

»Was meinst du damit?«

»Entweder wird es ein Junge oder ein Mädchen. Mehr Auswahl gibt es ja nicht.«

»Mam!«

»Was macht das schon? Bei dir haben wir es erst bei der Geburt gesehen.«

»Mam, das ist kein Grund, so zu schreien«, sagt Tobias. »Ich bin dein einziges Kind. Und das, das …« Er deutet so brüsk auf Nadines Bauch, dass es fast scheint, als wollte er zuschlagen. »Das ist wahrscheinlich das einzige Enkelkind, das du in deinem Leben erleben wirst. Und da reagierst du so?«

»Ein Anruf hätte genügt.«

»Was ist bloß mit dir los? Denkst du, du bist die Einzige, die jemanden verloren hat? Ich habe meinen Vater verloren.« Er schlägt sich mit der Faust auf die Brust. »Und Pa hatte sich darauf gefreut, Opa zu werden.«

Nadine murmelt etwas und versucht zu beschwichtigen. Dabei hält sie schützend die Hand vor den Bauch.

»Du kümmerst dich nur um dich und deinen Kummer. Und wir schuften, um die Wohnung auszuräumen und euren Krempel zu sortieren und dieses Zimmer für dich zu finden.«

»So redest du nicht mit deiner Mutter!«, schreie ich.

»Ach, Mensch!« Tobias stößt den Stuhl nach hinten, der gegen den Esstisch kracht. »Komm, wir gehen.« Nadines Jacke hat er schon in der Hand.

»Hier, trink erst mal einen Schluck«, flüstert sie ihm zu. Sie ist aufgestanden, um ihn zu besänftigen. »So können wir doch nicht weggehen.«

Plötzlich ist es still im Zimmer. Mein Herzschlag rauscht mir in den Ohren. Tobias massiert sich die Augenhöhlen, fährt sich mit den Fingern durch die Haare.

»Bitte«, sagt Nadine und reicht mir meinen Tee. »Beruhigt euch jetzt bitte.«

Ich muss ihn mit der linken Hand annehmen, aber die zittert so heftig, dass ich etwas Tee auf meine Beine schütte. Tobias sieht es. »Wieso trinkst du so komisch?«

Ich kann nicht antworten.

»Mam, du gießt dir Tee auf die Hose.« Tobias nimmt mir die halb volle Tasse aus der Hand.

»Was ist mit deinem Handgelenk passiert?« Jetzt stellt er auch seine Tasse ab und hockt sich vor mich. »Die Hand ist ja ganz lila.« Die Zornesfalten in seinem Gesicht glätten sich abrupt. »Woher kommt das? Warum hast du nichts gesagt?«

»Ach, halb so schlimm. Alles halb so schlimm.«

Doch als er mein Handgelenk berührt, stöhne ich auf vor Schmerzen. Wie bei einem Vögelchen, das gegen ein Fenster geflogen ist, nimmt er behutsam meine Hand in seine. »Wie ist das passiert?« In seiner Stimme finden sich nur noch ein paar Körnchen Wut. »Kommt das von dem Schlag?« Mit dem kleinen Finger befühlt er den ausstrahlenden lila Fleck.

»Au, au, au«, keuche ich. »Lass mich los.«

»Kannst du die Finger bewegen?« Ich will die Hand zurückziehen, aber Tobias lässt mich nicht.

»Mam, du musst zum Arzt.« Er sieht hoch zu Nadine. »Wir müssen die Hand röntgen lassen.«

20

Ich bekomme einen Riesenhandschuh aus Gips, von den Fingern bis hinauf zum Unterarm.

»Völlig übertrieben.«

»Mam, dein Handgelenk ist gebrochen.«

»Mach nicht so einen Wirbel, es ist nur ein kleiner Knochen meines Daumens.«

Mein Rollator lässt sich mit dieser Betonhand nur schwer lenken. Wir sind schon fast wieder bei meinem Zimmer. Trotz der Sommerhitze behalte ich die Jacke an, um den Gips zu verstecken, damit andere Bewohner keine Fragen stellen.

Zuvor hatten wir Nadine am Bahnhof abgesetzt, damit sie nach Hause fahren konnte. Tobias stieg mit ihr aus. Sie gingen ein paar Schritte, redeten, die Gesichter nah beieinander. Nadine gab Tobias zum Schluss einen langen Kuss. Ich schaute weg.

Als Tobias wieder einstieg, sagte er nur: »Nadine winkt.« Ich hob die Hand.

Dann brachte mich Tobias zu meinem Hausarzt, der mich zum Röntgen in die Notaufnahme schickte. Wir saßen den ganzen Mittag nebeneinander im Wartezimmer, aber ich glaube nicht, dass die anderen Leute merkten, dass wir zusammengehörten.

Tobias seufzt und holt eine Broschüre über Knochenbrüche aus seiner Schultertasche und einen Zettel mit dem Datum für meinen Kontrolltermin. Er legt alles auf die geriffelte Spüle und fährt ein paarmal mit dem Fingernagel darüber. »Oh, fast vergessen.« Unten aus der Tasche nimmt er zwei Packungen Schmerzmittel. »Ich lege sie ins Badezimmer.«

»Ist gut, Junge.«

Die beiden Esstischstühle stehen immer noch bei meinem Fernsehsessel am Fenster, wo wir sie überstürzt zurückgelassen haben. Vielleicht warten sie ja darauf, dass wir uns wieder hinsetzen und weiterreden.

»Willst du noch etwas trinken?«

Tobi schüttelt den Kopf und wendet sich zur Tür.

»Nicht einmal ein Glas Cola?«

»Ich habe genug getrunken. Ich möchte jetzt gern zu Nadine.«

»Natürlich.«

Ich weiß nicht genau, wie wir uns heute verabschieden sollen.

»Musst du noch aufs Klo? Sonst musst du vielleicht gleich, wenn du im Auto sitzt.«

»Mam, ich bin achtundvierzig.« In seiner Jackentasche brummt es, Tobias blickt auf das Display und lächelt. Vielleicht eine Nachricht von Nadine. Er tippt eine Antwort mit nur ein paar Zeichen und steckt das Handy in die Hosentasche.

»Also dann, Mam.«

»Gut, Junge. Bis bald.«

»Ach ja, Anfang nächster Woche bin ich in der Gegend, dann bringe ich den letzten Krempel zum Recyclinghof.«

»Ist die Wohnung denn schon leer?«

»Dann ist alles ausgeräumt. Endlich.«

Ich kann nur nicken.

»Dann noch die Schlüsselübergabe mit der Baugenossenschaft. Ich nehme nicht an, dass du dabei sein möchtest?«

»Was heißt das genau?« Es ist mir egal, was Tobias sagt, Hauptsache er redet und geht nicht. »Wir können das gern zusammen machen.«

»Ich mache das allein, reine Formsache.«

»Ah, na dann …«

»Und danach habe ich auch erst einmal die Schnauze voll.« Tobias reibt sich Runzeln ins Gesicht und massiert sich die Augenwinkel.

»Kommst du nach der Schlüsselübergabe kurz vorbei?«

»Äh … vielleicht.«

»Schau, wie du's schaffst. Fühl dich zu nichts verpflichtet.« Er sieht auf die Uhr der Mikrowelle. »Ich muss los, Mam.« Er gibt mir einen flüchtigen Kuss.

»Grüß Nadine lieb von mir.«

»Mach ich.«

»Vergiss es nicht, ja?«

»Ich vergesse es nicht.« Seine Hand liegt schon auf der Türklinke.

»Wenn das alles vorbei ist, werden wir uns wohl nicht mehr so oft sehen.«

»Wieso?«

»Ich verstehe das.« Ich wedele mit der Hand, um zu zeigen, dass ich es nicht böse meine, ihn nicht aufhalten will. »Ist doch logisch, du wirst nicht mehr so oft in der Gegend sein. Die Wohnung ist leer. Und bald hast du ja auch eine eigene Familie. Dann hast du andere Dinge um die Ohren.«

»Aber, ich, äh …«

»Vergiss, was ich gesagt habe. Ich habe es nicht so gemeint.«

Tobias steht schon halb auf dem Flur, wirft sich die Tasche über die Schulter. »Also dann. Tschüs.« Er holt sein Handy hervor, ist mit seinen Gedanken schon ganz woanders.

»Es tut mir leid … Tobi.« Ich hätte ihn gern umarmt. »Ich …«

»Ist schon gut, Mam.« Er tritt einen Schritt zurück und noch einen, schaut auf sein Handy. »Wir reden noch darüber.«

»Ja, geh nur. Hoffentlich ist kein Stau.«

21

Mitte September.

Otto war im Urlaub gewesen, irgendwo in Südfrankreich. Wir hatten uns knapp drei Wochen nicht gesehen. Am ersten Samstag nach seiner Rückkehr musste ich bis nachmittags arbeiten. Otto stand neben seinem Auto und wartete auf mich. Er hatte frisch geschnittene Haare und trug eine Jacke, die ich nicht kannte. In seinem anderen Leben war seine Haut sommerlich braun geworden. Vor allem seine Hände sahen dadurch anders aus. Ich berührte seine Haare, verwuschelte seine Frisur, damit sie weniger adrett wirkte. Und ich konnte mich nicht beherrschen, ich musste ihn küssen, auf offener Straße. Sein Kuss war klein, ein Hauch, dann gab er mir einen Schubs zur Beifahrerseite. »Wir haben noch die ganze Nacht.«

Ich hatte mir vorgenommen, es ihm zu sagen. Otto war eingestiegen und ließ den Motor an. Ich setzte mich neben ihn.

Auf den Straßen herrschte viel Verkehr.

Wir mussten uns offenbar aneinander gewöhnen, wie damals bei unseren ersten Spazierfahrten. Wir fuhren Hand in Hand, schalteten zusammen von einem Gang zum nächsten. Wenn es keinen Gegenverkehr gab, schaute Otto mich rasch an. Wir fuhren über die Maasbrücke. Es war später Nachmittag, Streiflichter der untergehenden Sonne schienen über das Wasser, Licht wie auf Gemälden.

»Schau nur«, sagte er. »Wunderschön.«

»Was?«

»Der Fluss, das Licht.« Otto grinste. »Die Sonne spielt sich ein bisschen auf.«

»Wieso?«

»Um dich zu beeindrucken. Sie will, dass du sie auch mal ansiehst, nicht nur mich.«

Wir bogen ab in Richtung Deich. Die Rauchschwalben warteten schon auf uns. Die letzten Jungen des Jahres wurden für Flugübungen aus dem Nest gejagt. Sie saßen auf Scheunendächern und Stromleitungen, bis sie an der Reihe waren.

»Kannst du kurz anhalten?«

»Warum?«

»Ich will mich umschauen.«

Otto parkte halb in der Böschung und stellte den Motor ab. Die tief stehende Septembersonne setzte die Maas in Brand, die alten Buchen rings um die Stadt schimmerten zögerlich gelb. Krähen kreisten um den Kirchturm. Ich fand es nahezu unvorstellbar, dass all das hier auch existierte, wenn wir nicht in der Gegend waren, es nicht betrachteten.

»Weinst du?«, fragte Otto erschrocken, als wir hier schon eine Weile standen.

»Nein.« Ich hörte das Kippeln in meiner Stimme. Dass meine Wangen feucht geworden waren, hatte ich gar nicht bemerkt.

»Was ist denn?«

»Nichts.«

»Trotzdem weinst du?«

»Ich will die Welt für immer so sehen, wie wir sie zusammen sehen.«

»Ach, Ida.« Mit dem Handrücken trocknete er meine Tränen. »Das würde ich auch gern, Ida.« Und er meinte es so. Otto zog meinen Kopf an seine Schulter, seine rechte Hand blieb auf meinem Schenkel.

»Otto?«

»Ja?«

»Ich bin schwanger.«

Otto schreckte zurück. »Was sagst du da?«

»Jedenfalls glaube ich das«, milderte ich meine Entschiedenheit ab. »Vielleicht. Ich glaube, dass ich vielleicht schwanger bin.« Ich wollte sein Gesicht berühren, aber er zuckte vor mir zurück. »Otto? Bitte!«

Er öffnete den Mund, schloss ihn wieder.

»Ich bin mir nicht ganz sicher. Es könnte auch sein ...« Erst als ich meine Zweifel äußerte, kam er in Bewegung.

»Warst du schon beim Arzt?«

»Nein, ich ... meine Menstruation ist ausgeblieben.«

»Erst diesen Monat?«

»Sie kommt immer unregelmäßig. Ich habe mir das nie aufgeschrieben. Das war nicht nötig.«

»Wann hattest du sie zum letzten Mal?«

»Vor drei Monaten, zwei vielleicht.«

»Und du kommst erst jetzt damit an?«

»Du warst im Urlaub.« Ich wollte nicht allein schuld sein. »Hätte ich etwa zu dir nach Hause kommen sollen? Ich weiß nicht einmal, wo du wohnst.«

»Bist du sicher, dass es von mir ist?«

»Was?«

»Du weißt doch, dass Brigitte und ich keine ...« Offenbar sah ich ihn so wütend an, dass er sich nicht traute, den Satz zu beenden. »Aber wir waren doch vorsichtig. Gerade in letzter Zeit! Du hast doch das Diaphragma benutzt?« Es klang, als würde er das Kleingedruckte der Versicherungsbedingungen durchgehen. Er betrachtete meinen Bauch. Unter meinem Herbstmantel gab es nichts zu sehen. »Und hast du wirklich nicht …?«

»Was?«

»Na ja, bist du nur mit mir gegangen?«

»Natürlich«, fuhr ich ihn an. Ich wollte ihm wehtun.

»Ist ja gut«, beschwor er uns beide. »Noch wissen wir nichts. Es könnte genauso gut sein, dass du … na ja, wenn sie öfter ausbleibt.« Er rieb sich die Stirn, die Augen, das Gesicht. »Wir müssen Ruhe bewahren.«

Natürlich hatte ich nicht erwartet, dass er begeistert sein würde, aber gehofft hatte ich es.

»Man wird nicht so schnell schwanger.«

»Das hat Gemma auch gesagt.«

»Wer?«

»Niemand, ich … eine Freundin … von der Arbeit.«

»Redest du etwa mit anderen über uns?«

»Ich musste es jemandem erzählen. Sie hat mich beruhigt.«

»Wie lange weißt du es denn schon?«

»Noch nicht lang. Höchstens ein paar Wochen.«

Plötzlich drehte Otto den Schlüssel um.

»Was hast du vor?«

Der Motor heulte auf.

»Wohin fahren wir?«

Er beschleunigte schnell, schaltete spät. »Einen Arzt suchen.«

»Jetzt? Kennst du hier denn jemanden?«

»Es gibt hier doch bestimmt einen Arzt.« Otto war plötzlich resolut, als hätte er für eine Situation wie diese einen Notfallplan parat, den er nun ausrollte.

»Aber den kennen wir nicht.«

»Ich gehe lieber zu einem Arzt, der uns nicht kennt.« Die Lichthupe eines entgegenkommenden Wagens blendete auf. Otto schaltete die Scheinwerfer ein.

»Lass uns erst reden, bitte«, flehte ich, aber Otto stellte sich taub. »Wir können doch morgen oder Montag hingehen.« Otto verwandelte sich in einen Mann, der nicht mehr größer war als sein Körper. Ich war mir nicht einmal mehr sicher, ob ich mich neben ihm im Auto befand. Weit vorgebeugt fuhr er durch die schmalen Straßen, betrachtete angespannt die Häuser. Mir war nicht ganz klar, wie er so einen Arzt finden wollte. Er raste um die Kurven, bremste plötzlich, um einen Radfahrer anzuhalten.

»Wir suchen einen Arzt«, rief Otto durch das heruntergekurbelte Fenster. Der Mann beschrieb uns den Weg, zwei Straßen weiter, und nannte sogar die Hausnummer.

Die Fenster des Arzthauses waren lichtspendende Vierecke. Wir eilten über den Gartenweg zur Tür, als müssten wir Zeit aufholen. Fast schob er mich vorwärts. Ich fühlte mich wie eine Tochter, die etwas falsch gemacht hatte. Ich war ein Feuer, das gelöscht werden musste.

»Otto, bitte.«

Schon klingelte er. Drinnen erklang penetrantes Geläut. Mir wurde übel. Hinter dem Milchglas wurde Licht gemacht, eine Silhouette kam uns entgegen.

»Guten Abend.« Ein höchstens zwölfjähriges Mädchen öffnete die Tür.

»Wir möchten den Herrn Doktor sprechen«, sagte Otto.

»Der ist im Moment nicht da.« Anscheinend sahen wir so zerzaust und panisch aus, dass sie uns ohne weitere Fragen einließ. »Sie können hier Platz nehmen.« Neben dem Garderobenständer standen zwei Stühle. Das Mädchen sprach in erwachsenen, einstudierten Sätzen. »Der Herr Doktor kommt

jeden Moment von einem Hausbesuch zurück.« Für Augen-
kontakt war sie aber zu schüchtern. »Ist es ernst?«

»Wie bitte?«

»Ist es ein Notfall?«

Ich schüttelte den Kopf, während Otto nickte.

»Oh.« Ihr Blick schoss zwischen uns hin und her. »Soll ich
die Laterne aufhängen, ja oder nein?« Plötzlich passte ihr Ton
zu ihrem Alter.

»Die Laterne?«, fragte Otto.

»Wenn der Doktor Hausbesuche macht und er die Laterne
am Gartenzaun sieht, weiß er, dass es ein Notfall ist.«

»Das ist nicht nötig«, sagte Otto. »Wir können warten.«

Sie ließ uns allein, löschte gedankenverloren das Licht im
Flur und schlüpfte ins Wohnzimmer. »Pst«, zischte sie ihren
Geschwistern zu. Sämtliche Türen, die zum Flur führten, wurden geschlossen. In der Luft hing der dicke Dunst von ausgekochten Markknochen und Fleischbrühe. Auch die Küchentür
wurde zugemacht. Otto und ich blieben im blauen Schimmer
auf den Holzstühlen zurück. Er räusperte sich, seine Jacke raschelte bei der kleinsten Bewegung, seine Schuhe tickten nervös gegen das Stuhlbein. Einen Moment dachte ich, er würde
mich an sich ziehen, mir zuflüstern, dass dieser Besuch ein Irrtum sei, ein Impuls, ausgelöst durch seinen Schrecken. Dass ich
ihn schlichtweg überfallen hätte. Dass er mich an die Hand
nehmen würde und wir aus dem Arzthaus schleichen würden.

»Alles wird gut«, flüsterte Otto. »Du brauchst keine Angst
zu haben.«

»Angst? Wovor?«

»Dass ich dich damit allein lasse.«

Aber davor hatte ich noch gar keine Angst gehabt. »Wir sind
doch zusammen?«

Ottos Bein wippte. Er schien aufstehen zu wollen, blieb aber sitzen. »Ich werde versuchen, dir zu helfen.«

Der Doktor kam durch die Haustür, machte Licht, trat die Schuhe ab und ging an uns vorbei ins Sprechzimmer. Dann erschien sein Kopf im Türrahmen, und er bedeutete uns, einzutreten. Otto schob mich hinein. Im Sprechzimmer war es kalt. Auf einem Regalbrett standen eine Reihe Bücher mit identischen Lederrücken. Kniegelenke auf einem Ständer, ein Schädel, den man aufklappen konnte. Ein unbestimmtes Organ in einem Glasgefäß mit grünlicher Flüssigkeit.

»Der Tod nimmt keine Rücksicht auf Essenszeiten«, scherzte der Arzt. »Wenn Menschen umfallen, tun sie das vorzugsweise gleichzeitig.« Offenbar war er mit dem Kopf noch bei einem Sterbefall, mit dem Magen aber schon bei der Suppe. »Was führt Sie in meine Praxis«, fragte er Otto und blickte auf die Armbanduhr, »um diese Zeit, an einem Samstagabend?« Er hatte weder die Tasche abgestellt noch seine Jacke ausgezogen.

Otto schnitt mir das Wort ab, noch bevor ich etwas hätte sagen können. »Sie ist möglicherweise schwanger. Wir würden gern ...« Der Doktor wandte sich an mich und nickte. »Herzlichen Glückwunsch.«

»Könnten Sie vielleicht ihren Bauch abhören?«, fragte Otto.

»Haben Sie Schmerzen?« Sein Gesicht verfinsterte sich, er wirkte nicht ernst, eher abgespannt. »Haben Sie Blutungen?«

Otto sah mich an.

»Nein«, antwortete ich. Otto blickte wieder zum Arzt, um sich zu vergewissern, ob meine Antwort bei ihm auch angekommen war. Irgendwie war es unwirklich, so eine Frage gegenüber diesem wildfremden Mann laut zu beantworten.

»Aber Sie sind beunruhigt?« Es war erst das zweite Mal, dass er mich ansah. »Wenn Sie nicht bis zur Sprechstunde am Montag warten können, nehme ich an, dass irgendetwas nicht stimmt.«

Ich betrachtete seine Hand auf dem schwarzen Schreibtisch, die eben gerade noch einen Toten berührt hatte.

»In welchem Monat sind Sie?«

»Könnten Sie sie untersuchen?«, fragte Otto und holte seine Geldbörse aus der Innentasche. »Bitte. Es ist wichtig.«

Der Arzt verschob den Briefbeschwerer und studierte das Blatt Papier, das darunter gelegen hatte, als wäre ihm die Geldbörse nicht aufgefallen. »Gut. Es kann ja nicht schaden, kurz zu horchen, ob alles in Ordnung ist.« Er deutete auf den Untersuchungstisch hinter dem Wandschirm.

Otto wurde auf den Flur geschickt. Während sich der Arzt die Jacke auszog, entblößte ich meinen Bauch. Da wir nun allein im Sprechzimmer waren, schwieg er. Mit drückenden eiskalten Fingern betastete er mich am Rockbündchen entlang. Meine Hüftknochen stachen schon eine Zeitlang nicht mehr wie zwei Höcker hervor, aber das konnte er nicht wissen.

Aus der Arzttasche nahm er ein kaltes Hörrohr, das mir Gänsehaut bereitete. Er horchte auf Geräusche unterhalb meines Nabels. Die ganze Zeit wendete er den Blick von mir ab. Ich versuchte, an seinem Hinterkopf abzulesen, was er dachte. Sein Atem blies über meinen Bauch. Er verschob das Hörrohr. Horchte, nickte. »Nichts Ungewöhnliches«, murmelte er, mehr zu sich selbst als zu mir. »Klingt alles gut.« Dann ging er weg, vielleicht um etwas zu holen. Doch er drehte den Wasserhahn über dem Waschbecken auf und wusch sich die Hände. Otto durfte wieder hereinkommen, während ich meine Kleidung in Ordnung brachte. »Und?«, fragte Otto noch auf dem Flur. Aber er musste auf die Antwort warten, bis er wieder im Sprechzimmer stand und die Tür geschlossen war.

»Ich konnte auf Anhieb nichts Ungewöhnliches erkennen. Solange sie keine eindeutigen Beschwerden hat, sehe ich keinen Grund zur Beunruhigung.«

»Dann ist sie nicht ...?«, fragte Otto.

»Wie meinen Sie?«

»Sie ist nicht schwanger?«

»Doch, doch.« Der Arzt sah mich an. »Sie sind doch hier, weil Sie sich Sorgen um die Frucht machen?«

»Ja«, sagte ich, weil Otto nicht antwortete.

»Das brauchen Sie nicht. Das Herz klopft kräftig und regelmäßig.« Aus der Schreibtischschublade nahm er einen Rechnungsblock und notierte hastig ein paar Zahlen. Oben das Datum, unten den Betrag.

»Sind Sie sicher?«, fragte Otto.

Der Arzt seufzte. »Ich habe das Herz eindeutig gehört.« Er lächelte mich an, als hätten wir etwas sehr Persönliches ausgeheckt, als wir noch allein im Sprechzimmer gewesen waren. *Das Herz*, wummerte es in meinem Kopf. *Das Herz*. Ich wollte meinen Bauch befühlen, traute mich aber nicht in ihrem Beisein.

»Ich schätze vierter Monat. Es wird also ein Kind fürs neue Jahr«, sagte der Arzt. Er reichte Otto die Quittung. »Bitte schön.« Otto war nicht mehr in der Lage, sich zu bewegen. »Bitte schön, der Herr.« Der Arzt wedelte mit der Quittung.

Otto nahm sie entgegen, machte aber keine Anstalten, seine Geldbörse hervorzuholen.

»Wenn Sie jetzt so freundlich wären.« Der Arzt wies Richtung Tür. »Es ist Samstagabend, und ich würde gern mit meiner Familie zu Tisch gehen.«

»Vierter Monat ...« Otto schüttelte den Kopf. »Das ist, das ist schon viel zu ...«

»Viel zu was? Meinen Sie, dass es zu spät ist? Wollten Sie das sagen?«

Otto blickte ihn glasig an.

»Wie stehen Sie zueinander? Sind Sie verheiratet?« Ich schaute Otto rasch an, denn ich wusste nicht, wie wir zueinander stehen durften. Unser Zögern dauerte zu lang. »Und nun erwägen Sie den Abbruch der Schwangerschaft?«

»Nein, nein, natürlich nicht.« Ich hatte keine Ahnung, wie der Arzt darauf kam, Otto anscheinend schon.

»Sie müssen uns helfen. Können Sie bitte irgendetwas tun?«

»Verlassen Sie sofort meine Praxis!« Er herrschte uns an, als wären wir streunende Katzen, die er vor die Tür setzen wollte. »Raus!«

Die Haustür knallte hinter uns zu, die Außenleuchte wurde gelöscht, wir durften nicht einmal mehr in seinem Licht gehen. Zurück im Auto steckte Otto den Schlüssel ins Zündschloss, ließ den Motor aber nicht an. »Ach Ida, das ... das ... das kann doch nicht wahr sein. Das kann doch wirklich nicht wahr sein.« So saß er da. »Er hat ein Herz gehört«, sagte er mit Nachdruck, als hätte ich nicht begriffen, was gesagt worden war. »Ein Herz. Du bist wirklich schwanger. Im vierten Monat!«

Mein Kopf glühte, als hätte ich Fieber, doch meine Füße schienen in den Schuhen vor Kälte zu schrumpfen. Ich war jetzt jemand mit einem Herzen im Bauch. Ich dachte an meine Mutter, ihre panischen Augen, als sie mir meinen leeren Monatseimer gezeigt hatte. Ein Herz. Man wird nicht so schnell schwanger.

Klopf-klopf-klopf, der Arzt stand an Ottos Fenster. Wir erschraken beide heftig. »Wir sind schon weg.« Otto griff nach dem Zündschlüssel. Der Doktor öffnete die Fahrertür. »Das hier haben Sie nicht von mir.« Er reichte uns eine Papiertüte. »Ich rate Ihnen strikt davon ab, aber sollten Sie sich entschließen, die Schwangerschaft zu beenden, machen Sie zehn Tage vorher diese Penizillinkur.« Otto wollte ihm die Tüte abnehmen, aber der Doktor ließ sie noch nicht los. »Doch bitte tun Sie es nicht.«

»Warum helfen Sie uns dann?«

»Weil man immer irgendeinen Quacksalber findet, der dazu bereit ist. Und das wäre lebensgefährlich.«

»Vielen Dank«, brachte ich heraus, aber die Tür war schon wieder zu.

Ich lehnte den Kopf an die kalte Fensterscheibe. Hoch oben, am dunklen Himmel, stand die Mondsichel. Ein Angelhaken, der mich von der Erde fischen könnte, aber er war weit, weit weg.

* * *

»Guten Abend, Herr und Frau Tendeloo«, begrüßte uns der Hotelbesitzer fröhlich. Als ich letzte Woche nach Ladenschluss vom Telefon des Blumenladens angerufen hatte, um ein Zimmer zu reservieren, hatte er unseren Namen sofort erkannt.

»Ich habe mich gerade gefragt, ob Sie noch kommen.« Er trug denselben Zopfmusterpulli wie beim letzten Mal und stand hinter seinem Empfangstresen. Vielleicht hatte er sich ja all die Wochen nicht von der Stelle gerührt.

»Sie beehren uns also wieder?«

Otto nickte, um nicht antworten zu müssen.

»Das Frühstück steht morgen ab acht Uhr für Sie bereit, aber so früh erwarte ich Sie nicht, Herr und Frau Tendeloo.« Er lachte herzlich, als er unseren Namen nannte. Herr und Frau

Tendeloo. Augenblicklich schöpfte ich wieder Hoffnung. Ich wollte dem Mann um den Hals fallen, mein Gesicht an seinen Bart schmiegen. Herr und Frau Tendeloo, alles wird gut. Otto kritzelte ein Kürzel ins Gästebuch und nahm den Schlüssel entgegen.

»Ich habe Ihnen dasselbe Zimmer wie beim letzten Mal fertig gemacht.« Auf seinen Lippen lag ein verschmitztes Lächeln. »Dann wünsche ich Ihnen eine besonders angenehme Nacht, Herr und Frau Tendeloo.« Der Hotelier sprach unseren Namen jedes Mal so aus, als wüsste er, dass er in einer Posse mitspielte.

»Sollten Sie heute Abend noch einen Absacker trinken wollen, finden Sie mich in der Lobby.«

Unser Zimmer war kalt, doch wir ließen die Heizung aus. Das schmale Licht einer Straßenlaterne, das durchs Fenster hereinfiel, war die einzige Beleuchtung. Es fühlte sich gleichzeitig fremd und vertraut an, wieder hier zu sein. Ich hatte Angst, Otto würde loslegen, sobald ich die Zimmertür geschlossen hätte. Warum ich ihm erst jetzt davon erzählt, warum ich das nicht sofort selbst gelöst hätte, wo ich doch wisse, dass er verheiratet sei. Aber er legte sich einfach noch in der Jacke aufs Bett. Ich setzte mich auf den Rand, traute mich aber nicht, ihn zu berühren.

»Geht es?«, fragte ich nach einer Weile.

Ich wusste nicht, ob er mich gehört hatte.

»Willst du nach Hause?«

Auch darauf reagierte er nicht. Also kroch ich neben ihn. Otto lag mit dem Gesicht zur Wand, zusammengefaltet in sich selbst. Ihn zu umarmen war unmöglich.

»Das ginge.«

»Was?«, flüsterte ich.

»Nach Hause fahren.« Er blieb liegen. »Brigitte ist nicht da. Die schläft woanders.«

»Oh.«

»Bei ihrer Schwester.«

Er richtete sich auf, deckte uns zu, verschränkte dann die Arme vor der Brust. Ich schob meine kalten Hände unter den Pulli. Eigentlich spürte ich keinen Unterschied zu dem, was ich früher am Tag empfunden hatte, und doch war nun alles anders, seit ich wusste, dass in mir noch ein Herz schlug. *Ein Herz, ein Herz. Ein Kind, ein Kind.* Ich konnte nicht aufhören, mich abzutasten. Ich traute mich nicht mehr, so fest zu drücken wie in den vergangenen Wochen. Bei jedem Atemzug schien mein Bauch anzuschwellen, und immer hatte ich dann Angst, dass er nicht mehr kleiner werden würde. *Ein Kind, ein Kind.* So lagen wir minutenlang da, vielleicht sogar Stunden.

»Ich werde jemanden auftreiben«, flüsterte Otto in die Dunkelheit. »Ida?«

»Ja.« Meine Stimme zitterte.

»Jemanden, der es wegmachen kann.«

»In Ordnung«, antwortete ich, obwohl ich selbst noch gar nicht darüber nachgedacht hatte, was ich eigentlich wollte. Oder ob ich überhaupt eine Wahl hatte.

»So jemand lässt sich bestimmt finden. Vielleicht gibt mir ja mein Freund, der Apotheker, eine Adresse von jemand Vertrauenswürdigem.« Unter der Decke fand seine Hand die meine. »Zur Not fahre ich dich nächste Woche nach Amsterdam.« Das sagte er in einem Ton, dass ich nichts anderes flüstern konnte als ein Dankeschön.

»Ida?«, fragte er fast flehend. »Das willst du doch auch?«

»Ja.« All die Wochen war die Schwangerschaft etwas Abstraktes gewesen. Ich hatte mich abgetastet, auf der Suche nach

Krankheitssymptomen, Signale von etwas Unheilbarem, etwas Fatalem. Aber es war keine Krankheit. Die ganze Zeit war da schon ein Kind gewesen. Ein Herz! In mir schlugen zwei Herzen. Wie wir hier lagen, wurde mir bewusst, dass ich mit dem Kind auch Otto verlieren würde. »Das Kind«, sagte ich plötzlich. »Unser Kind, Otto.«

Er schnappte nach Luft, als hätte man ihn zu lang unter Wasser gedrückt. Aber selbst auf dem Trockenen schien er zu ersticken. »Oh nein, nein … wir haben es so lang probiert …« Wieder stand da das andere Wir im Raum, doch eigentlich war es sowieso immer da gewesen. »Und jetzt … mit dir.« Otto begann erbärmlich zu weinen. Meinen Trost wehrte er ab. Seine zitternde Hand suchte meinen Bauch. Folgte den Konturen meines Pullis, ohne ihn zu berühren. »Dass du da drinnen …« Ich schob den Pulli hoch. Otto zog die Hand weg, vielleicht fürchtete er, ich würde noch schwangerer werden, wenn er mich berührte. »Dass du jetzt, da drinnen. Ein Kind …«

Ich hoffte, er würde etwas über uns sagen. Einen Satz, der mit »Du und ich …« anfing, dass auch er und ich ein Wir waren. Dass er sagte: »Unser Kind.«

Aber diese Worte fielen nicht, die ganze Nacht nicht.

22

Jamie ist wieder da. Ich habe ihn nicht hereinkommen hören, spüre aber seine Bewegungen und bemerke, dass er einen Streifen Sonnenlicht ins Zimmer lässt. »Guten Morgen, Junge.« Ich taste nach meiner Brille.

»Guten Morgen.« Er bereitet das Badezimmer vor. Ich weiß nicht, wie ich von dem Schlag anfangen soll. Ich greife nach dem Wasserglas auf meinem Nachtschrank und nehme einen Schluck.

»Lange nicht gesehen.« Die letzten Tage habe ich immer auf Jamie gehofft. Und nun ist er da, und ich wünsche mir die schweigsame polnische Pflegerin zurück.

»Haben Sie gut geschlafen?«

»Geht so.«

»Na.« Er steht zwei Schritte von mir entfernt.

»Na«, sage ich, die Stille dehnt sich aus. Ich kann ihm nicht in die Augen sehen und tue so, als wäre ich noch schläfrig.

»Lust auf einen Boxkampf?«

Es dauert ein paar Sekunden, bis ich den Scherz verstehe. Aber dann kann ich meine Erleichterung nicht unterdrücken und kichere so heftig, dass ich davon pinkeln muss.

»Heute aber lieber mit einem linken Haken.«

»Ich will es versuchen.«

Er klopft auf meinen Gips. »Tut es noch weh?«

»Nein, nein. Und bei Ihnen?«

»Der Schmerz war schon weg, als ich aus dem Zimmer war. Sie sind nicht die Einzige hier, die ab und zu zuschlägt.«

»Es war ein Versehen«, sage ich. »Ich wollte nach etwas greifen.« Darauf reagiert er nicht.

Nachdem er mich ausgezogen hat, zieht Jamie einen langen Gummihandschuh über meinen Gips, der stramm an meinem Oberarm anliegt. »Darf ich gleich meinen Namen auf Ihren Gips schreiben?«

»Bloß nicht!«

Mit dem Handgelenk prüft er die richtige Temperatur des Wassers. Sein Gesicht und Hals sind glänzend braun. Ich sehe, wie sich seine Halsmuskeln anspannen.

»Nicht zu heiß?« Vorsichtig richtet er den Duschkopf auf meine Füße.

»Genau richtig.«

Er gibt ihn mir und nimmt das Duschgel vom Waschbecken. »Waren Sie im Urlaub?«

»Nein, wieso?«

»Sie haben Farbe bekommen.«

Jamie betrachtet seine Unterarme. »Nein, ich habe nur an den Stränden der Waal gelegen. Schön ruhig, mit ein paar Freunden. Man muss nur ein kleines Stückchen laufen und schon begegnet man keiner Menschenseele mehr.«

Ich grinse.

Jamie schäumt das Duschgel mit dem Waschlappen auf. »Was ist los?«

»Nichts, ich …« Alles, was ich sagen will, behalte ich für mich. Schnell frage ich: »Müssen Sie Ihre tätowierte Haut eigentlich vor der Sonne schützen?«

Nach dem Duschen darf ich auf dem Duschhocker verschnaufen. Im Abfluss sammelt sich der Schaum. Der Spiegel ist beschlagen.

»Hier noch gut abtrocknen.« Mit der Handtuchkante reibt er gründlich zwischen meinen Zehen. Er kniet vor mir, hat gerade meine Fußnägel geschnitten.

»Könnten Sie mir vielleicht helfen?«

Er blickt zu mir hoch, als wollte er mir gerade einen Heiratsantrag machen.

»Warum lachen Sie?«

»Ach, nichts. Nur so.«

»Was soll ich für Sie tun?«

»Könnten Sie etwas für mich im Internet suchen?«

»Jetzt?«

»Wenn das geht?«

»Dafür habe ich eigentlich keine Zeit.«

»Es geht um jemanden von früher.«

Jamie reibt die Ritze neben meinem kleinen Zeh trocken. »Einen Liebhaber?«

»Ja, so in etwa.«

»Echt? Ist das Ihr Ernst?«

»Ach, das ist lange her.«

Mit einer schnellen Bewegung zieht mir Jamie den langen Plastikhandschuh aus. »Wenn wir uns jetzt beeilen, habe ich gleich ein paar Minuten.«

Ich strecke die Arme durch die Träger meines BHs und beuge mich vor, damit er ihn auf dem Rücken zuhaken kann.

»So …« Jamie streift mir ein Unterhemd über, zieht Stützstrümpfe über meine klammen, rauen Füße, schnell noch eine Hose. Meine Bluse knöpft er schief zu, aber das bringe ich später in Ordnung. »So.« Während ich vor dem Spiegel stehe, bringt Jamie etwas Form in mein Haar. »Wir haben den Hausrekord im Ankleiden gebrochen.«

Ich muss kurz verschnaufen.

Während ich zu dem Stuhl schlurfe, auf dem nachts meine Kleider liegen, setzt sich Jamie mit einer Pobacke auf den Bettrand.

»Er heißt Otto.«

»Otto, und weiter?« Er wischt über das Display.

»Drehmann. Mit h und Doppel-n.«

»Was wissen Sie sonst noch über ihn?«

»Mein Sohn hat nur ein Foto gefunden. Von einer Universität in Amerika. Er hat früher hier in der Gegend gelebt.« Ich schäme mich dafür, wie wenig ich von Otto weiß.

»Hat er Kinder?«

»Was hat das damit zu tun?« Ich erschrecke über meine Heftigkeit.

»Entschuldigen Sie, ich …« Jamie schaut mich mit hochgezogenen Augenbrauen an. »Dann hätte ich auch ihre Namen googeln können. Diesen Otto finde ich jedenfalls nicht auf Facebook.«

»Ich glaube nicht.«

»Was meinen Sie?«

»Sie haben doch gefragt, ob er Kinder hat. Ich glaube nicht.«

Jamie kniet sich neben meinen Stuhl, damit ich auf den Bildschirm gucken kann. Alles schießt viel zu schnell vorbei. Ich kann kein Wort lesen. Jamie kippt das Display und zeigt mir einen Otto Drehmann. »Der vielleicht?« Er hält mir das Handy vor die Nase.

»Nein, Junge, natürlich nicht.« Es war ein Schwarz-Weiß-Bild eines deutschen Soldaten aus dem Ersten Weltkrieg. »So alt bin ich nun auch wieder nicht.«

Unbeirrt sucht er weiter. »Haben Sie vielleicht sein Geburtsdatum?«

»Er war elf Jahre älter.« Nicht einmal so etwas Banales wie seinen Geburtstag weiß ich.

»Dann muss er jetzt immer noch elf Jahre älter sein.«

»Zweiundneunzig.« Es graut mir davor, dass Jamie gleich irgendwo auf der Webseite irgendeines Nachtfalterklubs entdeckt, dass Otto schon lange tot ist, obwohl ich all die Jahre immer geglaubt habe, dass ich ihm noch einmal begegnen würde.

»Ist er das?« Das körnige Sepiafoto, das Tobias auf seinem Tablet hervorgezaubert hatte.

»Das ist er.«

»Echt?« Jamie ist begeistert. »Hier.« Er reicht mir das Handy. Ich traue mich nicht zuzugeben, dass ich dieses Foto schon kenne. Otto mit Bart. Das ist mir das letzte Mal gar nicht aufgefallen. Steht ihm gut. Eine Brille, die in den Achtzigerjahren modern war. Eleganter Schlips, die lange, schmale Nase. Mittlerweile wird er wohl nicht mehr so aussehen.

»Ihr Otto macht sich online jedenfalls ziemlich rar. Kein einziges Lebenszeichen.«

»Aber dass er gestorben ist, steht auch nirgends, oder?«

Jamie schüttelt den Kopf und steht auf. »Ich muss weiter, Frieda. Ihre Nachbarinnen warten auf mich.« Er zwinkert mir zu. »Die Damen liegen noch bei geschlossenen Vorhängen in ihren Betten.«

Jamie streckt die Hand aus, will sein Handy zurück. »Ich muss wirklich weiter«, drängt er mich sanft. »Sie sagen hier eh schon, ich würde herumtrödeln.«

Während ich Jamie das Handy zurückgebe, versuche ich mir Ottos Foto einzuprägen.

»Kennen Sie sich mit Computern aus?«

»Nicht besonders.«

»Schade.«

»Louis schon. Der hat alle Internetdinge geregelt.«

»Im Restaurant steht ein Computer. Da können Sie in aller Ruhe weitersuchen. Da gibt es auch einen Drucker, falls Sie sich das Foto ausdrucken wollen.«

Im Restaurant hängt die ruhige Munterkeit des Morgens in der Luft. Nach dem Frühstück sind alle schon wieder in freudiger Erwartung der nächsten Essensrunde. Am Tisch beim Aquarium machen ein paar dort geparkte Herren ein Nickerchen, als hätten sie die ganze Nacht nicht geschlafen. An einem anderen Tisch plaudern Damen, die sich für möglichen Überraschungsbesuch oder für einen Spaziergang zum Einkaufszentrum aufgedonnert haben.

»Guten Morgen, Frau Buitink-Tendeloo.« Ich fühle mich ertappt. Aber es ist nur das Mädchen vom Empfang. »Wie geht es Ihnen heute?«

»Gut, gut.«

»Wie hübsch Sie heute wieder aussehen.«

»Ach«, wedele ich das Kompliment weg. Damit meinen sie in meinem Alter vor allem die Kleider, die man trägt, oder was der Frisör noch aus den Haaren hat machen können.

»Würden Sie mir bitte zeigen, wo der Computer steht?«

»Dahinten in der Ecke. Hinter den Pflanzen.«

Ich bin nervös wie schon ein halbes Leben nicht mehr. Kribbeln in den Kniekehlen. In meiner gesunden Hand halte ich ein gefaltetes Taschentuch gegen den Schweiß. Ich stelle den Rollator ab, ziehe die Bremse an und setze mich auf den Bürostuhl. Das Geschwätz vom Frauentisch kann ich hier Wort für Wort verstehen, aber niemand achtet auf mich. Der Bildschirm schreckt aus dem Schlaf auf, als ich die Maus berühre. Mit der Gipshand ist es mühsam, den Pfeil zu steuern, aber ich schaffe es, das Internet zu finden. Der Cursor blinkt ungeduldig im Suchfeld. Buchstabe für Buchstabe erscheint sein Name auf dem Bildschirm. Ich drücke auf die Eingabetaste.

Wieder ist da der Otto, den Jamie mir gezeigt hat, der Soldat aus dem Ersten Weltkrieg. »Ah, da bist du ja!« Mein Otto auf dem Foto wird mir langsam vertraut. Das verhaltene Lächeln, als hätte er mich erwartet. University of Pittsburgh steht darüber. Darunter ein paar Sätze auf Englisch, Titel von Artikeln, die ich zwar lese, aber nicht verstehe. Ich suche nach einem Telefonbuch von Amerika, aber das gibt es wohl nicht. Ich tippe, klicke, tippe erneut, weil plötzlich alles weg ist, gebe seinen Namen ein, dann Pittsburgh. *Keine Ergebnisse gefunden.* Um auf Nummer sicher zu gehen, versuche ich es mit unserem Telefonbuch, aber in Nijmegen ist kein Drehmann zu finden, geschweige denn ein Otto Drehmann. »Willst du nicht gefunden werden?«, sage ich aus Versehen laut. Ich blicke mich um, aber niemand hat es gehört. Meine Betonhand ist schwer und müde, die Finger meiner anderen Hand schmerzen und werden träge.

Derweil lächelt Otto mich an. Dann tippe ich meinen eigenen Namen in die Suchmaschine, um herauszufinden, ob er mich finden könnte, falls er nach mir suchte. *Keine Ergebnisse gefunden.* Nur auf der Webseite des Telefonbuchs steht *Familie Buitink-Tendeloo.* Aber mit unserer alten Adresse. Das muss Tobias so schnell wie möglich ändern lassen. Ich will wieder zurück zu Ottos Foto, aber die Seite habe ich wohl weggeklickt. Ich versuche es mit Brigitte Drehmann, doch da erscheinen vor allem Nagelstudios. *Nachtfalter*, tippe ich. *Nachtfalter zählen.* Es erscheinen lange Reihen mit hingeworfenen

Suchresultaten, in denen ich mich sofort verirre. *Nachtfalter zählen mit Otto Drehmann. Hat Otto Drehmann Kinder?*

»Wo versteckst du dich bloß?«, frage ich ihn.

»Entschuldigen Sie bitte. Jetzt bin ich dran.« Ein Mann steht viel zu dicht hinter mir.

»Gehen Sie weg.« Ich halte meine gesunde Hand vor den Bildschirm.

»Jetzt ist mein Zeitfenster.«

»Was für ein Zeitfenster?«

Er ist mehr wuchtige Nase als Mann.

»Sie müssen sich anmelden für den Computer.«

»Wo?«

»Da.« Er zeigt auf ein Blatt Papier an der Wand. »Ich habe Ihnen jetzt schon zehn Minuten meiner Zeit überlassen.« Er schielt auf den Bildschirm. »Weil Sie so konzentriert beschäftigt waren, dachte ich: Lass sie nur machen. Sind Sie neu hier?«

»Ich bin gleich fertig.«

»In einer Viertelstunde kommt schon der Nächste.«

»Was suchen Sie denn so dringend?«

Er sieht mich erstaunt an. »Das geht Sie gar nichts an.«

»Das habe ich nicht so … Ich bin zum ersten Mal hier und …«

»Morgen früh ist noch was frei.« Auf dem weißen Papier ist die ganze Woche in Felder eingeteilt, der Computer ist fast immer besetzt. Ich stehe auf und nehme den Stift, den der Mann mir reicht. Leider gelingt es mir nicht, mit dem Gips ordentlich zu schreiben.

»Soll ich Ihnen helfen?« Er nimmt mir den Stift ab und drängt mich zur Seite. Sein Kaffeeatem fiept durch seine Kehle. Er schiebt die Brille auf seiner klobigen Nase etwas herunter, legt den Kopf in den Nacken, um sein Gekritzel lesen zu können. Am Hals hat er einen langen Streifen Barthaare vergessen abzurasieren. Bei Louis habe ich mich immer um diese Partie gekümmert.

»Wie heißen Sie?« Er hat schon Frau geschrieben.

»Buitink-Tendeloo.«

»Sind Sie eines der Tendeloo-Mädchen?« Diese Frage hat man mir seit Jahren nicht gestellt. »Bei uns im Viertel hat früher eine Familie Tendeloo gewohnt. Ich bin im Willemsweg aufgewachsen. Ich bin Lammert Peters.« Er sieht mich erwartungsvoll an, aber ich weiß nicht, welchen Jungen ich in diesem Gesicht wiedererkennen soll.

»Alle nannten mich damals Lammie.«

»Kann sein. Wir haben auch hinter den Bahngleisen gewohnt.«

»Tendeloo habe ich jedenfalls lange nicht mehr gehört.«

»Kann gut sein.«

»Wieso?«

»Wir waren vier Schwestern. Wir haben unseren Namen natürlich nicht weitergegeben.« Wir sind alle hinter den Namen unserer Männer verschwunden, unauffindbar für diejenigen, die uns noch einmal suchen wollten.

»Ich habe manchmal mit Corrie Tendeloo getanzt. Ist das Ihre Schwester?«

»Corrie ist meine zweitälteste Schwester.«

»Ach, Corrie Tendeloo. Jaja, auf die hatte ich damals ein Auge geworfen, aber ...« Er schüttelt den Kopf, zieht die Nase kraus, die dadurch völlig verrunzelt. »Sie konnte mich nicht leiden. Ist sie nicht nach Kanada ausgewandert?«

»Mhm.«

»Und wie heißen Sie noch mal mit Vornamen?«

Diese Frage fühlt sich sehr intim an.

»Frieda.«

»Frieda«, wiederholt er. Einen Augenblick fürchte ich, er würde sich an mich erinnern. Dass ihm nach all der Zeit wieder irgendetwas einfiele, etwas, das er auf Umwegen über mich gehört hat. Langsam dreht er den Kopf von links nach rechts. »Die Schwester von Corrie Tendeloo.« Er grinst. Er möchte mir die Hand schütteln, doch ich möchte nicht, deshalb lässt er seine wieder sinken.

»Also ich bin Lammert Peters. Aber Sie dürfen mich immer noch Lammie nennen.«

»Ich bleibe lieber bei Herr Peters.«

»Das, äh … das geht auch in Ordnung.«

»Auf Wiedersehen.«

»Ja, das nehme ich stark an.«

»Wie meinen Sie das?«

»In diesem Haus kann man sich nicht aus dem Weg gehen.« Der Bürostuhl stöhnt auf, als er sich setzt. Ich löse die Bremse meines Rollators und wende ihn.

»Otto Drehmann?«, brüllt er mit einem Mal. Ich erschrecke so heftig, dass es in der Brust schmerzt.

»Schlechtes Gewissen?« Lammert Peters lehnt sich weit nach hinten und verschränkt die Arme.

»Wovon sprechen Sie?«, keife ich ihn an. Ich könnte ihn ohrfeigen, wie er so selbstgefällig dasitzt und strahlt. »Wie können Sie es wagen?«

Plötzlich sieht er aus wie ein ertappter kleiner Junge. »Ich kann doch nichts dafür, wenn Sie vergessen, die Tabs zu schließen.«

Ich reiße ihm die Maus aus der Hand, bekomme aber den Pfeil nicht unter Kontrolle. »Beruhigen Sie sich«, sagt er. Ich schlage die Maus ein paarmal auf das Pad.

»Lassen Sie mich das machen.«

»Das muss alles weg. Sofort!«

»Beruhigen Sie sich, ich helfe Ihnen ja.«

Klick, klick, klick, Fenster und Tabellen öffnen sich.

»Was machen Sie denn da?«

»Ich weiß, wie das geht.« Er hat Grübchen in den Wangen.

»Ich schaue mir manchmal den Suchverlauf meiner Vorgänger an.« Er gluckst ein paarmal vor Vergnügen. »Niemand weiß, dass ich das kann. Sehen Sie hier … diese Suchanfrage löschen wir am besten auch gleich.«

»Was steht da?«

Er beugt sich vor und flüstert: »Wo kann ich Selbstmordpulver bestellen?«

»Wirklich?«

Sein dicker Finger hinterlässt Schlieren auf dem Bildschirm. »Danach hat gestern jemand um zwölf Minuten nach drei gesucht.« Er beugt sich vor, um auf das weiße Papier zu schauen.

»Sie sollten die Leute in Ruhe lassen.«

»Ich mache damit doch nichts.«

Nachtfalter Otto Drehmann steht jetzt in dicken Lettern auf dem Bildschirm. »Bitte«, flüstere ich.

»Was?« Lammert sieht zu mir hoch.

»Würden Sie bitte alles löschen, was ich gesucht habe?« Anscheinend beeindruckt ihn meine Panik.

»Natürlich«, sagt er folgsam. »Mache ich. Sehen Sie?« Die Liste wird kürzer. »Hier steht noch ein Otto Drehmann«, murmelt er. Er bewegt den Pfeil dorthin. »Löschen.« Sein Zeigefinger hämmert auf die Tastatur, während er laut vorliest, was da steht. Ich schäme mich, als ich meine privaten Suchfragen aus seinem Mund höre.

Lebst du noch, Otto Drehmann? Dicke schwarze Buchstaben, mitten auf dem Bildschirm, für jeden sichtbar.

»Das war die letzte«, sagt er. *Klick, klick.* »So, jetzt habe ich alle Ottos gelöscht.«

23

Otto lehnte an der Motorhaube des Simca und schaute zu Boden. Ich stand noch auf der anderen Straßenseite. Wir schreckten voreinander zurück. Er schüttelte leicht den Kopf, als sähe er etwas, das er nicht ganz glauben könnte. Nachdem er mich ein paar Tage lang nicht von der Arbeit abgeholt hatte, war er jetzt also doch wieder da. Ich biss mir auf die Lippe, um nicht in Tränen auszubrechen. Otto zeigte mir seine leeren Handflächen, als wollte er damit sagen, dass er zwar gekommen sei, mir aber nichts zu bieten habe. Zwischen zwei Autos rannte ich zu ihm hinüber.

Erst als wir beide eingestiegen waren, umarmten wir uns. »Ach, Ida ...«, flüsterte er. »Ida.« Er ließ den Motor an und wendete. Wir fuhren los, raus aus der Stadt. Nicht in Richtung Polder. Hügel aufwärts, nach der Kurve wieder abwärts. Bei den Elyzeese Velden hielt er an. »Wollen wir spazieren gehen?«

»Gern.«

Otto zog den Schlüssel aus dem Zündschloss. Wir rührten uns nicht. Ich legte meine Hand auf seine. Er verhakte seine Finger in meinen.

»Hast du darüber nachgedacht?«, fragte er und sah dabei aus dem Fenster. Das Gespräch fiel uns ohne Blickkontakt leichter.

»Ja, die ganze Zeit.«

»Ich auch.« Otto schnaubte. »Hast du schon angefangen?«

»Womit?«

»Mit der Penizillinkur.«

»Äh … nein.«

»Vielleicht solltest du das bald tun, du sollst doch zehn Tage vorher beginnen.« Otto blickte nun aus dem Seitenfenster. Ein Trampelpfad führte zu den nebligen Wäldern oben auf dem Hügel. Dort wären wir jetzt eigentlich entlanggegangen. Vielleicht Hand in Hand, oben dann eine Umarmung, bevor wir wieder zurück zum Auto geschlendert wären. »Ich habe mich erkundigt. Morgen bekomme ich hoffentlich einen Namen … dann kann es ganz schnell gehen.«

Gänse flogen vorüber, ein Dreieck Richtung Süden, eine Pfeilspitze ohne Strich.

»Wir dürfen nicht mehr lange warten.«

»Ich weiß nicht …«

Otto fragte nicht nach, was genau ich nicht wusste. Die Stille zog sich in die Länge, dehnte sich in alle Richtungen aus.

»Vielleicht möchte ich es ja behalten.«

Ich dachte, Otto würde mich anschreien. Dass er verheiratet sei, dass ich dann alles verlieren würde. Ob mir denn nicht klar sei, was für Schwierigkeiten ich mir einbrockte, dass das doch Unsinn sei, unbesonnen, unmöglich, Quatsch. Dass es in den Augen aller Schande sei. Was meine Eltern davon halten würden, was ich allen anderen damit antäte.

»Oder vielleicht …«, sagte ich, doch Otto unterbrach mich, indem er das Auto anließ.

»Gut«, flüsterte er.

»Gut?«

Aber er hielt den Mund.

Schweigend fuhr er mich nach Hause, die Straßenlaternen gingen eine nach der anderen an.

An der Ecke meiner Straße hielt er an. Den Motor ließ er laufen. Gerade als ich aussteigen wollte, sagte Otto: »Ich werde dir helfen.«

»Womit?«

»Mit deinem Kind.«

Meinem Kind? Unserem Kind.

Otto war schon außer Sicht, als ich noch auf dem Gehweg vor meinem Elternhaus stand. Hinter allen Fenstern waren die Vorhänge zugezogen. Es nieselte so leicht, dass es wie Nebel wirkte. Ich stand nur da und wusste nicht, wie ich den nächsten Schritt machen sollte, was nun geschehen musste. Ich werde dir helfen. Mit deinem Kind. In der Mulde meines Halses fühlte ich zwei Daumen drücken.

»Elfrieda?«

Meine Mutter stand in der Tür in einem Rechteck aus Licht. »Was stehst du da in der Kälte? Warum bist du so spät?« Mit der Hand hielt sie ihre Strickjacke am Hals geschlossen. »Komm rein! Das Essen wird kalt.«

Ich hatte keinen Appetit, aber auf meinem Teller lagen schon Kartoffeln, Blumenkohl und Tatar. Meine Hand steuerte die Gabel in meinen Mund. Meine Zähne mahlten, ich schluckte und nahm den nächsten Bissen.

»Musstest du Überstunden machen?«, fragte mein Vater.

»Ja, Gemma ist heute Nachmittag krank geworden.«

Ich spürte, dass meine Mutter mich ansah, aber sie sagte nichts. Nach dem Abwasch murmelte ich, dass ich mich nicht wohlfühlte, und ging in mein Zimmer hinauf. Danach zog mich der Abend in die Nacht. Der späte Schlaf lieferte mich schließlich beim Morgen ab. Mein bleicher Bauch war nicht viel anders als gestern. Das Klopfen meiner Mutter holte mich aus dem Bett. »Elfrieda!«

Meine Füße brachten mich zur Bushaltestelle. Meine Hand suchte in meiner Tasche den Schlüssel zum Blumenladen. Dort tickte die Uhr von selbst Richtung Mittagessen, trieb mich durch den Nachmittag, in die frühe Dämmerung. Der Parkplatz auf der anderen Straßenseite blieb leer, aber das hatte Otto schon angekündigt. In der Ferne kam der Bus, also brachten mich meine Füße wieder zur Haltestelle. Zu Hause suchte ich in meinem Koffer vergebens die braune Papiertüte mit dem Penizillin. Ich wagte es nicht, meine Mutter zu fragen, ob sie so eine Tüte gesehen hatte.

Und dann war auch dieser Abend schon fast wieder vorüber.

24

Das Telefon klingelt viermal, bevor er endlich drangeht.

»Hallo, Mam.«

»Tobi?«

»Ja?«

»Hier ist deine Mama.«

»Ja, das habe ich schon gesehen.« Ich höre sofort, wie reserviert er ist, nach dem ganzen Rabatz beim letzten Mal.

»Ich möchte dich nicht stören.«

»Ich habe schon einen Moment. Was macht deine Hand?«

»Du musst etwas für mich erledigen.«

Stille.

»Du wolltest doch überall meine Adressänderung durchgeben, oder?«

»Ach, Mam. Mach dir keine Sorgen.« Das ist genau der Ton, den Louis anschlug, wenn ihm meine Launen nicht gefielen. Dann sprach er auch immer so empörend ruhig mit mir. »Das ist alles längst geregelt.«

»Nein, nein, das ist nicht alles längst geregelt.«

»Mam, Nadine hat letzte Woche einen ganzen Nachmittag damit verbracht, überall deine neue Adresse durchzugeben.«

»Na, das ist sehr lieb von ihr, aber im Internet steht noch unsere alte Adresse. Wenn man mich sucht, findet man nur die.«

»Eure Adresse im Internet? Und wo da?«

»Im Telefonbuch.«

»Ach … es dauert halt eine Weile, bis sie das eingeben.«

»Das mag schon sein, aber bis dahin bin ich unauffindbar.«

»Wird erledigt.« Tobias redet wie jemand von der Telefonseelsorge. »Du hast doch vor Kurzem allen Bekannten die Dankeskarte für Papa geschickt. Da stand die neue Adresse drauf. Außerdem bekommst du den ersten Monat deine Post automatisch nachgesendet.«

»Es geht nicht um die Post.«

»Worum denn dann?«

»Stell dir vor, jemand sucht mich und geht dann zu unserer alten Adresse, sieht eine leer stehende Wohnung und denkt, dass ich tot bin.«

»Mam, wer sollte dich schon suchen?«

»Jemand.«

»Jemand?«

»Jemand von früher.«

»Mam, ich … ich muss auflegen.«

25

Eigentlich war ich an der Reihe. Aber Frau Oberjé wurde vor mir bedient. »Guten Morgen, Frau Oberjé, ein halbes Weißbrot und zwei Rosinenbrötchen?« Der Bäcker blinzelte mir zu. Die Frau trottete an mir vorbei zur Ladentheke.

»Ich hätte gern …« Diese Stille ließ sie immer einfließen, als würde sie wirklich über eine andere Bestellung nachdenken. »… ein halbes Weißbrot, bitte. Und zwei Rosinenbrötchen.«

Wieder flatterte ein Augenzwinkern in meine Richtung. Ich wandte mich zum Schaufenster, denn ich hatte keine Lust, das Einpersonenpublikum für Bäcker Pruims Albernheiten abzugeben. Sein Körper hatte eine seltsame Form. Oben war alles schlaff, die Wangen lagen wie zwei Dellen in seinem Gesicht, ein Kranz aus kurzen Haaren umrundete einen speckigen Schädel. Von der Brust abwärts dehnte sich Bäcker Pruims bis zum Hosenbund aus, der um die Hüfte spannte, um zu verhindern, dass alle Wülste weiter nach unten sackten. Die Hose verbarg zwei spindeldürre Beine, die ich im Sommer gelegentlich gesehen hatte.

»So«, sagte er und rieb sich die Hände, als Frau Oberjé nach draußen schlurfte. »Alles in Ordnung?«

Ich nickte und dankte für die Nachfrage. »Zwei Graubrote, bitte, und zehn Scheiben Roggenbrot.« Er machte keinerlei Anstalten, sie zu holen.

»Und?«, fragte er.

»Wie bitte?«

»Ich habe gefragt, ob alles in Ordnung ist.«

»Ja, sicher. Alles in Ordnung.« Ich deutete aufs Brotregal.
»Zwei geschnittene Graubrote und zehn Scheiben Roggenbrot.
Bitte.« Er starrte auf meinen Bauch.

»Stimmt etwas nicht?«, fragte ich.

»Aber nein.« Endlich kümmerte er sich um die Brote und
schob sie in Tüten. Ich betrachtete meinen Bauch, die Wölbung fiel unter meinem Pullover nicht auf. Er nannte den Betrag und ich suchte in meinem Portemonnaie das Geld zusammen.

»Na, das ist doch schön, oder?«

»Was?«

»Dass bei Ihnen alles in Ordnung ist.«

Ich hatte es nicht passend, also wartete ich auf das Wechselgeld. Wespen bohrten sich ins Backwerk und in die Sahnetor-
ten. Langsam verteilte Pruims Münze für Münze in die Fächer
der Kasse, dann zählte er das Wechselgeld zusammen. »Tja.«

Plötzlich wurde hinter ihm die Tür zur Backstube aufgeris-
sen. Ich weiß nicht, wer von uns beiden mehr erschrak. Seine
Frau kam rückwärts mit einen vollen Brotkarren in den Laden.
»Guten Morgen«, sagte sie, ohne sich umzudrehen.

»Guten Morgen«, grüßte ich zurück. Da erst bemerkte sie,
dass ich im Laden stand.

»Oh«, sagte sie und warf ihrem Mann einen Blick zu, dann
ging sie wieder in die Backstube.

»Und zehn macht fünfzig«, rief er so laut, dass es sicher hinter der Klapptür zur Backstube zu hören war. »Und zwei Vier-
telgulden ergibt wieder einen ganzen.« Er hielt die Hand so,
dass ich über die Ladentheke greifen musste. In seiner Hand

174

lag ein Gulden. »Kleines Extra«, flüsterte er. »Das können Sie jetzt bestimmt gut gebrauchen.«

Draußen bemühte ich mich, gelassen zu gehen, aber verfiel immer wieder ins Laufen. Woher konnte er es wissen?

26

Natürlich kamen meine Eltern dahinter.

Meine Mutter schmiss mit ihrem Kummer nur so um sich. Sobald sie erfahren hatte, dass Otto verheiratet war, schwoll ihr Zorn dermaßen an, dass sich die Fenster und Wände im Haus bogen. Vater saß mit malmendem Kiefer am Tisch und schwieg. Ohne zu blinzeln, starrte er die Faserstruktur der dunkelbraunen Tischplatte an.

»Nach drei guten Töchtern«, jammerte meine Mutter. »Drei guten Töchtern!«, brüllte sie mir ins Gesicht. »Jede einzelne gelungen, und jetzt tust du mir das an.« Ihr Zeigefinger bohrte sich in meinen Brustkorb. Die Haare an ihrem Nacken waren vom Schweiß strähnig. »Was hast du dazu zu sagen?«

Weil ich nicht wusste, was ich antworten sollte, gab sie mir eine Ohrfeige. Danach fixierte sie mich, um zu sehen, ob ich ihren Schmerz auch spürte. »Sprich mit deiner Mutter!«

»Es war keine Absicht«, brachte ich heraus.

»Keine Absicht, keine Absicht. Nein, das wäre ja noch schöner. Du bist eine ordinäre Schlampe!«

»Du gehst zu deiner Schwester Emma«, entschied Vater.

»Gut«, sagte ich sofort. Hinter seinem Befehl wollte ich mich vor Mutters brennendem Zorn verkriechen.

»Habe ich dich im Badezimmer etwa nicht gefragt? Du hast mir knallhart ins Gesicht gelogen.«

»Ruf Emma an«, befahl Vater. »Sag ihr, wir kommen Samstagmittag. Nach Winterswijk. Mit Elfrieda.« Ich war froh, dass er endlich etwas sagte, obwohl seine Worte immer noch stoßweise kamen.

»Und dann?«, fragte ich, so ruhig ich konnte. »Was soll ich dort?«

Ich schlich um den Tisch in sein Blickfeld. »Vater?«

»Die Schwangerschaft aussitzen.«

»Aussitzen?«

»Deine Schwester hat eine gute Bauernfamilie, vielleicht nehmen sie dein Kind auf.«

»Genau«, mischte sich meine Mutter ein. »Und danach kommst du allein nach Hause. Um dein Leben weiterzuleben.«

Sie erwarteten keine Antwort.

»Ich will es behalten«, sagte ich. Sie sahen mich beide mit offenem Mund an, wahrscheinlich vor allem, weil sie Widerspruch unmöglich wähnten. Den erstaunten Blick meines Vaters habe ich mein Leben lang nicht vergessen.

»Schlag dir das aus dem Kopf«, herrschte meine Mutter mich an. »Geh mir aus den Augen.«

Wie ein kleines Kind ließ ich mich von ihr die Treppe hochjagen. Ich lief in mein Zimmer und warf die Tür hinter mir zu.

Unten wütete sie weiter.

Selbst als mein Vater das Haus verließ, schrie sie immer noch Zeter und Mordio. Ich sah, wie mein Vater um die Ecke bog. Ich hatte zwar gesagt, dass ich es behalten wollte, doch sobald ich allein war, schnürte mir der Gedanke an ein Baby wie ein Strick die Kehle zu. Aber immer wenn jemand es mir wegnehmen wollte, konnte ich nicht anders: Ich klammerte mich noch heftiger daran.

Später am Abend klopfte mein Vater an die Tür. »Elfrieda?«

»Ja?«

Das musste ein Irrtum sein. Ich konnte mich nicht erinnern, wann er das letzte Mal in meinem Zimmer gewesen war. Er drückte die Klinke nach unten, ich setzte mich im Bett auf. »Elfrieda, hör zu.« Er trat ein und schloss die Tür. Er fuhr sich hastig mit den Händen durchs Haar. Den Mantel hatte er noch an. Ein Gast, der sich nicht setzen wollte, weil er nur eine Botschaft zu überbringen hatte.

»Ich bin bei Johans Eltern gewesen. Weil du es ...« Er brachte es nicht über die Lippen, also deutete er erst auf meinen Bauch. »Weil du es behalten willst.«

Ich fand es rührend. Er hatte mir tatsächlich zugehört. Ich hätte ihn umarmen können, ihm zuflüstern, dass ich mir gar nicht so sicher sei. Dass ich Angst hätte, eine erstickende Angst.

»Johan hat nächstes Wochenende in der Kaserne dienstfrei.« Mein Vater sagte das, als sei das ein Riesenglück für uns. »Dann bespricht sein Vater alles mit ihm.« Seine Hand lag schon auf der Türklinke.

»Bespricht was mit ihm?«

»Johan ist auch noch nicht verlobt. Ich habe seinem Vater nichts von deinem ...« Mein Vater strich sich ein paarmal mit Daumen und Zeigefinger über seinen Mund. »Im Moment können wir nur beten, dass er diesen Schritt machen will, wenn er dahinterkommt.«

»Welchen Schritt?« Meine Stimme zitterte.

»Dass er dich in deinem Zustand heiraten will. Und das Kind als das seine annimmt.«

»Niemals!«

Mein Vater hatte die Möglichkeit, dass ich ihm widersprechen könnte, offensichtlich nicht in Betracht gezogen.

»Dann lasse ich lieber einen Engel machen.«

»Was?«, brüllte mein Vater. »Geh und spül dir den Mund aus!«

»Ich heirate diesen Johan nicht.«

»Du gehst Freitagabend zu ihm«, befahl er. »Sonst ist das hier nicht mehr dein Zuhause.«

»Aber …«

»Hast du mich verstanden?« Er war so wütend, dass ich nickte. Bevor er die Tür zuzog, löschte er das Licht. Vollständig angezogen legte ich mich ins Bett, zog mir die Decke über den Kopf und gelobte mir, Johan niemals, niemals zu heiraten.

27

Als ich nach der Arbeit nach Hause kam, waren die Vorhänge im Wohnzimmer schon geschlossen. Ich öffnete die Haustür und hängte meinen Mantel an die Garderobe. Im Haus war es still. Es roch nicht nach Abendessen. Nachdem ich mich geweigert hatte, mit zu Johans Eltern zu gehen, waren unsere Gespräche eingefroren.

Im Wohnzimmer brannte Licht. Meine Eltern saßen nicht auf ihren angestammten Plätzen, hatten aber die Hände zu einem strengen Gebet gefaltet. Erst jetzt bemerkte ich Pfarrer Gremhaars: Er saß auf Vaters Platz am Tisch. Ich erstarrte.

»Elfrieda«, grüßte er mich mild, aber mit ernster Miene. Er wies auf einen Stuhl. »Du weißt gewiss, warum ich hier bin.« Schlagartig wurden wir zu Gästen in unserem eigenen Haus. Meine Mutter starrte auf ihre Hände. Vater warf mir einen flüchtigen Blick zu.

»Ich bin wegen der gegebenen Umstände hier. Deine Eltern haben mich gebeten zu vermitteln.« Bevor er weitersprach, nahm er einen Schluck Tee, der nicht mehr dampfte. Wahrscheinlich saßen sie hier schon eine Weile und warteten auf mich. »Ich habe mit Oosterbeek Kontakt aufgenommen. Wir haben dort gute Erfahrungen gemacht. Und sie haben zu erkennen gegeben, dass du willkommen bist.«

»Oosterbeek?«

»Die Paula-Stiftung«, flüsterte er, als ginge es um etwas sehr Vertrauliches. »Dorthin schickt man Mädchen in deiner Lage.«

»Warum?«

»Elfrieda«, ermahnte mich meine Mutter. Ihre Augen sprühten Funken.

»Sie darf alle Fragen stellen«, beschwichtigte der Pfarrer.

»Du gehst dorthin«, sagte Vater entschieden. »In zwei Wochen ist der Bauch nicht mehr zu übersehen.«

Dann übernahm meine Mutter mit ihrer bekannten Litanei. »Meine drei ältesten Töchter habe ich so gut hingekriegt, und nun das hier mit der letzten.«

»Oosterbeek ist eine sehr gute Lösung.« Vater bedankte sich bei dem Pfarrer. Alle drei schienen ein unterschiedliches Gespräch zu führen. Ich blickte mich am Tisch um. Der Pfarrer sprach geduldig weiter, als wäre er nicht unterbrochen worden. »Die Paula-Stiftung kümmert sich um Mädchen, während sie ihr Kind austragen.«

»Und dann?«

Der Pfarrer spitzte die Lippen. »Dann bleibst du bei den Kleinen Schwestern des Heiligen Josef …« Er bildete zwei Mäuerchen mit den Händen und brachte die Handflächen zusammen.

»Was geschieht dann mit meinem Kind?«

»Elfrieda!«, rief meine Mutter, doch der Pfarrer fuhr fort.

»Die Schwestern werden dich mit ihrer Liebe wärmen, bis die wahren Eltern kommen.«

»Die wahren Eltern?«

»Du kannst davon ausgehen, dass die Schwestern gute katholische Ehepaare kennen, die diesem Kind Gottes die richtige und unvergleichliche Liebe schenken werden.« Es klang, als wäre das Kind aus Versehen in meinem Bauch gelandet, würde aber eigentlich jemand anderem gehören. Ein Diebstahl meinerseits, der in ein paar Monaten richtiggestellt werden würde. »Und solltest du vorher doch heiraten, hast du die Möglichkeit, das Kind gemeinsam mit deinem Ehemann nachträglich zu adoptieren.«

»Dieser Mann ist schon verheiratet«, lamentierte meine Mutter voller Selbstmitleid. »Der hätte es doch besser wissen müssen? Verheiratet, und dann Elfrieda so ausnutzen.« Damit wollte sie ausdrücken, dass dieser Mann mehr Schuld trug als ich. Eigentlich flehte sie um Vergebung für mich. Pfarrer Gremhaars nickte nur zu allem, was meine Mutter über den Tisch einwarf, nicht als Antwort, sondern nur als Zeichen, dass er es gehört hatte. »Das Kind wird immer denken, dass seine Eltern seine Eltern sind.« Er legte seine weiche Hand kurz auf meine. »Du musst es nur zur Welt bringen und danach vergessen.«

Ich zog meine Hand weg.

Nachdem Vater ihm im Flur in den Mantel geholfen hatte, erschien der Pfarrer noch kurz im Türrahmen, nickte meiner Mutter und mir zu, ein Nicken, das wir beiseitezutreten hätten. Vater bekam einen langen Händedruck, bei dem Gremhaars ihm tief in die Augen sah. »Vielen Dank, vielen Dank«, murmelte Vater. »Wir werden Ihre Hilfe nie vergessen.«

»Dann ist das nicht mehr dein Zuhause.«

Eigentlich hatte ich noch nichts gesagt, aber vielleicht kam Vater durch mein Schweigen selbst zu dem Schluss.

»Du tust, was der Pfarrer vorgeschlagen hat. Du verzichtest auf das Kind. Keine Widerworte.«

»Gut«, sagte ich.

»Wie, gut?«

»Dann bin ich morgen früh weg.«

»Nein«, sagte Vater.

»Wie, nein?«

»Du gehst auf der Stelle.«

»Oh, nein«, jammerte meine Mutter.

»Halt den Mund, Frau«, herrschte er sie an.

»Wir können Elfrieda doch nicht wegschicken?« Aber sie tat nichts, um es zu verhindern. Mit einem Gesicht wie eine Tropfkerze rannte sie die Treppe hoch und schloss sich im Badezimmer ein.

»Geh doch wenigstens zu den Schwestern.« Da wir nun in der Küche waren und allein, sprach mein Vater mit einem Mal sanfter. Er flehte mich fast an. »Du hast keine andere Wahl, Frieda.« So hatte er mich noch nie genannt. An seiner Nase entlang versuchte eine Träne, ungesehen zu bleiben. Er kniff sich die Augenwinkel, vielleicht vor allem, um sich selbst für diesen Gefühlsausbruch zu bestrafen.

28

Otto hatte versprochen, dass er um die Ecke in seinem Auto auf mich warten würde. Ich stieg die Steintreppe zur Haustür hinauf. Hinter einem der hohen Fenster hing ein Schild ZIMMER ZU VERMIETEN.

Das Haus lag wie eine kleine Trutzburg an der Ecke zweier ganz normaler Straßen. Hier wurden Zimmer an alleinstehende Frauen vermietet. Otto hatte sich für mich erkundigt.

Ich war noch zwei Nächte bei meinen Eltern geblieben, bis ich morgens in meiner Manteltasche den Schlüsselanhänger ohne Schlüssel daran vorgefunden hatte.

»Bitte, Elfrieda.« Ihre Stimme aus der dunklen Küche erschreckte mich. »Lass dir doch helfen.« Meine Mutter hatte seit dem Besuch des Pfarrers nicht mehr mit mir gesprochen. »Wir wollen doch nur dein Bestes, Elfrieda.«

»Dann wirf mich nicht raus.«

Die Antwort blieb aus.

Ich hatte nichts anderes tun können, als den großen Koffer zu packen. Meine Mutter hielt mich nicht auf. Und als ich schließlich die Haustür hinter mir zuzog, gab es niemanden, von dem ich hätte Abschied nehmen können. Den restlichen Tag hatte ich eine Art ängstliche Erleichterung gefühlt.

Neben der Burgtür hing eine kupferne Glocke, deren Seilzug ich mit aller Kraft ziehen musste, damit es drinnen klingelte.

»Guten Tag.« Eine schmale indonesische Frau öffnete einen Spalt und musterte mich schamlos.

»Ich komme wegen des freien Zimmers«, sagte ich höflich.

Frisur, Fingernägel, Mantelknöpfe, Schuhe. Gern hätte ich alles, was diese Frau musterte, kontrolliert.

»Anscheinend ist es dringend.«

»Wie meinen Sie das?«

Sie warf einen Blick auf meinen Koffer.

»Ja … ich …« Aber der Türspalt wurde breiter.

»Kommen Sie bitte einen Augenblick herein.« Der Eingangsbereich war mit Marmor ausgelegt, dahinter ein Schachbrettmuster aus gelben und schwarzen Fliesen. Irgendwie unwirklich. Ich hatte noch nie woanders als bei meinen Eltern gewohnt. Meine Mutter sollte mich jetzt einmal sehen, damit sie merkte, dass ich sie nicht brauchte. Ich würde in dem Burghaus wohnen und alles allein stemmen.

»Alle anderen Damen sind bei der Arbeit. Tagsüber ist es hier ruhig.« Hinter jeder Tür lebte eine junge Frau in meinem Alter, die ich demnächst kennenlernen würde. Bald hätte ich sehr viele Freundinnen. »Im Souterrain befindet sich die Küche.« Über den Treppenstufen lag ein dunkelroter Läufer wie in dem Hotel, in dem ich mit Otto gewesen war. »Das freie Zimmer ist im ersten Stock.« Von hinten hatte die Frau die Gestalt eines Kindes, doch ihr Gesicht war das einer Greisin. Sie ging unsicher, bewegte sich wie eine Motte im Zickzack durch den Flur. Sie schlich vom Tischchen zum Türrahmen, zum Treppengeländer, um Halt zu finden. »Es kostet dreißig Gulden im Monat. Vorauszahlung.«

»Ja, ich weiß.« Otto hatte mir einen Umschlag zugesteckt,

obwohl ich diesen Betrag auch gut selbst aufbringen konnte. Eigenartig, ich fühlte mich, als würde ich in mir ruhen, das gab dem Tag eine gewisse Klarheit.

»Womit verdienen Sie Ihren Lebensunterhalt?«, fragte mich die Frau, während sie vor mir die Treppe hochging.

»Ich arbeite in einem Blumenladen.«

»Sind Sie verlobt?«

»Nein.«

»Keinen Herrenbesuch.«

Weil ich nicht antwortete, hielt sie an und blickte mich über die Schulter an.

»Natürlich nicht.«

»Familienbesuch ist bis neun Uhr abends gestattet. Alle Damen müssen morgens wieder früh zur Arbeit.« Sie nahm die letzten Stufen zu einem düsteren Flur. Das Licht fiel vor allem durch die Schlüssellöcher, es gab drei Türen. Und nur die Geräusche unseres Atems und eines Schlüsselbunds waren zu hören. »Dann ist hier …« Sie machte sich am Schloss zu schaffen und stieß die Tür auf. In dem Zimmer wohnte die Sonne! Das Fenster war groß und hoch, das Oberlicht war sogar ein Bleiglasfenster.

Sie bedeutete mir, dass ich eintreten möge, blieb selbst aber im Flur stehen. Die Dielen knarrten, alle Hitze im Zimmer schwirrte um meinen Kopf. Ich löste den Schal und knöpfte den Mantel auf. Das Fenster bot Aussicht auf das Straßenleben und die Häuser gegenüber. »Das ist ja wie in *Fenster zum Hof*.« Ich lächelte.

»Wie bitte?«

»Das ist ein Film mit James Stewart.«

Sie nickte kaum merklich, presste die Lippen zusammen. Das Bett war schon für mich gemacht. Es gab einen Nachtschrank, einen Tisch und zwei Stühle. Ohne mein Wissen stand hier schon ein Leben für mich bereit, ich musste es nur annehmen. An den Haken konnte ich etwas aufhängen. Und auf das leere Regalbrett konnte ich alle Bücher stellen, die ich mir kaufen würde. Und die LPs, die mir Otto schenken würde. Neben dem Bett war genug Platz für eine Wiege. Bei diesem Gedanken musste ich lächeln. Jetzt war ich allem gewachsen. »Hübsches Zimmer«, sagte ich.

Die Vermieterin hatte mit gerecktem Hals jede meiner Bewegungen verfolgt. Sie schien sogar darauf zu achten, ob ich die Farbe nicht mitnahm, als ich die Fensterbank berührte. Darauf könnte ich leicht zwei Blumenvasen stellen.

»Ich würde das Zimmer gern mieten.«

Sie starrte meinen Bauch an. »Sind Sie in anderen Umständen?«

»Nein«, sagte ich, so überrascht ich konnte. Ich kratzte mich am Hals und schaute hinaus auf die Straße, sah das Dach von Ottos Simca.

»Dachte ich es mir doch. Schon als Sie hereinkamen.« Sie fixierte mich so angestrengt, dass ihr Kopf im Nacken leicht zu wackeln anfing. Ich blickte frech zurück, musste mich aber zwingen, meinen Bauch nicht zu berühren. »Ich bin schon seit dem Krieg Zimmerwirtin, und euch erkenne ich immer sofort. Ich vermiete keine Zimmer an Mädchen wie Sie.« Sie sagte das unerwartet freundlich auf eine Art, die mir Angst einjagte.

»Ich bin nicht schwanger.«

»Und ganz bestimmt nicht an Lügnerinnen. Bitte gehen Sie, bevor Sie sich noch mehr Schande machen.«

»Nur einen Monat, bitte. Einen Monat, dann suche ich mir in der Zwischenzeit etwas anderes.« Aber ich stand schon wieder in dem düsteren Flur. Die Tür wurde geräuschvoll abgeschlossen. Dieses Zimmer hatte sich wie meines angefühlt. Ich hatte mich in das Licht verliebt. Sie rüttelte noch einmal an der Türklinke, als müsste sie das Zimmer vor mir beschützen.

»Wenn Sie möchten, zahle ich auch etwas mehr.« Ich folgte ihr nach unten, mein Koffer stieß gegen das Treppengeländer, hinterließ eine Delle in der Gipswand.

»Für alle Bewohnerinnen gelten dieselben Regeln.«

»Ich sorge dafür, dass die anderen Mieterinnen nichts mitbekommen. Das verspreche ich.«

Noch eine Treppe, dann die Halle durch.

»Bitte.«

»Zimmer für unverheiratete Frauen sind in dieser Stadt eine Seltenheit. Und eine Frau in Ihrer Lage wird erst recht nirgendwo unterkommen.«

Und dann stand ich wieder draußen auf der Steintreppe.

»Niemand wird es mitbekommen«, versuchte ich es noch einmal. Ich stellte den Koffer ab, wollte den Fuß in die Tür stellen, traute mich aber nicht. »Und ich werde viel mehr bezahlen.«

Sie überlegte.

»Bitte.« Ich hielt ihr meine Hände bettelnd vors Gesicht. »Ich kann nirgendwohin.«

»Sie können sich das Betteln sparen. Ich habe einen guten Ruf. Den möchte ich behalten.«

»Und?«, fragte Otto.

Ich warf den Koffer auf die Rückbank und stieg vorne ein. Er konnte mir schon am Gesicht ablesen, wie es gelaufen war. »Fahr los«, fauchte ich. Hinter einem der hohen Fenster stand die Zimmerwirtin und schaute auf uns herunter.

»Fahr doch los. Ich will hier weg.«

»Wohin?«

»Woher soll ich das wissen?«

Endlich startete er den Motor.

Auf der Straße herrschte viel Verkehr. Ich betrachtete die Häuser, in die die Menschen nach der Arbeit zurückkehrten. Ein Mann, der mit seinem Aktenkoffer aus dem Auto stieg, seine Töchter, die ihm vom Fenster aus zuwinkten. Ein Stückchen weiter wurde ein Tisch gedeckt. An der Ecke zur St. Annastraat zögerte Otto, ob er rechts oder links abbiegen sollte. »Fahr einfach irgendwohin«, schnauzte ich. »Wie schwer kann das sein? Du kennst dich doch aus?« Hinter uns wurde gehupt. Gehetzt beschleunigte er, legte den falschen Gang ein, der Motor heulte auf.

Ich starrte aus dem Fenster, rieb mir die Schläfen.

Nach einer Weile fragte er: »Was ist passiert?«

»Die Frau hat mir angesehen, dass ich schwanger bin.«

»Wie das denn?«

Ich zuckte die Schultern. »Sie meinte, Mädchen wie mich erkennt sie sofort.« Otto fuhr zum Polder, zu der Trauerweide, unter der wir so oft miteinander geschlafen hatten. Er stellte den Motor ab, wir blieben stocksteif sitzen.

»Und wenn du …«, zauberte Otto eine neue Idee aus dem Hut, doch weiter als diese drei Worte kam er nicht.

»Die Frau hat gesagt, dass mir auch niemand anders ein Zimmer vermieten wird.« Ich lehnte den Kopf an die kalte Fensterscheibe. »Keine Ahnung, was wir jetzt tun sollen.«

Otto schwieg.

»Ich weiß nicht mehr weiter.«

Ich biss mir einen Niednagel ab.

»Ida …«

»Hm?«

»So geht das nicht, Ida. Ich habe die vergangenen Wochen kaum geschlafen. Ich weiß einfach nicht weiter. Das … das … können wir nicht durchhalten. Jetzt erst recht nicht. Du hast kein Geld mehr und hast noch nicht einmal entbunden.«

»Ich habe immer noch mich selbst. Und ich habe dich!«

Ich wollte seine Hand ergreifen, ihn beruhigen, aber er zog sie weg.

»Brigitte fällt auch schon auf, dass ich nur noch grübele. Ich weiß nicht, wie lang ich das alles noch vor ihr verheimlichen kann.«

Ich hasste diese Brigitte. »Dann erzähl es ihr doch.«

»Ausgeschlossen. So kann es doch nicht weitergehen. Wie willst du für dein Kind sorgen? Hast du darüber einmal nachgedacht? Ich kann doch nicht mein Leben lang für dich … für euch. Ich finde ja nicht einmal ein Zimmer für dich.«

»Wir finden bestimmt etwas«, sagte ich.

»Ida. Sei doch nicht naiv. Sieh doch, was du schon alles verloren hast. Alle lassen dich fallen.«

»Es ist zu spät, noch etwas dagegen zu tun.« Ich schrie. »Viel zu spät!«

»Ida, Ida, Ida.« Er streckte mir die Arme entgegen und versuchte so, mein Panikfeuer zu löschen. »Hör mir bitte zu.«

Aber ich wollte mich nicht von ihm in den Arm nehmen lassen.

»Hör zu.« Ottos Hände zitterten. Er klammerte sich ans Lenkrad, als würden wir durch einen Sturm fahren. »Vielleicht sollten wir doch tun, was der Pfarrer und deine Eltern vorgeschlagen haben.«

»Den Nachbarjungen heiraten?«

»Natürlich nicht.«

»Was dann?«

»Die Paula-Stiftung.«

»Ja?«

»Vielleicht solltest du in dem Kloster entbinden.« Otto wandte sein Gesicht von mir ab, seine Stimme bebte.

»Und dann?«

»Dann wählst du uns als Adoptiveltern aus.«

»Uns?« Ein Hoffnungsschimmer. »Meinst du, wir könnten …?«

»Hör doch, Ida, bitte.« Mit beiden Händen beschwichtigte er mich, als wäre ich ein Feuer, das wieder aufzulodern drohte. »Brigitte und ich könnten es doch aufnehmen.«

»Brigitte und du. Aufnehmen?« Es erstaunte mich, wie ruhig und wohlüberlegt er diesen Vorschlag machte.

»Adoptieren«, verdeutlichte Otto, als wüsste ich nicht, was er meinte. »Sie wünscht sich schon seit Jahren Kinder und … vielleicht kann ich sie ja überreden.«

»Ich soll deiner Frau mein Kind abtreten?«, sagte ich so leise, dass ich mein eigenes Wort fast nicht verstand. »Willst du das damit sagen?«

»Es ist auch mein Kind«, sagte Otto. »Brigitte braucht es ja nie zu erfahren.«

»Was genau?«

»Dass ich der Vater bin. Und du bist noch so jung.«

Ich sprach nicht, ich atmete nicht, ich schnappte nur nach Luft. Mir war, als sähe ich ihn durch ein umgedrehtes Fernglas, diesen wildfremden Mann, der sich rückwärts von mir wegbewegte.

»Brigitte und ich können dem Kind ein schönes Zuhause bieten.«

Mit einem Mal fühlte ich mich so unendlich viel jünger

als er. Otto verwandelte sich in einen Onkel, der mir aus der Patsche helfen wollte.

»Nein …« Ich musste etwas sagen, sonst würde ich vielleicht unbewusst dem zustimmen, was unwiderruflich schien: Mein Kind gehörte schon jemand anderem. »Wie kannst du nur denken …?«

»Ida, Ida«, beschwichtigte mich Otto, damit ich ihn ausprechen ließe. »Ich habe mich erkundigt. Die Mutter muss mit den Adoptiveltern einverstanden sein. Und dann … dann … entscheidest du dich für Brigitte und mich.« Er verhaspelte sich fast. »Danach lassen wir uns was einfallen. Damit du dein Kind zu jeder Zeit sehen kannst. Bei uns wird es Liebe bekommen.« Ich musste seinen Mund ansehen, um sicher zu sein, dass er das alles wirklich von sich gab, dass dies sein Plan war, womöglich seit Wochen. Er hatte sogar schon Erkundigungen eingeholt. Vielleicht bestürzte mich das Wohlüberlegte daran am meisten.

»So geht es nicht weiter, Ida. Jeder, der weiß, dass du schwanger bist, lässt dich im Stich. Wie denkst du, wird es sein, wenn das Kind erst auf der Welt ist? Der Jugendschutz nimmt es dir womöglich weg. Und wenn du nicht kooperierst, sperren sie dich in irgendeine Anstalt.« Ottos Mund war ein Vulkan, der unaufhörlich spuckte. »Brigitte darf nur nie dahinterkommen, dass es unser Kind ist, dass ich der Vater bin.« Er sah mich so eindringlich an, dass ich mich fast verpflichtet fühlte, ihm etwas zu versprechen. »Niemals! Niemals, hast du mich verstanden?«

Grob riss ich meine Bluse hoch, damit er meinen nackten, drallen Bauch ansehen musste, der über den Rockbund quoll. »Willst du es gleich mitnehmen? Los, reiß es raus.« Ich klatschte auf die straffe Haut. »Und dann kannst du dein Leben lang vorgeben, dass es nicht dein Kind ist, viel Spaß!«

»Wir werden es lieben, das verspreche ich dir. Aus tiefstem Herzen.«

»Was redest du für einen pathetischen Unsinn.«

»Ich halte das nicht durch, Ida. Ich kann doch nicht zwei Familien nebeneinander haben.«

»Ach nein? Nicht?« Ich warf ihm die Worte an den Kopf. Als er zusammenfuhr, schlug ich zu. Auf seinen Rücken, die Schultern. »Geh weg! Weg!« Doch er rührte sich nicht. »Es ist unser Kind, Otto!«, brüllte ich in sein Ohr. »Von dir und mir!«

»Was willst du denn von mir?«

»Wenn du dieses Kind unbedingt haben willst, dann heirate mich! Heirate mich.«

Otto riss die Augen auf. »Das geht nicht, Ida. Das geht wirklich nicht. Nicht nur meine Ehe, auch meine Anstellung bei der Universität, ich dürfte nicht mehr in meine Kirche.«

»Deine Kirche? Du machst dir Gedanken über deine Kirche?«

»Ich denke darüber nach, was das Beste für alle Beteiligten ist.«

»Und das wäre dieser idiotische Adoptionsplan? Dein ganzes Leben lang lügen, dass dein Kind nicht dein Kind ist?«

»Du wusstest von Anfang an, dass ich verheiratet bin.«

»Was hat das damit zu tun? Dass du verheiratet bist, hat dich nicht daran gehindert, mit mir zu schlafen.«

»Ich liebe dich. Wirklich.« Seine Stimme klang versöhnlich. »Das war nicht gelogen. Ist es auch jetzt nicht. Durch dich habe ich entdeckt, wer ich bin. Ich wünschte, ich könnte die Welt für dich verändern. Aber das kann ich nicht.«

Ich versuchte, ihn an mich zu ziehen, meinen Mund auf seinen zu pressen. »Dann heirate mich!«

»Ida, bitte.« Otto hielt mich am ausgestreckten Arm von

sich und wandte sich ab, als könnte er nicht mit ansehen, wie ich mich erniedrigte.

»Heirate mich, Otto. Ich werde dir alle Zeit geben, die du brauchst. Ich werde auf dich warten.«

Otto antwortete nicht. Außer mir vor Wut riss ich die Tür auf und zerrte meinen Koffer von der Rückbank.

»Was hast du vor?«

»Vielleicht sollte deine Frau es endlich erfahren, das mit uns.«

Otto beugte sich panisch über den Beifahrersitz.

»Gestehe es ihr einfach. Wenn du durch mich dahintergekommen bist, wer du bist, zeig ihr doch, wie du durch mich geworden bist. Vielleicht verlässt sie dich! Dann ist die ganze Sache geklärt. Oder soll ich das machen?«

»Ida, bitte!«

Ich warf die Tür zu. Otto stieg aus, aber ich stiefelte davon, nur fort von ihm. Er kam mir ein paar Schritte hinterher, dann ging er zum Auto zurück, stieg ein und fuhr im Schritttempo neben mir her, drehte die Fensterscheibe der Beifahrertür herunter, flehte mich an, wieder einzusteigen, wollte nicht, dass wir auf diese Weise auseinandergehen, wollte, dass ich vernünftig blieb.

»Vernünftig? Ich soll vernünftig sein?«

Ein Bauer kam uns entgegengeradelt. Gleichmütig ignorierte er mein Gekeife.

»Ida, bitte steig ein. Ich setze dich irgendwo ab.«

»Und wo, bitte schön?«

Das wusste er auch nicht. Ich blieb stehen, Otto bremste abrupt. Ich beugte mich zum Fenster hinunter. »Lass mich in Ruhe, oder ich trete eine Delle in deine Autotür!«

Das war für Otto wohl Grund genug davonzufahren.

Mit jedem Schritt, den ich den Deich entlanglief, entfernte er sich Dutzende Meter von mir. Bis er hinter den Bäumen verschwand und in seinem Alltag aufging.

Die ersten Nächte schlief ich im Lager des Blumenladens. Ich hatte ja den Schlüssel. Wenn ich abends den Laden abgeschlossen hatte, kehrte ich später im Dunklen zurück. Ich schlief auf einem Bett aus Pferdedecken und unter meinem Mantel. Für meine tägliche Katzenwäsche nutzte ich den Wasserhahn, unter dem wir tagsüber immer die Eimer füllten. Ich aß im Café American an einem Tisch am großen Fenster neben der Heizung. Eigentlich konnte ich mir das nicht leisten, aber ich kaute, so langsam ich konnte. Stunden verbrachte ich dort. Das beleuchtete Fenster wurde zu einem Schaufenster, wenn es draußen dunkel wurde. Ich hoffte, dass mich irgendwer erkennen und meinen Eltern erzählen würde, wo ich steckte und dass es mir anscheinend gut ging. Oder dass Otto aus seinem Auto steigen würde, vielleicht auf dem Weg ins Kino, und mich hinter dem Fenster entdecken würde. Otto hatte sich seit unserem Streit nicht mehr blicken lassen. Als hätte er aufgehört zu existieren, nachdem er davongefahren war. Obwohl es sich eher andersherum anfühlte: als hätte ich zu existieren aufgehört. Bis jetzt hatte ich mich an den Tagen ohne Otto als seine allein gelassene Geliebte gefühlt. Mittlerweile wusste ich allerdings nicht mehr, ob ich noch seine Geliebte war.

29

»Drehmann, sagen Sie?« Am anderen Ende der Leitung tippen Finger auf einer Tastatur.

»Das schreibt man mit Doppel-n.«

»Einen Moment, bitte.« Ich lande in der Warteschleife.

Heute Nacht habe ich in keiner Stellung liegen können, ohne dass meine Gelenke geschmerzt hätten. Deshalb habe ich mich aus dem Bett gequält und mir Anismilch gemacht. Dann habe ich mit der Tasse am Fenster gestanden und daran gedacht, wie Otto und ich einmal an der Maas entlang über den Deich gefahren waren. Schwalben strichen wie Kunstflieger über die Motorhaube. Durch das geöffnete Autofenster hörte ich das Rauschen der Pappeln. Wir bogen in die Straße ein, die zu einem Friedhof führte. Otto sagte: »Dort liegen meine Eltern.«

Dieser Friedhof.

Mitten in der Nacht hatte ich es plötzlich eilig. Ungeduldig beobachtete ich die Ziffern meines Radioweckers in der Hoffnung, dass sie dadurch schneller weitersprängen und es endlich Morgen würde.

»Hallo? Sind Sie noch dran?«

»Jaja.«

»Sind Sie sich sicher, dass das Ehepaar Drehmann hier begraben ist?«

»Ja, jedenfalls lagen sie dort in den Sechzigerjahren.«

»Oh … das ist lange her. Das erklärt einiges. Haben Sie noch einen Moment?« Bevor ich antworten kann, hänge ich wieder in der Warteschleife. Der Steckling des Gliederkaktus scheint Wurzeln zu schlagen. Ich verkneife es mir, ihn aus der Erde zu ziehen, um nachzusehen.

»Hallo?« Geraschel am anderen Ende der Leitung. »Da bin ich wieder.«

»Und?«

»Ich habe das Grab der Eheleute Drehmann tatsächlich gefunden. Aber ich muss Ihnen leider mitteilen, dass die Ruhefrist schon in den Neunzigerjahren abgelaufen ist.«

»Oh.«

»Es tut mir leid. Ich fürchte, ich kann nichts weiter für Sie tun.«

»Haben Sie vielleicht einen Ansprechpartner? Oder die Anschrift der Hinterbliebenen?«

»Leider nicht.«

»Irgendjemand muss das Grab doch bezahlt haben, oder?«

»Es wird damals wohl eine Anzahlung für die Grabrechte gegeben haben. Als die 1994 abgelaufen waren, hat sich kein Angehöriger gemeldet. Und die Friedhofsverwaltung konnte keine Angehörigen ausfindig machen. Da wird immer äußerst gewissenhaft nachgeforscht.«

30

Im Mantel stehe ich im Zimmer und will zum Supermarkt. Ein halbes Graubrot, einen Liter Milch, vielleicht ein paar Kekse, mal sehen, was im Angebot ist. Es klopft an der Tür. Tobias.

»Hallo«, sagt er. »Kommst du oder gehst du?«

»Ich wollte nur ein paar Besorgungen machen, aber das hat Zeit bis später. Hast du Nadine nicht mitgebracht?«

»Die muss heute arbeiten.«

Vielleicht hat er seinen Besuch ja angekündigt, und es ist mir entfallen. Aber wenn ich danach fragen würde, denkt er wieder, dass ich vergesslich bin.

»Ich hatte schon so ein Gefühl, dass du heute vorbeikommst.« Ich lächle.

»Wirklich?« Tobias zieht einen Stuhl vom Tisch und setzt sich. »Ich wollte dir das hier geben.« Über die Tischdecke schiebt er mir etwas zu. »Als Andenken.«

»Ach, mein Schlüsselanhänger!« Ohne meine vertrauten Schlüssel hätte ich das braune Lederetui beinahe nicht erkannt. »Stimmt ja, heute war die Übergabe. Ist jetzt alles leer?«

»Alles ausgeräumt. Schlüssel abgegeben. Fertig.«

Ich kann mir unsere Wohnung nicht ohne unsere Sachen und unser Leben darin vorstellen.

Tobias steht auf und deutet auf den Kühlschrank, ob er sich eine Dose Cola aus dem Gemüsefach nehmen darf.

»Natürlich, Junge, nimm nur.«

»Den Rest überlassen wir den neuen Mietern.« Die Kohlensäure zischt beim ersten Öffnen, Tobias saugt den aufsteigenden Schaum ab und drückt den Verschluss ganz nach innen. Seit Nadine hat er eine andere Frisur, jugendlicher, an den Seiten gestutzt, aber die grauen Stellen an den Schläfen breiten sich aus. Ich bin wahrscheinlich die Einzige, die sieht, dass er kein Mann ist, sondern ein hoch aufgeschossener Junge.

»Wer sind denn die neuen Mieter?«

»Keine Ahnung.« Er nimmt einen großen Schluck, unterdrückt einen Rülpser. »Vorläufig steht es wohl noch leer.«

»Nicht zu lange, will ich hoffen.«

»Wahrscheinlich ein paar Monate. Die Baugenossenschaft will gründlich renovieren. Jetzt ist es noch eine richtige Baustelle.« Wieder so ein unterdrückter Zisch-Rülpser. »All die Malerarbeiten und das Zuschmieren der Löcher, das sie verlangt haben, war also völlig unnötig.«

»Hat Nadine sich eigentlich noch darum gekümmert?«

»Was meinst du?«

»Meine Adresse im Telefonbuch.«

»Fängst du schon wieder damit an?«

»Es ist wichtig für mich, und euch kostet es keine Mühe.«

»Das habe ich dir doch schon alles am Telefon erklärt, oder?«

»Du musst nicht gleich so kratzbürstig sein.«

»Bin ich doch gar nicht.«

»Ich frage doch nur, ob Nadine das erledigt hat.«

»Mam, hör bitte auf.« Tobias will noch einen Schluck Cola trinken, lässt den Arm aber wieder sinken. »Du bist echt …« Aber er sagt nicht, was ich bin.

»Wenn mir Nadine einfach erklärt, wie das geht …« Ich suche lächelnd nach einer Lösung.

»Mam!«

»… dann regele ich das selbst.«

»Es ist alles geregelt. Alles! Ich komme extra hierher, um das mit dir zu feiern. Und was machst du? Du meckerst herum. Und forderst immer noch etwas und noch etwas.« Seine Wut schwappt über mich hinweg. Es gelingt mir kaum, ihm etwas zu entgegnen. »Eine Scheißkommode, die im Flur stand. Die Adresse, die im Telefonbuch nicht stimmt. Dieser lausige Kaktus, der vertrocknet. Seit Papas Tod kümmere ich mich pausenlos um alles. Organisiere die Einäscherung, sorge dafür, dass du auf der Warteliste für dieses Zimmer aufsteigst, regele das mit dem Umzug und räume dazu noch eure ganze Wohnung aus.« Er zögert. »Jetzt ist endlich alles vorbei, und noch immer kommt kein Dankeschön aus deinem Mund. Das Einzige, was dich interessiert …« Er holt tief Luft, um seine Wut zu zügeln, doch dann legt er erst richtig los. »Ob Nadine diese Scheißadresse geändert hat!«

»Es ist nun mal wichtig für mich.«

»Für dich, für dich, für dich!« Tobias zeigt dreimal mit dem Finger auf mich. »Alles dreht sich nur um dich. Nie fragst du, wie es uns eigentlich geht. Nie! Nicht mich, nicht Nadine. Wir kommen her, zeigen dir das Ultraschallbild, und du kannst dich nicht einmal wie eine normale Mutter für uns freuen. Dir gelingt es nicht einmal, Oma zu werden. Für Papa ginge sein größter Wunsch in Erfüllung. Aber Papa ist tot. Schwups, einfach so … tot. Und er war nicht nur dein Mann, er war auch mein Vater und wäre der Opa meiner Tochter geworden.« Tobias beginnt zu stottern, wie früher als Kind, wenn er vor Wut außer sich war. »Wir haben uns immer um dich gekümmert. Wir hatten Angst, dass du eher stirbst. Und dann gibt Pa einfach den Löffel ab. Ich konnte mich nicht einmal von ihm verabschieden. Papa konnte zumindest zeigen, dass er andere liebte.«

Ich stehe auf, um Tobias in den Arm zu nehmen, um ihn zu beruhigen, aber er wehrt mich ab.

»Manchmal frage ich mich, ob er dir überhaupt fehlt. Nie verlierst du ein Wort über ihn.«

»Das … das stimmt nicht, Tobi.«

»Ach nein?« Er blickt sich in meinem Zimmer um. Zum Glück ist das obere Fenster geschlossen, sonst hätten die Nachbarn sein Gemotze mitgehört.

»Warum hängt hier dann nirgends ein Foto von ihm?« Sein Blick schießt von der nackten Wand zur Fensterbank, zum Schrank, dann sieht er mir in die Augen. »Also?«

»Das … das habe ich irgendwo …«

»Na siehst du!«

»Ich habe den richtigen Platz noch nicht gefunden.« Meine Hörgeräte wimmern. »Vielleicht kannst du das nächste Mal die Bohrmaschine mitbringen?«

»Ach, hör doch auf, Mam, hör auf.« Tobias zerknautscht die Coladose in seiner Hand. »Jedes Mal versuche ich eine Entschuldigung für deine Mätzchen zu finden. Mir reicht's.«

»Das brauchst du nicht.«

»Was brauche ich nicht?« Tobias ist verblüfft.

»Ich habe dich nicht darum gebeten, für alles eine Entschuldigung zu finden.«

»Papa hat deine Launen immer schöngeredet und ausgebügelt. Er hat immer gesagt, dass das Wetter zuverlässiger vorauszusagen sei als deine Anwandlungen.«

»Ach, Junge, das war doch nur ein Scherz.«

»Jetzt, wo du auf ihm nicht mehr herumtrampeln kannst, tust du das mit mir. Das lasse ich mir nicht gefallen.«

»Übertreib nicht so. Es ist nicht schlimm, das mit dem Telefonbuch, das mache ich schon selbst. Von Herzen gern. Ihr habt ja so viel für mich getan.«

»Ich gehe.«

»Was?«

»Sieh zu, wo du bleibst.«

»Ach, Junge, geh nicht.« Aber Tobias ist schon auf und davon. Raus auf den Flur, die Tür schließt von selbst, die kann er nicht zuknallen.

Ich bleibe am Tisch sitzen. Meine Hände zittern. Schweiß juckt unter meinem Gips. Ich warte, ob Tobias zurückkommt. Das hat er jedenfalls früher immer getan, wenn ich ihn angeherrscht hatte. Damals war mein Zorn ein Magnet, der ihn anzog. Dann klebte er an mir in der Hoffnung, dass die Wut sich legte, ich ihn an mich zöge, ihn auf den Schoß nähme.

Aber Tobias kommt nicht zurück. Seine Abwesenheit ist eine klaffende Lücke im Zimmer. Ich wage es nicht, auf dem Flur nach ihm zu sehen. Vielleicht haben die Nachbarinnen den Krach mit angehört und lauern nun hinter dem Türspalt, in der Hoffnung, dass ich herauskomme.

Ich bleibe am Tisch sitzen, bis der Uhrzeiger Viertel vor anzeigt, dann die volle Stunde. Ich traue mich auch nicht, Tobias anzurufen, denn dann verpufft seine Wut erst recht nicht. Ich ziehe die Schublade des Büfetts auf. Louis sieht mich aus dem Bilderrahmen an. »Entschuldige«, flüstere ich. »Und jetzt? Was soll ich tun? Ich will Tobi nicht … ich habe Angst. Ich habe solche Angst.«

Louis antwortet nicht. Er nimmt mich auch nicht in den Arm. Das hätte er aber getan. Doch Louis ist so tot wie das Foto.

31

Es war auf einer Geburtstagsfeier, auch wenn ich nicht mehr weiß, von wem. Ein paar Monate nach der Entbindung. Ich erlebte alles wie durch einen Schleier. Geräusche klangen schriller, das Leben war gleichzeitig gedämpft. Wir rauchten und hörten uns Platten an. Es gab Rotwein aus Korbflaschen. Ich trank viel, um weniger reden zu müssen. Eine Freundin von der Gartenbauschule sprach mich an. »Frieda, Frieda. Ich will dir jemanden vorstellen.«

»Und wen?«

»Erinnerst du dich, dass ich dir von diesem tollen Mann erzählt habe?«

Ich schüttelte den Kopf.

»Das ist er.« Sie holte einen rotblonden jungen Mann aus dem Flur. Nicht mein Typ, das sah ich sofort. Er versuchte, sich einen Schnurrbart wachsen zu lassen, wahrscheinlich um dahinter seine Schüchternheit zu verstecken.

»Hallo«, sagte ich, über seine Schulter spähte ich nach einem anderen Gespräch, dem ich mich hätte anschließen können.

»Stell dich bitte ordentlich vor«, sagte die Freundin entrüstet.

Ich streckte ihm meine Hand entgegen, er mir seine. Absolut nicht mein Typ. Bestimmt hatte er Schweißhände. Aber seine Hand war angenehm trocken. »Frie«, sagte ich.

»Loui.« Er grinste.

»Was grinst du?«

»Ach, nur weil sich unsere Namen reimen.«

Später wurde das unsere Geschichte: Wie wenig Interesse ich ihm anfangs entgegenbrachte, während er behauptete, es sofort gewusst zu haben. Wir mussten uns noch dreimal treffen, bevor ich das langsam auch erkannte. Schließlich habe ich für Louis alles gefühlt, verliebte mich sogar in ihn. Das Einzige, was ich bei ihm vielleicht vermisst habe: Ich habe mich mit ihm nie wirklich neu gefühlt. Nicht so neu wie mit Otto. Aber das war schließlich nicht Louis' Schuld.

Wir fummelten in den ersten Monaten unserer Beziehung ein bisschen herum, doch auf mein Drängen hin haben wir auf die Hochzeitsnacht gewartet, bis wir miteinander schliefen. In den ersten Wochen danach war Louis vor allem damit beschäftigt, seine Hände an meinem Körper richtig zu platzieren. Immerzu fragte er, ob es richtig mache. Davor saß er jedes Mal fünf Minuten lang auf der Toilette. Es dauerte Monate, bis er im Bett selbstbewusster wurde, weniger gehetzt. Damals gewöhnte er sich daran, mir körperlich nahe zu sein. Ich glaube, erst da traute er sich, mich eingehend zu betrachten.

Am Montag nach unserer Eheschließung gab ich meine Stelle auf. Wir bezogen eine Neubauwohnung in Hatert, einem Vorort von Nijmegen, in der wir unser ganzes Leben lang blieben. Ein Betonklotz mit jungen Bäumen davor, die kleiner waren als die Menschen, die über den neuen Bürgersteig liefen. Ich hatte bei einer Gärtnerei in Bemmel gearbeitet und dachte nun über ein Studium nach. Eigentlich war ich dafür schon zu alt und wurde demnächst wahrscheinlich dazu noch Mutter. Ganz selbstverständlich versuchten wir nach der Hochzeit ein paar Jahre lang, schwanger zu werden. Aber es tat sich nichts.

Ich wusste nicht, wie ich Louis sagen sollte, dass das Ausbleiben der Schwangerschaft wahrscheinlich an ihm lag. Deshalb ließ ich mich als Erste untersuchen. Zu meiner Überraschung wurden Verklebungen entdeckt. Es folgte ein kleiner Eingriff in der Uniklinik.

Als wir wieder miteinander schlafen durften, ließ die gute Nachricht keine zwei Monate auf sich warten. Ich merkte, dass ich schwanger war, weil ich ohne den geringsten Anlass an den Sommer mit Otto denken musste. Meine Brüste wurden empfindlicher, es war, als würde mich jemand dort berühren. Als mein Bauch sichtbar wurde, bekam ich Angstattacken. Je näher die Geburt rückte, desto öfter überfielen sie mich, aber ich glaube nicht, dass es jemand bemerkt hat. Auch Louis nicht. Im Nachhinein denke ich, dass es mir Angst machte, schwanger zu sein.

Falls es ein Junge würde, hatte Louis schon einen Namen parat. Ich fand Tobias sofort schön, der Name erinnerte mich an niemanden. Von der Entbindung weiß ich nur noch, wie wütend ich war. Ängstlich auch, dass mich alle allein lassen würden. Obwohl Louis da war und sofort angerannt kam, als er gerufen wurde.

»Sie müssen es rauslassen«, sagte die Hebamme. »Entspannen Sie sich.«

»Das versuche ich doch.«

»Geben Sie sich mehr Mühe.«

Ich wusste nicht, wie.

»Frieda, Sie müssen wirklich versuchen sich zu entspannen, sonst wird das nichts.« Erst als sie sich im Flur mit Louis beratschlagte, ob er mich besser ins Krankenhaus bringen solle, schob Tobias sich langsam nach unten. Nach anderthalb Tagen Wehen kam unser Sohn zur Welt.

»Ach, Kleiner«, ächzte ich. »Mein Kleiner.« Sein kleiner Körper, so echt und warm und nass. Alles roch nach Eisen. Ich konnte nicht aufhören, an ihm zu riechen. Meine Beine zitterten noch, Erschütterungen wogten durch meinen Bauch, die aufstiegen und sich wieder legten.

Im Zimmer wurde es still.

Tobias war da.

Und er blieb.

Jeden Tag aufs Neue.

»Es ist ein Junge.« Louis weinte, als er die Nabelschnur durchtrennte. »Ein Sohn.« Erst dann konnte ich meinen Tränen freien Lauf lassen, als ob mir die Gefühle vorgemacht werden mussten, bevor ich sie selbst empfinden konnte. Tobias hatte in den ersten Stunden pechschwarze Augen, er war eher ein kleines Tier als ein Mensch. Seine Haut bedeckte ein blonder Flaum, graue Schmiere in jeder Falte, der süchtig machende Duft seines Kopfs.

Zwei Tage später besuchten mich meine Eltern am Wochenbett. Unser Kontakt war in den letzten Jahren spärlich gewesen. Es war mir einfach nicht mehr gelungen, wieder ihre Tochter zu werden. Mein Vater gab Louis die Hand und gratulierte ihm. Meine Mutter gab mir steif drei Küsse.

»Herzlichen Glückwunsch zur Geburt des Kleinen«, sagte Vater. Er setzte sich auf den Stuhl neben meinem Bett.

»Vielen Dank, Vater.«

Verdutzt beobachtete ich, wie meine Mutter Tobias aus der Wiege hob. »Sei vorsichtig, Mutter.«

»Ich habe vier Kinder bekommen, ich weiß, was ich tue«, sagte sie und zwinkerte Louis zu. »Schau nur, was für ein entzückendes Köpfchen«, sagte sie zu Vater. »Das Profil hat er von Louis.«

»Was für ein hübsches Kerlchen.« Vater strahlte und klopfte Louis auf die Schulter. »Gut gemacht. Ich habe nie einen Jungen hinbekommen.«

Als Tobias krächzend protestierte, legte meine Mutter ihn mir nicht etwa in die Arme, sondern steckte ihm ihren kleinen Finger in den Mund. »So musst du das machen«, instruierte sie mich und drückte den Finger gegen seinen Gaumen. »Dann hört er von selbst auf.« In meinen Brüsten prickelte es. Meine Mutter hüpfte mit Tobias durch das Zimmer, als gehörte er ihr, ging mit ihm sogar auf den Flur. Die Pflegerin brachte Kaffee und den obligatorischen Zwieback mit Zuckeranis.

»Mutter, gib ihn mir bitte.«

»Iss du nur deinen Zwieback.«

Ich presste meine Fingernägel in meine Handfläche. »Ich habe keinen Appetit, gib mir Tobias.« Er roch noch den ganzen Tag nach Mutters Parfüm.

Die ersten Nächte röchelte Tobias wie ein alter Mann, der neben unserem Bett im Sterben lag. Es gelang mir nicht zu schlafen, aus Angst, dass ich dann nicht mitbekäme, wenn bei ihm etwas nicht stimmen sollte. Zum Glück nahm Louis das Geröchel auf die leichte Schulter.

Und ich schließlich auch.

Louis nahm Tobias auf den Arm, drehte nachts mit ihm Runden durch das Zimmer, legte ihn zu uns ins Bett. »Ich liebe dich«, sagte ich zu Louis. Es machte mich traurig, dass er überrascht zur Seite blickte.

»Ich dich auch«, sagte er nach einer Weile.

Tobias trank sehr leicht. »Bestimmt kommt Schlagsahne aus

Ihren Brüsten«, sagte die Pflegerin. Tanja hieß sie, sie war ein Schatz, putzte aber nur selten. Eigentlich machte sie nur Kaffee und Zwieback mit Zuckeranis für die Besucher, zu denen sie ständig sagte: »Bei Frieda fließt die Milch so einfach, als hätte sie nie etwas anderes getan, als zu stillen.«

Es wurden Blumensträuße und Briefumschläge mit Geld abgegeben, und wir bekamen sogar ein Telegramm von meinen Schwestern aus Kanada und eines von der Apotheke, in der Louis arbeitete. Die Besucher brachten riesige Geschenke mit. Es war überwältigend, wie sehr man mich mochte. Alle waren herzlich, besorgt und bewundernd. Niemand hatte je ein so hübsches Baby gesehen. Auf der Straße blieben Wildfremde stehen, um in den Kinderwagen zu schauen. Jeder gratulierte mir dazu, dass ich Mutter geworden war.

✳ ✳ ✳

Tobias fing spät an zu laufen. Ein Detail, das man nach all den Jahren vergisst, obwohl es damals so aufwühlend war. Ein später Läufer und ein sanfter Junge. Davon hätten wir gern noch ein paar mehr gehabt, doch daraus wurde nichts. Aber wir waren glücklich mit dem, was wir hatten. Und als ich schließlich zu alt für eine weitere Schwangerschaft war, blieben wir glücklich mit dem, was wir hatten.

Über die Geburt sprachen wir eigentlich nie. Erst als Tobias Fragen stellte, kamen wir manchmal auf dieses Thema, auf diese Nacht, in der Tobias nicht herauskommen wollte. So entstand diese Geschichte: Tobias habe nicht rausgewollt. Und ich brauchte Louis' Geschichte nur zu bestätigen: »Ja. Ja, genauso war es.« Und dann ärgerte Louis seinen Tobias damit, dass er immer ein Muttersöhnchen bleiben werde. »Du hattest es einfach viel zu gut da drin, im Bauch, Junge.« Louis erzählte ihm von den spannungsgeladenen Stunden, die Tobias ihn auf dem Flur hatte warten lassen. Bis er endlich von der Hebamme gerufen wurde, weil sein Sohn das Licht der Welt erblickt hatte.

Dann holten wir das Babybuch aus dem Büfett, um die Fotos anzusehen, die Louis damals von uns gemacht hatte. Leicht beschlagene Linse, orangefarbenes Licht, das blutige Knautschgesicht an meiner Brust, Brüste mit unwirklich großen, braunen Brustwarzen, die unmöglich meine gewesen sein können.

* * *

Monate nach der Geburt spazierte ich mit dem Kinderwagen durch den Goffertpark.

Es muss Winter gewesen sein, denn ich erinnere mich noch, dass Tobias dick eingepackt war. Er muss damals etwa ein halbes Jahr alt gewesen sein. Eine alte, krumme Frau blieb stehen, um den schlafenden Tobias zu bewundern. Ich kannte sie nicht und habe sie danach auch nie wiedergesehen.

»Wie heißt er?«, fragte sie. Sie streichelte seine Wange mit ihrem knochigen, runzligen Finger. Ich ließ sie machen, Tobias verzog den Mund.

»Tobias«, antwortete ich. Gemeinsam beobachteten wir kurz das schlafende Kind.

»Ist das ihr erstes?«, fragte sie aus dem Nichts. Die Frage überrumpelte mich.

»Nein.« Ich schüttelte nahezu unmerklich den Kopf. »Mein zweites.«

Sonst habe ich es niemandem je erzählt.

32

»Hallo, Ida.«

Ich erschrak. Ohne Ankündigung wartete Otto gegenüber dem Blumenladen auf mich. Ich dachte, er würde irgendetwas sagen, Entschuldigungen stammeln. Aber er nahm mich in den Arm, dort auf der Straße, vor allen Leuten. »Ich bin froh, dich wiederzusehen«, flüsterte er in mein Haar.

»Ich auch.«

»Kommst du mit?«

»Wohin?«

»Ich habe vielleicht ein Zimmer für dich gefunden.«

»Warte kurz.« Ich rannte über die Straße, zurück zum Blumenladen, um meinen Koffer aus dem Lager zu holen. Er hatte bestimmt eine Woche nichts von sich hören lassen, aber darüber wollte ich jetzt nicht sprechen.

Entfremdet saßen wir nebeneinander im Auto und lächelten, wenn sich unsere Blicke trafen. Es war wunderschön, wieder neben ihm zu sitzen. Trotz der Rückenschmerzen. Auf der Arbeit konnte ich den Bauch noch recht gut unter einem weiten Pulli verstecken, doch nach einem langen Tag mit Schleppen, Bücken und Hinter-der-Ladentheke-Stehen schien mir mein Bauch viel schwerer zu sein und mehr Platz zu brauchen.

Wir parkten auf dem Grote Markt. Wie früher, wenn wir zu unserem Hotel gingen, trug Otto meinen Koffer. Nur kam ich jetzt nicht hinterher. Vielleicht hoffte er einfach, dass ich mich beeilen würde. Ich holte ihn trotzdem ein, wollte mich bei ihm unterhaken, aber das ließ er nicht zu. Ganz am Ende der abschüssigen Straße lag der blaugraue Fluss. »Komm«, sagte Otto und lief sofort weiter.

»Wohin gehen wir denn?«

»Es ist nicht mehr weit.«

Ich dachte, wir müssten durch die Unterstadt, eine Art Ablenkungsmanöver für mögliche Verfolger, um irgendwen auf die falsche Fährte zu locken. Wir waren nur noch zwei Straßen von der Waalkade entfernt. Weiter hinten lag die Gasfabrik am Kai wie ein riesiges, düsteres, schlafendes Tier.

»Woher kennst du denn den Ort, zu dem wir gehen?«

»Von einem Bekannten.«

Ich wollte etwas bei ihm wachrütteln, ihm etwas entlocken, damit wir wieder zu Herrn und Frau Tendeloo würden. Dass er mich anfasste und mir sagte, er hätte über das, was ich über eine Hochzeit gesagt hatte, nachgedacht.

»Du hast ziemlich viele Bekannte.«

»Wie meinst du das?«

»Na ja, du erkundigst dich eben. Wie bei den Nonnen von Oosterbeek.«

Otto sah mich bestürzt an.

»Und das Diaphragma vom Apotheker. Oder das Zimmer bei der Zimmerwirtin. Jetzt das … wie machst du das?«

»Was meinst du?«

»Na, wenn du ein Zimmer suchst?« Meine Stimme hallte an den Fassaden entlang. »Frieda Tendeloo trägt ein Kind von mir und jetzt suche ich eine Unterkunft für sie?«

»Nein«, schnauzte er. Zwei Nonnen kamen uns entgegen, denen er ein frommes Lächeln zuwarf.

»Was sagst du denn sonst?«, fragte ich so laut, dass mich die beiden wandelnden Gewänder hören konnten.

»Dass ich einer Cousine helfe.«

»Einer Cousine?«

Otto ging weiter.

»Spießer.«

Er ging weiter.

»Otto?«

Er hielt inne und drehte sich mit ärgerlichem Blick um. Das wollte ich nun auch wieder nicht.

»Was willst du eigentlich? Dass ich auch alles aufgebe? Damit wir beide nichts mehr haben?«

Die Straßen hier waren mir fremd. Für unbewohnbar erklärte Häuserzeilen, die unerklärlicherweise bewohnt waren. Es roch nach feuchten Kellern. Otto führte mich über Stege und durch Gassen, die sich derart krümmten, dass man ihr Ende nicht ausmachen konnte. Oft hatte solch ein Durchgang nicht einmal ein Straßenschild, wodurch alles, was in so einer Gasse vor sich ging, eigentlich im Nirgendwo stattfand.

An einigen Straßen standen schon Neubauten, eine Ecke weiter war mit einem Mal eine offene Sandfläche voll geparkter Autos. Auf einem Schutthaufen kämpften ein paar Jungs mit angespitzten Holzstöcken. Manche alten Häuser starrten unerschütterlich vor sich hin. Es lag etwas Erhabenes an ihren unversehrten Fassaden, etwas Arrogantes in ihren spiegelnden Fenstern. Als wäre es für die Häuser selbstverständlich, dass sie den Fliegerbomben und dem Verfall getrotzt hatten. Neben einer Reihe dieser bewohnten Häuser gab es wieder eine Brache, ein Trümmerrechteck mit braunen Unkrautstengeln. Darüber zwei horizontale Stützbalken, damit die Nachbarhäuser nicht einstürzten. Wie eine Mutter, die zwei raufende Kinder auseinanderhält.

»Ida?«

»Mhm?«

Otto war bei einem Durchgang stehen geblieben. Dort mussten wir wohl die Steintreppe hinunter. Ein Stück weiter spielten zwei schmuddelige Kinder Vater, Mutter, Kind, indem sie eine Sunlicht-Kiste mit einem angenagelten Brett vor sich herschoben. Alle paar Schritte blieben sie stehen, um das unsichtbare Baby im Kinderwagen zu streicheln.

»Präg dir das gut ein«, sagte Otto.

»Was?« Ich dachte, er meinte die Kinder. Aber er zeigte auf ein glänzend neues Straßenschild, das an einer Ruinenfassade aufgehängt war. NONNENPLAATS.

»Hier muss es sein.«

»Hier?« Eine Steintreppe führte hinab, neben einem gepflasterten Abhang, über den früher wahrscheinlich Tonnen zu den Speicherhäusern hochgezogen worden waren.

»Sind wir hier wirklich richtig?« Otto war schon ein paar Stufen nach unten gestiegen. Die brüchige Treppe führte zu einem schmalen, lang gestreckten Innenhof, der in eine Querstraße mündete.

Ein paar Jungs sahen uns so herausfordernd an, dass wir ihnen auswichen. Auf gewisse Art waren sie alle verschiedene Variationen desselben Typs. Sie rollten eine zerdellte Mülltonne aus Metall nach oben und ließen sie dann – »Drei, zwei, eins, aus dem Weg!« – über die Steintreppe nach unten donnern. Die größeren Jungs grölten und trabten hinter der Mülltonne her, die bis zum Ende der Gasse polterte. Die kleineren rannten stolpernd mit roten Köpfen an der Schwanzspitze des Schwarms. Ich blieb bei einem Holztor stehen. MÖBELSPEDITION SCHÖNEBERG stand da. »Hier?«, fragte ich und suchte eine Klingel.

»Äh, nein … dort.«

Ich traute meinen Augen nicht. Doch Otto meinte es ernst. Es war ein Haus, dass seine Mauern kaum zusammenhalten konnte. Wir blickten die hintere Fassade hoch und erkannten die Konturen der Zimmer des Nachbarhauses, das abgerissen worden war. Ein paar Treppenstufen ragten noch zwischen den Geschossen aus der Mauer. Aus den Löchern, in denen sich früher Tragebalken befunden hatten, drang Gurren. Darunter hingen Wasserspeier aus Taubenkacke. Alles war von Ruß und Schimmel schwarz verfärbt. Die Fenster des ersten Stocks waren mit alten Türen vernagelt. Dennoch musste diese Bruchbude bewohnt sein, denn aus provisorischen Schornsteinrohren an den Fenstern qualmte Rauch.

»Du hast nicht so viel Auswahl«, sagte Otto entschuldigend. Mir kam kurz der Gedanke, dass er mich hierhergebracht hatte, damit ich mich dazu durchränge, doch zu den Nonnen nach Oosterbeek zu gehen. Aber Otto erschöpfte sich in endlosen Entschuldigungen, wodurch ich mich allmählich schuldig fühlte. Und ich fürchtete, ich könnte ihn vor den Kopf stoßen, wenn ich jetzt Ärger machte.

»Hast du eine Verabredung mit jemandem?«

»Wir dürfen einfach so rein. Ich habe den ersten Monat schon bezahlt.« Es stand also schon fest, dass ich hier wohnen würde.

In einem Holzgebilde befand sich der Eingang, mehr eine Luke als eine Tür. Dahinter lag eine Treppe im Dunkeln, die zu dem Stockwerk führte, in dem die Fenster nicht vernagelt waren.

Entlang der geöffneten Türen sah ich scheue Augen. Anscheinend sahen wir aus wie Leute, die ihnen etwas wegnehmen wollten. In allen Zimmern lebte eine unfassbare Anzahl Bewohner. Ich zählte sieben, acht, sogar ... neun Kinder.

»Noch eine Treppe«, sagte Otto. »Wird es gehen?«

»Was meinst du?«

»Mit deinem Bauch?«

»Natürlich.«

»Ich meine eigentlich bald, in ein paar Wochen.«

»Ist das hier nicht nur vorübergehend?«

Wir wussten beide, dass es nicht nur vorübergehend war. Hinter der Tür in der Ecke neben der Treppe war eine Küche. An der Spüle stand eine Frau mit pechschwarzem Haar, das zu einem schludrigen Knoten geschlungen war. Sie hackte Fleisch in Stücke. Mit der sauberen Hand strich sie sich eine Haarsträhne aus dem Gesicht. »Mykasintos«, sagte sie.

»Was?« Ich blickte sie verständnislos an.

»Mitra Mykasintos.« Sie zeigte auf sich selbst.

»Ah. Ich bin Frieda.«

Die eisenhaltige Blutluft, die in der Küche hing, angereichert mit dem Geruch nach einer ausgekochten Keule, löste einen Brechreiz bei mir aus. Ich deutete über meine Schulter auf Otto, der schon halb die Treppe hinauf war. Frau Mykasintos nickte mir freundlich zu.

Im obersten Stockwerk gab es auch eine kleine Küche und gegenüber nur noch eine geschlossene Tür. »Hier muss es sein.« Otto stieß die Tür auf.

»Gibt es keinen Schlüssel?«

»Äh ... nein. Nicht dass ich wüsste.«

In der Stille wartete ein kleiner Tisch mit zwei Stühlen auf mich. Ein Rattansessel am Fenster, ein Holzofen mit einem

Schornsteinrohr, das aus der kaputten Fensterscheibe nach draußen ragte. An der Wand stand ein Bett, das fortan das meine sein sollte. Man konnte erkennen, dass wahrscheinlich kürzlich noch mehrere Körper darin geschlafen hatten. Otto legte meinen Koffer auf den Tisch und drehte am Waschbecken die Hähne auf, aber die blieben trocken. Die Lichtschalter waren tot. »Du kannst solange eine Petroleumlampe haben. Ich gehe jetzt doch keine Nachtfalter mehr zählen. Die bringe ich dir morgen.«

Ich schaute aus dem Fenster. Draußen im Innenhof stand ein Holzhäuschen mit einer Tür. Später am Tag kam ich dahinter, dass dies die Toilette war. So schmutzig, dass ich den Urin mein Leben lang einhalten wollte. Zum Glück würde Otto bald einen Nachttopf mitbringen, den ich in der Regenrinne ausschütten könnte.

Unten lief die Frau mit dem pechschwarzen Haar vorbei. Sie blieb bei einem Mäuerchen stehen und warf den Inhalt eines Topfs darüber. Dahinter stand eine Riesensau, grunzend und wütend knurrend. Das Tier konnte sich nicht umdrehen, es war eingemauert. Otto stellte sich neben mich ans Fenster, stützte sich auf die Fensterbank. Ich wartete darauf, dass er wieder von den Nonnen in Oosterbeek anfangen oder sagen würde, dass wir vielleicht doch noch nicht zu spät dran seien, um es wegmachen zu lassen, weil das hier wirklich unerträglich war. Doch Otto schwieg.

»Immerhin kannst du die Waal sehen«, sagte er schließlich. »Und die Gebäude am Lage Markt sind ja auch ganz ordentlich und bewohnt.« Als würde das dieses Zimmer weniger schäbig machen.

»Es ist halt nicht einfach, für jemanden in deiner Lage etwas zu finden.«

Ich hatte es satt, dass dies meine Lage sein sollte und nicht unsere. Aber weil ihn alles, was ich sagen wollte, verjagt hätte, wandte ich mich ab. Ich schaute in den leeren Schrank, ließ aber meine Sachen in meinem Koffer. Nachdem ich einen Stuhl zur Seite geschoben hatte, setzte ich mich schließlich auf die lädierte Matratze. Otto kam nicht zu mir, auch nicht, als ich zur Seite rückte.

»Willst du meinen Bauch sehen?« Bevor er reagieren konnte, zog ich schon den Pulli hoch. Die Haut war bleich, fast grell in diesem dämmrigen Zimmer.

Otto betrachtete zwar meinen Bauch, blieb jedoch stumm. Und wie ich da so saß, wusste ich nicht mehr, warum ich ihn ihm unbedingt hatte zeigen wollen, also zog ich den Pulli wieder runter. Noch war mein Nabel nicht ausgebeult, aber er war auch keine Vertiefung mehr. Es war, als wollte mein Bauch nach dem monatelangen Versteckspiel versuchen, den Rückstand einzuholen. Ich fand es noch immer unwirklich, dass in mir ein Mensch heranwuchs.

»Also gut.« Otto blickte sich im Zimmer um. Die Jacke hatte er noch an, die Knöpfe waren geschlossen, die Arme verschränkt. So verschloss er sich selbst. Ich weiß nicht, ob er mich nicht näher an sich heranlassen wollte oder ob er sich gerade in sich selbst zurückzog. Seit wir wussten, dass ich schwanger war, hatten wir nicht mehr miteinander geschlafen. Mit jedem Kuss, den er mir nicht gab, schien er etwas von seiner Schuld ableisten zu wollen. Eine Art Leidensweg, eine Bußübung, bis auch die Besamung nachträglich rückgängig gemacht wäre und wir im Frühling nicht mehr als einen Spaziergang an den Stränden der Waal gemacht hätten. So würde er Erlösung finden. Er könnte wieder zu einem besonnenen Mann werden. Zu einem Mann, der nichts mit meinem anschwellenden Bauch zu tun hatte.

»Ich muss jetzt gehen«, sagte Otto.

Ich stand auf.

»Morgen komme ich wieder. Brauchst du noch irgendetwas?«

»Nein, danke. Ist schon gut.«

Ich stellte mich dicht vor ihn und drückte meine Stirn an seine. So standen wir eine Weile mitten im Zimmer, er mit geschlossenen Augen. Die Dielen unter unseren Füßen knarzten bei der kleinsten Bewegung. Endlich nahm Otto mein Gesicht in seine kalten Hände und küsste mich zum ersten Mal seit Wochen.

Im Zimmer wurde es früher dunkel als draußen.

Nachdem Otto gegangen war, hatte ich mich auf die Bettkante gesetzt und war nicht mehr aufgestanden. Ich fühlte den Luftzug vom Fenster an meinem Gesicht. Unten verfütterten die Jungs Kies und Backsteine an die einzementierte Sau, die vor Zorn die Mauern erzittern ließ. Ein klappriger Laster wurde in der Garage der Umzugsfirma geparkt. Lärm drang von der Eckkneipe zu mir herauf. Vor nicht einmal einer Stunde hatte ich da unten wie jemand gestanden, die nicht hierhergehörte. Jetzt bewohnte ich dieses Zimmer. In diesem Moment räumte meine Mutter den Esstisch ab. Gar nicht einmal so weit von hier. Aber ich glaubte nicht, dass sie mich hier finden würde, in einem Haus, von dem ich nicht wusste, ob es überhaupt eine Adresse hatte. Umzingelt von den abgelebten Sachen, die niemandem zu gehören schienen.

Otto hatte eine Tasche mit Lebensmitteln in meinen Koffer gestopft. Noch immer im Mantel löffelte ich weiße Bohnen in Tomatensoße direkt aus der Dose, kaute das Brot, das ich mir vom Mittagessen aufgespart hatte. Es klopfte an der Tür. Ich erschrak. »Otto?«

Keine Antwort.

Vielleicht brachte er ja jetzt schon die Nachtfalterlampe vorbei. »Otto?«, fragte ich noch einmal. Vorsichtig öffnete ich die Tür einen Spaltbreit. Da stand ein Mann mit dickem schwarzem Haar, das Gesicht ganz orange von dem Schein der Lampe, die er in der Hand hielt. Er schwieg auf die gleiche Art wie vorhin die Frau in der Küche. »Mysinos?«, fragte ich.

»Mykasintos«, verbesserte er mich. »Bitte.« Er gab mir ein paar Stücke eines Rohrstuhls.

»Äh …« Ich wusste nicht, was ich mit diesem Geschenk anfangen sollte. »Vielen Dank.« Herr Mykasintos zeigte auf den Ofen, schlug die Arme vor die Brust.

»Ah … für den Ofen!«

Dann bedeutete er mir, dass ich warten möge. Polternd ging er die knarrende Treppe hinunter, sprach kurz in griechischen Zaubersprüchen mit seiner Frau und kam wieder zu mir nach oben. Er zerknüllte ein paar Seiten Zeitungspapier. »Farida.« Er schüttelte eine Streichholzschachtel, die er mir schließlich reichte. »Farida.«

Es sollte noch Tage dauern, bevor ich begriff, dass er mich damit meinte.

33

»Lassen Sie mich doch wenigstens im Lager arbeiten, bitte. Ich kann auch telefonische Bestellungen annehmen, den Bürokram erledigen. Meinetwegen wische ich abends die Böden.« Vlessing ließ mich auflaufen.

»Und …«, nahm er beherrscht den Faden des Gesprächs wieder auf, »… wie lange wollten Sie mich noch anlügen?«

Ich saß im Lager auf einem umgedrehten Eimer. Er türmte sich vor mir auf. Dass mir dieses Gespräch bevorstehen würde, hatte ich gewusst, und doch war ich überrascht gewesen, als er mich nach hinten rief. Ich hatte es wochenlang hinauszögern können, trug extra weite Pullis, arbeitete härter, als ich es ohnehin schon getan hatte, schleppte schwere Dinge, die ich kaum tragen konnte. Und sagte, ich sei verfroren, weshalb ich die Jacke anbehielte.

»Antworten Sie mir, Frieda!«

»Ich … ich arbeite genauso hart wie vorher. Und das werde ich auch weiterhin tun.«

»Wir haben uns mit diesem Laden einen guten Ruf aufgebaut. Seit vier Generationen. In all den Jahren haben wir so etwas noch nicht erlebt.«

»Es tut mir leid. Ich hätte es Ihnen sagen sollen.«

»Dafür ist es jetzt zu spät.«

»Aber …« Ich wollte aufstehen, kam aber kaum hoch. Die

Teigtasche schaute auf mich herab. Er stand unnötig nahe vor mir, um mir zu zeigen, dass ich unverschämt viel Raum einnahm und dass er sich weigerte, mir und meinem Bauch das Feld zu überlassen. Immerhin war es meine eigene Schuld. Also musste ich mich an ihm vorbeizwängen. Sein Atem roch nach Vasenwasser. »Wie lange wollten Sie uns noch etwas vormachen?«

»Aber ich mache Ihnen doch nichts vor?«

»In aller Gemütsruhe weiterarbeiten«, schnauzte er. »Unverheiratet … wer weiß, wer …« Er vermied die anstößigen Worte, wodurch nur Bruchstücke seines Satzes herauskamen.

»Bitte! Ich brauche das Geld. Ich sorge dafür, dass mich die Kunden nicht zu Gesicht bekommen.« Ich hob meine flehend gefalteten Hände ans Kinn. »Ich bleibe den ganzen Tag im Lager, das verspreche ich Ihnen. Niemand wird mich sehen. Lassen Sie mich die Trauerkränze machen und die Brautsträuße. Ich komme morgens in der Dunkelheit und verlasse den Laden erst nach Sonnenuntergang. Die Tage werden doch jetzt immer kürzer.«

Vlessing seufzte tief und lang.

»Natürlich für weniger Lohn. Sie können bestimmen, was Sie mir zahlen wollen.«

»Frieda!«, rief er mich zur Ordnung. »Die ganze Pfarrgemeinde ist hier Kunde, und die Leute werden Sie früher oder später sehen. Wenn das nicht schon längst geschehen ist.« Ungeniert schaute er auf meinen Bauch.

»Wissen Sie, was das Schlimmste daran ist, Frieda?«

Ich schüttelte den Kopf.

»Es kommen auch Kinder in den Laden. Stellen Sie sich nur vor, sie werden mit Ihrem … mit Ihrem Bauch konfrontiert.« Das Wort Bauch sprach er aus, als sei das der obszönste Körperteil, den er sich vorstellen könne.

»Ich ziehe einen noch weiteren Pulli an.«

»Hören Sie doch auf! Erniedrigen Sie sich bitte nicht noch mehr. Ich habe Ihnen vertraut. Ich dachte, Sie sind eine sittsame junge Frau. Aber ich habe mich in Ihnen getäuscht ... eigentlich waren Sie die ganze Zeit so. Ich hätte es sofort glauben sollen.«

»Was?«

»Ich hätte für Sie meine Hand ins Feuer gelegt.«

»Was hätten Sie gleich glauben sollen?«

»Frauen spüren diese Dinge.«

»Welche Frauen?«

»Sie können gehen, Frieda.«

Es gab nur noch eines zu verhandeln.

»Und was ist mit meinem Lohn?«

»Letzten Samstag haben Sie Ihre Lohntüte bekommen.«

»Aber heute ist doch Mittwoch?« Meine Stimme zitterte. »Die paar Tage habe ich doch noch gut?«

»Sie haben Glück, dass Sie es mit mir zu tun haben, meine Frau hätte Ihnen nichts gegeben.« Während ich meine Jacke anzog, schob mir Vlessing einen Umschlag zu. Dann musste ich den Ladenschlüssel in seine offene Hand legen.

Als ich ging, stand Gemma hinter dem Verkaufstresen. Sie riss gerade für eine Stammkundin braunes Papier von der Rolle und sah nicht auf. Auch nicht, als ich mich mitten im Laden umdrehte und sie ansah. Sie schnitt ein Bändchen ab und zog mit der Schere Locken hinein.

»Gemma«, sagte ich leise in der Hoffnung, dass nur sie mich hören würde. Die ältere Dame blickte sich um. Sie lächelte dürftig. Mir fiel ihr Name nicht mehr ein. Zuerst hatte ihr Mann jede Woche einen Strauß Gerbera gekauft. Nach seinem Tod tat sie es. Sie begann ihre Geschichten meistens mit: »Das muss jetzt unter uns bleiben, aber …«

»Frieda«, klang es aus dem Lager. »Raus!«

»Gemma?« Aber Gemma starrte stur den Gerberastrauß an, den sie einwickelte. Sie tackerte das Bändchen am Papier fest. »Gemma, bitte!« Noch eine Heftklammer und noch eine und noch eine. Die Kundin sah ihr unter ihrer Regenhaube hervor zu. Ohne es zu wissen, wurde sie zu einer wichtigen Person, zu der Zeugin, die später ausposaunen könnte, wie beherzt dieser Blumenhändler Vlessing mich auf die Straße gesetzt hatte, sobald er mitbekommen hatte, was ich monatelang vor ihm verheimlichte.

»Gehen Sie jetzt, Frieda.« Er kam aus dem Lager, direkt auf mich zu, und trieb mich zur Tür. »Verschwinden Sie.«

»Gemma?«

Keine Antwort.

»Entschuldigen Sie bitte diese Szene. Ihr Blumenstrauß geht heute aufs Haus.« Vlessing packte mich am Oberarm und begleitete mich wie ein lästiges Kind zur Tür. »Verschwinden Sie endlich!« Er stieß mich auf den Bürgersteig. »Und lassen Sie sich hier ja nicht mehr blicken.«

Als ich mich noch ein letztes Mal umdrehte, traf ich Gemmas hilflosen Blick. Vielleicht sagte sie noch etwas, aber das konnte ich nicht verstehen. Wir haben uns nie wiedergesehen.

Die Leere des Nachmittags ängstigte mich. Plötzlich hoffte ich inständig, ich würde zufällig meiner Mutter begegnen. Ich nahm nicht den Bus zu meinem Zimmer am Nonnenplaats, sondern die Linie zu meinem Elternhaus.

»Das ist eine Weile her«, sagte der Busfahrer, als ich einstieg. »Waren Sie krank?« Ich nickte, kaufte eine Karte und suchte mir einen Platz am Fenster, das mir wie ein riesiger Fernseher vorkam. Hier wurde der Film meines Lebens gezeigt, nur spielte ich darin keine Rolle mehr. Wir fuhren über die Eisenbahnbrücke, durch die mir so vertrauten Straßen, noch eine Kurve. Der Zebrastreifen. Bäckerei Pruims. Bei der Geschwindigkeit konnte ich meine Mutter nicht unter den Kundinnen entdecken. Plötzlich bremste der Busfahrer an der Haltestelle, obwohl das rote Licht gar nicht brannte. Alle blieben sitzen. Er sah mich durch seinen Rückspiegel an.

»Sie sind da.«

»Ich habe nicht gedrückt.«

»Aber Sie steigen doch immer hier aus.«

»Ja, ich … nein.«

Entschuldigend hob er die Hand, puffend und zischend schlossen sich die Türen wieder. Wir fuhren am Haus meiner Eltern vorbei. Im Wohnzimmer glaubte ich, die Silhouette meiner Mutter zu sehen. Über meine Schulter sah ich zu, wie sich das Haus von mir entfernte.

34

»Bist du Samstagnachmittag zu Hause?«, fragt Tobias am Telefon.

»Ja«, antworte ich, »natürlich, Junge.« Wir sind noch nie gut darin gewesen, einen Streit beizulegen. Aber meist verdampfte die Wut bald, und wir sprachen über etwas anderes.

»Dann komme ich am späten Nachmittag bei dir vorbei.«

»Nur so?«

»Äh, ja.«

»Stimmt bei euch etwas nicht?«

»Nein, nein.«

»Na dann. Bis Samstag, Junge.«

Am anderen Ende der Leitung ist es still, aber er hat noch nicht aufgelegt.

»Tobi?«

»Es tut mir leid.«

»Oh.«

»Dass ich dich so angefahren habe.«

»Ach, ich kann dich ja verstehen. Du hast dein eigenes Leben. Und plötzlich hast du das alles am Hals.«

»Das?«

»Dein bockiges Mütterchen.«

»Diese bockige Mutter hatte ich schon immer.« Tobias lacht. »Das ist nicht das Problem. Wir müssen uns wohl neu zusam-

menraufen. Jetzt, wo wir nur noch zu zweit sind. Ohne Papa.«
Diese Sätze passen nicht zu ihm.

»Du hast doch jetzt Nadine. Und bald seid ihr zu dritt.«

»Ja, aber wir doch auch.«

»Wie meinst du das?«

»Du, ich und meine Tochter. Drei Generationen. Ich möchte
einfach, dass sie weiß, wer ihre Oma war. Oder besser ist. Wer
ihre Oma ist.«

Die Stille rauscht durch die Leitung, Vögel zwitschern bei
Tobias im Hintergrund.

»Verstehst du?«

»Das will ich doch auch, Junge.«

»Schön.« Bevor ich noch etwas sagen kann, beendet er das
Gespräch.

35

Tobias steht auf einem Stuhl mit Louis' Bohrmaschine in der Hand. Ich muss Anweisungen geben.

»Noch etwas höher, ein bisschen mehr rechts.«

Er hält den Bilderrahmen an die Wand. »Hier?«

»Ja.« Eigentlich ist es mir gleichgültig. Tobias hat es sich in den Kopf gesetzt, es mir hier gemütlich zu machen. Dübel in die Wände. Und ich bin sowieso froh, dass er da ist und mich wie ein kleiner Junge mit seinem Geplauder umgibt.

»Wer weiß, vielleicht wollen wir danach ja noch ein Kind.«

»Ach ja?«

»Nadine ist noch jung. Und ein Einzelkind ist …« Tobias nimmt den Bilderrahmen mit dem orangefarbenen Urlaubsfoto von uns dreien auf der Strandpromenade von Vlissingen und hält es über unser Hochzeitsfoto.

»Ich meine nicht, dass mir in meiner Jugend jemand gefehlt hätte. Aber die Schwangerschaft geht so schnell vorbei. Und ich sehe, wie glücklich Nadine jetzt ist. Und ich auch. Vielleicht empfinde ich das stärker, weil Papa nicht mehr da ist. Verstehst du?«

»Mhm.« Ich muss den Staubsaugerschlauch an die richtige Stelle halten, direkt unter das Kreuzchen, das Tobias an die Wand gemacht hat.

»Ich bin mir sicherer denn je, dass ich eine Familie will.«

Tobias nickt, zum Zeichen, dass es jetzt losgeht. Die Bohrmaschine kreischt drei Löcher in den Beton.

»Nun gut, lassen wir es erst mal auf die Welt kommen.« Er grinst. »Vielleicht kriegen wir ja auch ein Schreibaby, dann ist der Spaß gleich vorbei.«

Mit einem Tuch staube ich den silbernen Bilderrahmen ab. Das Foto zeigt mich und meine Schwestern auf dem Sofa. Ich war als Einzige noch ein Mädchen, meine drei Schwestern waren schon Frauen. Das Foto muss entstanden sein, kurz bevor die beiden mittleren nach Kanada emigriert sind. Es hat immer bei meinen Eltern über der Anrichte gehangen, umringt von den Porträts fast all ihrer Enkel.

»Mam?« Tobias hält das schwarz-weiße Hochzeitsfoto meiner Eltern hoch. »Hier ungefähr?«

Ich nicke und gebe ihm den Dübel.

»Wie war eigentlich deine Schwangerschaft mit mir?«

»Wieso?«

»Ach, nur so. An was erinnerst du dich noch? Wie war diese Zeit für dich?«

»Das weißt du doch. Die Nacht, in der du nicht hinauswolltest.«

»Die Geschichte kenne ich, aber ... wie war es damals, schwanger zu sein? Ihr wart ja schon ein paar Jahre zusammen. Fandest du es spannend? Ihr hattet ja nicht andauernd eine Ultraschalluntersuchung wie wir heutzutage. Ihr wusstet auch nicht, ob ich ein Junge werden würde.« Tobias sprudelt vor lauter Fragen nur so über. Ich muss antworten, dabei kann ich mich kaum auf den Beinen halten und muss mich an der Anrichte abstützen. »Du erinnerst dich doch noch an irgendetwas? Mam?« Er sieht von oben auf mich herunter.

»Tobi ...«

»Was ist, Mam?«

»Ich war schon einmal schwanger. Vor dir.« Ich weiß nicht, wie ich es sonst ausdrücken soll.

»Was?« Sein Blick geht mir durch Mark und Bein.

»Es wurde tot geboren. Das haben sie gesagt.« Ich bringe das Wort Kind nicht heraus. »Es kam zu früh. Einen Monat, vielleicht zwei.«

»Aber … wie …« Tobias steigt vom Stuhl und legt die Bohrmaschine auf den Tisch.

»Du hast ein totes Kind geboren?«

Ich nicke.

»Warum weiß ich nichts davon?« Es klingt nicht vorwurfsvoll, eher mitfühlend, überrascht.

»Nur meine Eltern wussten es. Noch ein paar andere. Sonst niemand, nicht einmal meine Schwestern.«

»Und Papa natürlich.«

»Louis auch nicht.«

Tobias schüttelt den Kopf, um seine Gedanken zu ordnen. »Wie geht das denn? Papa wusste nichts davon?«

»Es war vor deinem Vater.«

Tobias dreht sich zu den Fotos an der Wand, dann sieht er mich wieder an. »Wer war denn dann der Vater?«

»Otto.«

»Otto?«

»Der Otto, den du gegoogelt hast. Der in Amerika.« Ich nehme den Bilderrahmen, der vor mir liegt. »Sollen wir das Foto hier etwas höher aufhängen? Oder vielleicht über dem Kühlschrank?«

»Aber, Mam …« Tobias setzt sich auf den Stuhl. »Du kannst mir das doch nicht erzählen und dann einfach weitermachen?«

»Also gut.« Ich schlucke und lege das Foto zur Seite.

»Bist du dir sicher?«, fragt Tobias und verschränkt die Arme. »Bitte?«

»Bist du vielleicht nur ein wenig durcheinander? Wegen allem, Papas Tod, Nadine, unserem Kind?«

»Ich bin nicht durcheinander. Ich war schwanger. Damals wurde so etwas vertuscht. Es wurde drum herumgeredet. Otto verschwand aus meinem Leben. Ich habe Louis kennengelernt, und alles war neu. Wir haben geheiratet, fanden unsere Wohnung. Ein paar Jahre später kamst du.«

»Hast du denn nie an dieses Kind denken müssen?«

»Doch, natürlich. Aber …« Ich kann es nicht in Worte fassen. »Es war weit weg, irgendwo anders. Ich glaube, ich habe mein neues Leben darübergestülpt. Aber seitdem dein Vater tot ist … kann ich eigentlich an nichts anderes mehr denken.«

»Ach, Mama.«

Mein Kinn zittert, ich muss die Zähne zusammenbeißen, damit es aufhört. »Bald bin ich auch weg, und dann weiß niemand mehr von seiner Existenz.« Tobias steht auf und will mich in den Arm nehmen. »Lass mich bitte, Junge.«

Er legt mir die Hand auf die Schulter. Dann geht er zur Spüle und bringt mir ein Glas Wasser. »Bitte trink einen Schluck.«

Und so sitzen wir da, bis Tobias die nächste Frage einfällt.

»Suchst du Otto deshalb?«

»Vielleicht. Er stand mir sehr nahe, damals.«

»Warst du mit ihm zusammen?«

»Er war verheiratet.« Ich nippe an dem Wasser.

»Wusste er, dass du schwanger warst?«

»Na klar. Er hat mir geholfen, als ich alles verloren hatte. Als Einziger eigentlich.«

Tobias fragt nicht weiter, und ich weiß nicht, was ich noch sagen soll.

»Ich hätte also einen Bruder gehabt? Oder eine Schwester?«

»Äh …« Mein Leben lang gehörte das Kind ausschließlich mir. Irgendwo tief in mir versteckt, wie ein harter Kern aus erstarrtem Magma. Und es hatte Otto gehört. Aber sonst niemandem, nicht einmal meinen Eltern als Enkelkind. Ich hatte nie darüber nachgedacht, was es für Tobias bedeuten könnte.

»Stimmt. Du hast recht, du hättest einen Halbbruder oder eine Halbschwester gehabt.«

»Was war es denn?«

Ich schweige.

»Du weißt es nicht?«

»Nein.«

»Was ist denn mit dem Kind passiert?«

»Das weiß ich auch nicht, Junge.«

»Das kann doch wohl nicht wahr sein, Mama.« Seine Hand liegt wieder auf meiner Schulter und streichelt mich. »Möchtest du noch einen Schluck Wasser?«

Ich reiche ihm mein leeres Glas, schüttele aber den Kopf.

»Und all das hast du Papa nie erzählt?« Tobias gibt sich Mühe, es nicht wie einen Vorwurf klingen zu lassen. »So etwas Wichtiges. Wenn Nadine so etwas erlebt hätte, dann …« Er zuckt die Schultern. »So etwas kannst du doch nicht für dich behalten.«

»Louis hat nie danach gefragt.«

»Papa konnte es ja nicht wissen.«

»Ja … er hätte aber …« Weiter reicht meine Antwort nicht. Manchmal hat es so sehr wehgetan, dass ich mich gewundert habe, warum Louis es nicht durch meine Haut hindurch gespürt hat, wenn er mich im Arm hielt, mich an sich drückte, mit mir schlief.

Tobias kramt in den Schrauben.

»Tobi?«

»Ja?«

»Kannst du das aufhängen?«

»Natürlich.« Tobias nimmt den Bilderrahmen mit dem Foto von Louis, das wir auch auf die Trauerkarte haben drucken lassen. Er hält es an die Wand.

»Hier?«

»Ja, sehr gut.«

Tobias kritzelt ein kleines Kreuz an die Wand.

36

Louis und ich haben es immer gutgehabt.

Das hat er in den letzten Jahren jedenfalls häufiger behauptet. Und ich war ganz seiner Meinung. Wir haben es gutgehabt. Doch vor gar nicht allzu langer Zeit brachte mich dieser Satz durcheinander. Louis und ich machten einen Spaziergang bei den Haterse Vennen, damals konnte ich noch gut laufen, wenn auch mit Stock. Nach seiner Pensionierung gingen wir unter der Woche recht oft dort spazieren, weil es dann schön ruhig war. Vielleicht lag es auch nur daran, dass es wieder Anfang Dezember war. Dieser Monat überfiel mich in den letzten Jahren immer öfter. Wie schön das Licht an klaren Tagen war. Ich erinnere mich, dass am Tag des bewussten Spaziergangs eine Eisschicht auf dem Moortümpel lag. Vorsichtig stellte ich mich darauf. Der Tümpel war seicht, der Sandboden lag wenige Zentimeter unter der Oberfläche. »Komm, es ist fest genug für uns beide.«

»Nein, lieber nicht.« Louis ging weiter und setzte sich auf unsere Bank unter der schiefen Birke. »Ich habe nur dieses Paar Schuhe dabei.« Er holte die Thermoskanne aus dem Rucksack, zwei Becher, unsere Butterbrotdose.

Mit Reif bedeckte Grasbüschel ragten aus dem Eis auf, unten im Wasser sah man Blasen. An einigen Stellen war das Eis feucht, am Rand knarzte es.

»Komm schon.« Ich versuchte ihn zu locken. »Wenn wir einbrechen, gehen wir eben mit nassen Schuhen zurück. Der Parkplatz ist doch nicht weit.«

»Pass lieber auf.« Louis wirkte ein wenig beunruhigt. »Nicht, dass du fällst und dir die Hüfte brichst!«

»Wie oft gibt es denn heutzutage noch Frost?« Störrisch schlurfte ich weiter auf den Tümpel hinaus.

»Und wer fährt dich dann ins Krankenhaus?«

»Wenn wir gemeinsam einbrechen, rufen wir einfach zwei Krankenwagen. Dann bitten wir sie, ob wir im Krankenhaus zusammen in einem Zimmer liegen dürfen. Haben wir endlich beide unseren eigenen Fernseher.«

Louis lachte, eine Atemwolke stieg auf, dann biss er in sein Butterbrot. Zurück auf dem Weg mussten sich meine Füße erst wieder daran gewöhnen, nicht mehr auf hartem, glattem Eis zu stehen.

»Hier.« Louis reichte mir einen Becher Kaffee.

»Danke schön.«

Er grüßte ein Ehepaar, das an uns vorbeiging. Kraulte ihrem Hund den Kopf und schickte ihn dann den Besitzern hinterher. »Vielleicht sollte ich meine Schlittschuhe schleifen lassen.«

»Mach das.« Ich verschwieg ihm, dass ich die Dinger schon vor Jahren weggeworfen hatte, weil die Mäuse darin Nester aus Glaswolle gebaut hatten.

»Bin gespannt, ob ich es noch kann.«

»Bestimmt.« Früher ist Louis hier Schlittschuh gefahren und hat Tobias auf dem Schlitten hinter sich hergezogen. Einen dick eingemummelten Tobias mit seiner gelben Lieblingsmütze, die ihm seine Oma Rätselheft gehäkelt hatte. Die Mütze trug er lange, selbst als sie ihm schon viel zu klein war. Im Moor hatte ich nie Angst, dass Tobias etwas zustoßen könnte, weil ja nur eine kleine Wasserschicht unter dem Eis lag. Ich lief dort gern allein Schlittschuh, große Runden, auch in den Ecken, in die sich nur wenige Menschen trauten. Das waren die seltenen Momente, in denen ich Otto in Gedanken begegnete. »Ich habe einen Sohn bekommen«, flüsterte ich dann vor mich hin.

»Ja«, sagte ich dann zu Otto, während wir ein Stück zusammen eisliefen. »Ja, es ist alles gut.« Und dann zeigte ich auf die gelbe Mütze in der Ferne. »Das ist Tobias.«

»Wunderschön«, sagte Louis plötzlich.

Wir spazierten weiter, Arm in Arm gegen die Kälte. Uns gelang es noch immer, im selben Rhythmus nebeneinanderherzugehen. Irgendwo auf halbem Weg blieben wir stehen und ließen den Blick über die neblige Heide schweifen.

»Findest du nicht?«, fragte Louis.

»Ja, es ist wunderschön.«

»Die Welt gehört uns gerade ganz allein.« Es waren nicht einmal Kondensstreifen am blauen Himmel. Ich wollte nicht, dass Louis mir ansah, dass mich das rührte, also küsste ich ihn rasch. Auch weil ich ihn gerade wirklich küssen wollte.

»Ich liebe dich«, sagte ich.

Louis nahm mich fester in den Arm. »Wir haben es doch immer gutgehabt.« Seine großen Hände streichelten meinen Rücken. »Ach, Frieda.«

Plötzlich liefen mir die Tränen übers Gesicht. Ich konnte nichts dagegen tun. Flecken auf meinem Mantel. Ich schniefte in das zerknüllte Taschentuch, das er mir reichte.

»Was hast du denn?«

»Ich weiß nicht … ich … Es ist so lange her, dass wir hier Schlittschuh gelaufen sind und dass ich auf dem Eis gestanden habe.«

»Ich habe doch nur gesagt, dass wir es gut miteinander gehabt haben. Damit meine ich doch nicht, dass unser Leben vorbei ist. Wie kommst du nur auf solche Gedanken?« Bevor ich antworten konnte, sprach Louis schon weiter. »Wir haben noch Jahre vor uns. Du weißt nicht, was noch alles kommen wird, vielleicht kriegen wir sogar ein Enkelkind. Vielleicht sogar zwei, drei. Bei Tobias weiß man nie.«

Louis nahm mein Gesicht in seine Hände. »Schatz, meine Frieda. Sei nicht traurig. Es ist doch nur ein Gedanke. Hier, schau, die Bäume, das Sonnenlicht. Ich musste daran denken, dass diese Bäume mit uns gewachsen sind. All die Male, die wir über diese Wege spaziert sind. Erst mit Tobias im Kinderwagen, später fuhr er mit seinem BMX-Rad vor uns her. Wie er jubelte, wenn wir sagten, wir würden bei St. Walrick noch Pfannkuchen essen. Oder unsere Spaziergänge hier nach den Begräbnissen meiner Eltern. Und als dein Vater gestorben ist. Erinnerst du dich? Hier kommt so vieles zusammen. Ich … ich …« Louis zuckte die Schultern. »Wir haben es einfach immer gutgehabt.« Er küsste meine Wangen, die Stirn. »Und wir haben noch jede Menge guter Jahre vor uns. Das weiß ich.« Er redete mit großen, überzeugenden Augen auf mich ein, sodass ich nicht anders konnte, als zu lächeln. Und zu nicken. »Ja.« Ich hakte meine Finger in seine. »Ja, das hoffe ich auch.«

»Ich bin mir ganz sicher«, sagte Louis.

37

Irgendwo im Haus schrie immer ein Kind.

Im Moment des Aufwachens, die Augen noch geschlossen, beschlich mich die Angst, jemand hätte mir im Schlaf meinen Bauch weggenommen. Ich war erleichtert, dass das nicht der Fall war, trotzdem legte sich eine Schwere auf mich, und ich hatte Mühe, aus dem Bett zu kommen.

Die ersten Monate der Schwangerschaft waren abstrakt gewesen, sie war etwas, das ich wohl oder übel glauben musste, obwohl man nichts sehen konnte. Als ich meinen Bauch nicht mehr verheimlichen konnte, hatte ich immer noch das Gefühl, dass sich das Kind irgendwo in den Tiefen des Weltalls befand und nicht ein paar Zentimeter unter meiner Haut. Erst als ich Jahre später mit Tobias schwanger war, erkannte ich das Wühlen, das ich auch in meiner ersten Schwangerschaft gefühlt hatte.

Meine Brustwarzen verfärbten sich. An den Seiten meines Bauchs tauchten fransige Streifen auf, und nachts wurde ich manchmal dreimal wach, weil ich auf die Toilette musste. Obwohl ich wusste, dass es nur ein paar Tropfen sein würden, schlug ich die Decke zur Seite und hockte mich auf den eiskalten Nachttopf. Der intensive salzige Geruch prickelte in meiner Nase, und der Nachtfrost biss mir durch die Strümpfe in die Beine. Morgens schob ich das Fenster auf. Eine kleine glänzende Lache schwankte im Nachttopf, den ich durchs Zimmer trug, um ihn in die Regenrinne zu gießen. Einmal klirrte ein hartes Stück aus dem Topf, das in spitze gelbe Scherben zersplitterte. Nachts war der Frost in mein Zimmer eingezogen. Und da dachte ich an meine Schwester Emma in Winterswijk. Vielleicht sollte ich doch zu ihr gehen.

Otto kam häufig kurz vorbei, meist unerwartet, immer behielt er den Mantel an. Er brachte mir eine Dose Ravioli oder braune Bohnen, ein Netz Ofenholz und eine längliche Packung mit Anisblöcken, bei denen ich zuerst nicht wusste, was ich mit ihnen anfangen sollte. Bis Otto mir erklärte, wie man sie in warmer Milch auflöst. Seitdem war ich süchtig nach den Dingern.

Manchmal war ich nicht da, wenn er kam, dann fing Frau Mykasintos mich ab, bevor ich die Treppe hinaufging. »Herr Otto«, sagte sie und deutete auf die Treppe. Hinter ihr am Tisch aßen ihre Kinder Butterbrote.

»Vielen Dank«, sagte ich. Dann lag auf meinem Tisch ein Brot, von dem eindeutig ein paar Scheiben stibitzt worden waren. »Von Herrn Tendeloo«, stand auf der Papiertüte. In diesen Wochen war ich manchmal verträumt und ein einziges Mal verliebt in das Leben, doch meistens schlug mein Gemüt Haken, denen besorgte Panik und lähmende Angst folgten.

Frau Mykasintos klopfte an und brachte mir einen kleinen Stapel Babykleider. Ich bat sie herein.

»Könnten Sie sich das kurz anschauen?«, fragte ich. Frau Mykasintos starrte meinen Mund an. »Anschauen«, wiederholte ich. Ich zog den Pulli hoch und zeigte ihr die Striemen, die mittlerweile etwas dunkler waren. Ich hatte Angst, ich würde entzweireißen.

Sie nickte und sagte etwas, das ich nicht verstand, aber es

klang recht beruhigend. Ich streichelte die Babykleider, die ich gleich hinten in den Schrank legen würde.

Ich erinnere mich so genau daran, weil ich in diesem Moment den ersten Tritt spürte. Ich berührte meinen Bauch. »Was war das?« Frau Mykasintos lächelte, bedeutete mir, dass das nichts Schlimmes war. Im Flur rief ein hohes Stimmchen nach ihr. In so einem seltenen Moment, dachte ich, ich würde es schaffen. Allein. Vielleicht sogar hier in diesem Zimmer.

In der ersten Zeit war mir ständig bewusst, dass ich hier nicht hingehörte, dass ich anders war als sie. Ich ging in den Gaststätten auf die Toilette. Oder ich wusch mir dort unterm Wasserhahn wenigstens das Gesicht. Aber irgendwann wurde ich abgewiesen. Wahrscheinlich kannten sie mich mittlerweile, weil ich nie etwas bestellte. Vielleicht rochen sie allmählich meine Armut. Im Den Oever, wo ich noch am längsten geduldet wurde, machten die Männer am Tresen Witze über unsere Häuser, dass man sie aufwerten könne, indem man sie abfackele.

Etliche Male beobachtete ich, wie eine Familie auf die Straße gesetzt wurde. Ihr gesamter Hausrat unter einem Bettlaken auf dem Gehweg. Mütter bereiteten Essen auf Petroleumkochern, eine Fensterbank diente als Arbeitsplatte. Die ältesten Töchter hüpften mit den jüngsten Kindern auf dem Arm herum. Mütterfinger kämmten fettige Kinderhaare, wischten mit Daumen und Spucke einen Mundwinkel sauber. Väter sah ich selten.

Verwunderlich war nur, dass mich so eine Familie nie zurückgrüßte. Es blickte nicht einmal jemand auf, wenn ich vorbeiging. Sie lebten auf der Straße, als stünden immer noch Mauern um sie herum, die wir nur nicht sehen konnten. Die Mütter und ältesten Töchter fegten den Gehweg wie einen

Wohnraum. Selbst wenn ihre Zeltbauten abgerissen und weg-geräumt wurden, fanden sie einen Platz, um weiterzuleben. Alle lebten immer weiter.

Solange ein Haus noch nicht abgerissen oder abgebrannt war, wurden die Bretter von den Fenstern gestemmt und die Türen aufgebrochen. Wie von selbst erschien dann ein Mann, der behauptete, dass man ihm Miete schulde. Immer tauchten Männer auf, die behaupteten, dass man ihnen etwas schulde. Manche kamen hinter mir her, wenn ich weiterging.

Bei meinen täglichen kleinen Runden spähte ich in die Ge-schäfte, in denen meine Mutter ihre Einkäufe machte. Im Schaufenster eines Schuhladens in der Broerstraat saßen zwei Mädchen auf Schaukelpferden. Eines war ein paar Jahre älter als das andere, doch sie glichen sich durch ihre Kleidchen und Frisuren wie Zwillinge. Sie winkten mir ausgelassen zu, und ich winkte zurück, aber ich war mir sicher, dass ich sie nicht kann-te. Vielleicht pochten ja hinter meinem Bauchnabel zwei Her-zen?

Jetzt erst fiel mir auf, unter wie vielen Jacken man einen schwangeren Bauch verstecken konnte. Wie Mütter gedanken-los die Hand nach einem Kind neben ihnen ausstreckten, ad-retten Kindern, die beim Gehen ihre neuen Schuhe bewunder-ten. Ich zwinkerte einem Jungen zu, der mir nachstarrte, bis ich um die Ecke gebogen war. Ich beobachtete Kinder, als such-te ich etwas. So etwas wie ein Wiedererkennen. Bis mir klar wurde, dass unser Kind noch gar nicht existierte, dass in ihm niemand anderes wiederzuerkennen wäre als Otto und ich. Mit einem Mal wollte ich das Kind gern sehen. Aber gleich nach einem solchen Gedanken war ich manchmal entschlossen, doch nach einem Engelmacher zu suchen. Obwohl es dafür inzwischen viel zu spät war und ich keine Ahnung hatte, zu wem ich gehen sollte und wie man einen Wildfremden nach Auskünften über etwas Strafbares bitten sollte. Ich traute mich nicht mehr, mit Otto darüber zu reden. In seiner Nähe wollte ich mir nicht anmerken lassen, dass ich zweifelte, dass ich manchmal so fürchterlich zweifelte.

Samstags gab es einen Flohmarkt an der Stevenskerk. Alle wühlten sich durch die Sachen, durch Kleiderberge, Pullis und Röcke, um abzuschätzen, was kaputt war und was man vielleicht noch flicken könnte. Händler mit Hüten und Zigarren trotteten zwischen rostigem Eisenschrott herum.

Es gab so viel, was ich nach der Geburt brauchen konnte, dass ich nicht wusste, was das Wichtigste war. Außerdem ging mein Erspartes langsam zur Neige, und Otto wollte ich nicht anbetteln. Also kehrte ich in mein Zimmer zurück, ohne etwas gekauft zu haben.

Auf jedem Treppenabsatz musste ich kurz verschnaufen. Mir war schwindelig, die Tiefe des Treppenhauses schien mir entgegenzukommen. Mich anzuziehen. Eine Sekunde lang wollte ich mich hinunterstürzen. Aber hinter mir hörte ich Geraschel, und eine Tür ging auf. Ich klammerte mich ans Treppengeländer.

»Herr Otto«, flüsterte Frau Mykasintos und deutete auf meine Zimmertür. »Pst.«

Ich stieg die letzte Treppe hoch und öffnete die Tür. Otto lag in meinem Bett und schlief. Im Zimmer war es so behaglich, als hätte er ein paar Kisten Wärme mitgebracht. Als Geschenk. Sein Mantel hing über einer Stuhllehne, seine Schuhe standen ordentlich darunter. Ich zog meine auch aus und kroch neben ihn. Otto seufzte eine leise Entschuldigung und hob die Decke an, damit ich mich an ihn schmiegen konnte. »Ida.« Er zog mich an sich. »Ida, Liebling.« Er drückte einen Kuss auf mein Haar. »Ich bin so froh, dich zu sehen.«

Hinter der Glimmerscheibe meines Ofens flackerte ein Feuer. Erst dann entdeckte ich die Wiege an der Tür. Ein Rattankörbchen mit Spitzenrand und weißem Betthimmel. Sogar ein Teddybär wartete auf unser Kind.

»Willst du fühlen, wie es sich bewegt?«, fragte ich.

Otto drehte sich auf den Rücken. »Es bewegt sich schon?«

Ich nahm seine Hand und führte sie unter meinen Pullover.

»Ich spüre nichts.«

»Hab ein bisschen Geduld.«

»Muss ich etwas machen?«

»Nein, lass einfach deine Hand da liegen.«

Und dann kam ein kleiner Tritt unter meiner Haut. Otto riss die Augen auf, zog die Hand aber nicht zurück. Und noch ein Tritt und sofort noch einer, als sendete das Kind uns Morsezeichen.

38

Anfang Dezember kehrte der Frost auch tagsüber zurück. Alle trugen dicke Jacken, heizten tüchtig ein und hofften so, den Winter zu vertreiben. Die Dichte des Rauchs, der durch die Straßen wehte, war eine Art Gradmesser. Je schlechter die Sicht, desto kälter war es.

Ich hatte keinen Wecker. Jeden Morgen erwachte ich durch die Unruhe in meinem Bauch. Das sanfte Wühlen war in ein innerliches Winden und Wuseln übergegangen. Als würde ich von innen ausgebeult werden, als würde in meinem immer beengteren Bauch Platz geschaffen.

Auf dem Bett liegend, mit den Händen auf der gespannten Haut, hoffte ich dann, das Kind beruhigen zu können, damit ich noch ein wenig schlummern könnte. Doch das Ausbeulen ging immer weiter, bis es hell wurde, also stand ich auf. Bevor ich mich hochhieven konnte, musste ich mich erst auf die Seite drehen. Meine Schuhe drückten. Es war auf einmal anstrengend, etwas vom Fußboden aufzuheben. Nach dem Pinkeln kam ich nur vom Topf hoch, wenn ich mich erst auf den Dielenboden kniete. Ich hatte versucht, den Nachttopf auf einen Stuhl zu stellen, aber so kam ich mit den Füßen nicht mehr an den Boden. Irgendwann hatte ich keine Wahl mehr, ich musste all die Treppen hinunter, um zum Klohäuschen im Innenhof zu kommen, und dann wieder hinauf.

Eines Nachts fühlte ich einen leichten Druck, als müsste ich mich entleeren. Ich tastete nach den Streichhölzern auf dem Tisch, schob die Scheibe von Ottos Petroleumlampe hoch, ertastete den Docht und zündete ihn an. Leise stieg ich die Treppe hinunter. Bei Familie Mykasintos sah ich durch den Türspalt die orange Glut des glimmenden Ofens. Ich schlich durchs Haus, um niemanden zu wecken. Einmal mit nacktem Po über dem eiskalten Loch, kamen nur wenige Tropfen. Der Drang war weg. Durch die Bretterritzen fiel weißes Mondlicht. Draußen knurrte und keuchte die eingemauerte Sau. Ich blieb noch kurz sitzen, aber es kam nichts. Zitternd zog ich meine Umstandshose hoch, nahm die Lampe am Henkel und öffnete die knarrende Tür. Auf Zehenspitzen trippelte ich schwankend über den Innenhof, um den kalten Boden so wenig wie möglich zu berühren. Schneeflocken wirbelten so leicht und fein, als wollte der Wind sie wieder mit sich nach oben nehmen.

Eine halbe Stunde später saß ich wieder im Klohäuschen, erneut nur ein kleines Bächlein. Ich betastete meinen Bauch, meine Vagina war warm und quoll ein wenig hervor. Eigentlich nicht so viel anders als in den letzten Wochen. Vielleicht hatte ich eine Blasenentzündung? Auch hinten kam nichts raus. Also zog ich die Hose wieder hoch. Und ging wieder hinauf in mein Zimmer. Oben rollte ich mich wie ein Igel um meinen Bauch und versuchte zu schlafen.

Und das klappte.

Als ich am späten Vormittag zum x-ten Mal über den Innenhof ging, fühlte ich, dass mein Bauch sich plötzlich anspannte. Ich musste stehen bleiben. Krämpfe, Krämpfe, Krämpfe, eine ganze Welle, die anhielt und dann abklang.

Um mich herum spielten Kinder. Eine Mutter klopfte einen

Teppich aus, der wie eine Zunge über der Fensterbank hing. Ich war kurz abgetaucht, während das Leben um mich herum einfach weiterging. Ich rüttelte an der Tür des Klohäuschens. »Immer mit der Ruhe«, brummte jemand. Ein paar Minuten später kam ein unbekannter Mann heraus. Ich ging hinein, zog den Rock hoch, dann den alten Unterrock und schob den Wollschlüpfer hinunter. Mein Bauch hatte sich beruhigt. Vielleicht hatte sich da drin ja nur etwas verklemmt, und ich hatte deshalb diesen ständigen Harndrang. Otto hatte versprochen, am Nachmittag vorbeizukommen, vielleicht könnte er einen Arzt rufen, der mich untersuchen würde.

Ich strickte. Das entspannte mich. Mittlerweile musste ich nicht mehr bei jeder Masche nachdenken, meine Nadeln tickten fast von selbst im Rhythmus. Unglaublich, mir war nichts geblieben, und ich saß da und strickte. Ich hatte nicht einmal mehr Holz für den Ofen. Anscheinend hatte ich keine Angst. Die kam erst Jahre später. In einem anderen Leben.

An diesem Tag, Anfang Dezember, wogte die Welle aus Krämpfen immer häufiger in meinem Inneren. In den Pausen wurde mein Kopf wieder klarer. Manchmal dauerten die ruhigen Unterbrechungen bestimmt eine halbe Stunde, zwanzig Minuten. Ich nahm mein Strickzeug wieder zur Hand in der Hoffnung, dass es das letzte Mal wäre, aber sie stiegen immer wieder aufs Neue in mir auf und spannten meinen Bauch noch straffer. Ich wollte mich hinlegen, doch dann käme ich kaum noch hoch, also blieb ich stehen und schlurfte durchs Zimmer. Ich hielt mich am Türrahmen fest oder an der Tischkante, um den scharfen Schmerz durchzustehen, flehend, dass Otto endlich käme. Ich zählte die Stunden bis zum Nachmittag. Ich zählte die Monate, sieben, knapp acht vielleicht. »Du darfst jetzt noch nicht auf die Welt kommen«, murmelte ich gebetsmühlenartig vor mich hin. »Otto, Otto, wo bleibst du nur?«

Ich knetete und kratzte meine Oberschenkel, wollte den Schmerz umleiten, zog an meinen Haaren, zwickte mich.

»Frau Mykasintos?« Ich hielt mich an der Tür fest, traute mich nicht weiter ins Treppenhaus. Plötzlich brach ich zusammen. Warme Nässe rann meine Beine hinab, bräunliches Wasser, das stark roch.

»Frau Mykasintos!«

Endlich hörte ich ihre Schritte. Sie blieb stehen und schaute mich erstaunt an, um dahinterzukommen, warum ich so einen Lärm machte. »Farida?« Die letzten Stufen rannte sie. Schimpfend verjagte sie die Kinder, die hinter ihr herliefen.

»Doktor«, flehte ich. »Sie müssen einen Arzt holen.«

Ihre raue Hand befühlte meine Stirn, sie hob mein Kinn an, sah mich an.

Durch ihre Panik und ihren scharfen Blick wurde mir bewusst, dass etwas nicht stimmte. »Es ist noch viel zu früh.«

Auf ihren starken Arm gestützt humpelte ich in mein Zimmer. »Holen Sie einen Arzt. Doktor.«

Frau Mykasintos nickte, schrie Befehle ins Treppenhaus. Ich schlich durch mein Zimmer wie ein verwundetes Tier, suchte eine dunkle Ecke, hoffte, dass ich dort meine Schmerzen vergessen könnte. Da nun jemand bei mir war, traute ich mich, tief in mir zu verschwinden. Irgendwer brachte Tücher, ein Topf dampfendes Wasser wurde auf den Tisch gestellt. Und Reisig und ein Dielenbrett, um das Feuer im Ofen anzuzünden.

Plötzlich stand ein Mann mit dicker Hornbrille vor mir. Ich erinnere mich an so gut wie nichts, nur an das Gefühl, dass er nicht hierhergehörte. »Die Geburt hat eingesetzt«, rief er. »Holen Sie eine Hebamme.« Er wollte sich schon umdrehen, doch Frau Mykasintos versperrte ihm den Weg. Sie verstand nicht, warum er wieder gehen wollte. Gegen ihre Sturheit war er machtlos.

Ich musste mich aufs Bett legen. Irgendjemand half mir aus dem Rock, irgendjemand legte Handtücher unter meinen Hintern. Irgendjemand steckte mir ohne Vorwarnung zwei Finger in die Vagina. Es war der Mann mit der Hornbrille. »Es ist schon viel zu weit fortgeschritten.« Wieder eine Wehe. Ich krümmte mich. »Holen Sie eine Schwester!«

Ich wollte auf der Seite liegen bleiben, wurde aber immer wieder auf den Rücken gezwungen.

»Im wievielten Monat ist sie?«, fragte der Arzt.

»Im achten«, stöhnte ich. »Fast im achten.«

»Mehr Handtücher«, befahl er. »Saubere Handtücher.« Aber alle sauberen Handtücher aus dem Haus lagen schon hier. »Dann eben Zeitungen, Mensch, die sind auch steril.« Kurz darauf brachte jemand Zeitungspapier und stopfte es unter meinen Po. Die Wehen, die aus meinem tiefsten Innern aufstiegen, wurden heftiger, ungeduldiger, zwingender.

An das, was dann geschah, kann ich mich kaum erinnern. Ein schwarzes Wesen neben dem Bett, die geschickten Finger waren kalt, wie auch die Instrumente. Dicht vor meinem Gesicht baumelte ein Kreuz, das an einer Kette um seinen Hals hing. Ich wollte mich auf die Seite drehen, doch es drückte mich wieder auf den Rücken. Ich glaube, die Nonne hat kein einziges Wort mit mir gesprochen oder mich auch nur angesehen. Mir kam es vor, als würde eine Notoperation durchgeführt, mit der ich nichts zu tun hatte. Ich sollte nur Anweisungen befolgen und keinesfalls stören. »Es ist schon unterwegs«, fluchte der Arzt. »Ich fühle es schon.«

Aus dem Nichts legte die Nonne mir einen Waschlappen über die Augen. Einen nassen, kratzigen Waschlappen. Alles wurde schwarz. Wie ich den Kopf auch drehte, wendete, ich war blind. Mein Kopf wurde tief ins Kissen gedrückt, die Arme festgehalten. Ich konnte mich nicht wehren. Ich erstickte beinahe. »Es kommt, es kommt«, rief jemand in einer anderen Welt. Ich presste und presste, als wollte ich mein Innerstes nach außen stülpen. Schmerzen, natürlich, ich muss Schmerzen gehabt haben, aber daran habe ich kaum eine Erinnerung.

Nur eines weiß ich noch ganz genau: Nach dem letzten und stärksten Krampf glitt ein Klumpen aus mir heraus.

Es war still geworden im Zimmer.

Meine Oberschenkelmuskeln zitterten, aber nicht vor Kälte. Ich kam nicht zur Ruhe. Als ich den Kopf zur Seite drehte, fiel endlich der Waschlappen von meinen Augen. Niemand hielt mehr meine Arme oder Beine fest, und trotzdem konnte ich mich kaum bewegen. Durch mein Blickfeld tanzten weißschwarze Flecken. Das Tageslicht, das durchs Fenster hereinfiel, blendete mich. Neben mir wickelte die Nonne etwas in ein Tuch. Daraus ragten zwei kleine Füße hervor. Zwei Füßchen.

»Da ist es«, stöhnte ich.

Als die Nonne meinen Blick bemerkte, bedeckte sie schnell die Füße. Rückwärts ging sie um den Tisch herum zur Tür. Ich wollte hinterher, aber mein Körper machte nicht mit. Wie eine angeschwemmte Ertrinkende lag ich in der Brandung, während die Wellen mich umspülten. Ich war in den Fluten zwar nicht umgekommen, aber man hatte mich einfach hier liegen gelassen. Nicht einmal der Arzt war noch im Zimmer. Auf der anderen Seite der Tür wurde geredet. Ich erkannte eine Stimme. Otto!

»Otto!« Meine Rufe erreichten den Flur nicht, vielleicht hatten sie nicht einmal meinen Mund verlassen. Wieder Krämpfe, da schien noch etwas zu kommen.

Die Dielen knarrten, die Nonne trat wieder ins Zimmer, gefolgt von Otto, dessen Mantel noch die Eiseskälte von draußen verströmte. Er stürzte an der Nonne vorbei zu mir. »Ach, Ida. Ida.«

»Auf einmal hat es angefangen. Ich konnte nichts dagegen tun«, sagte ich zähneklappernd.

»Alles ist gut.« Er küsste meine Stirn warm.

»Wo ist das Baby?«, fragte ich.

»Ich habe es noch nicht gesehen.«

Wieder wurde mein Körper tüchtig durchgerüttelt. Er strich mir ein paar Haarsträhnen aus dem Gesicht. »Ach, Ida. Ich bin so froh, dich zu sehen.«

»Warum weint es nicht?« Ich erschrak vor meiner eigenen Frage.

»Ich weiß es nicht.«

»Sollte es nicht weinen?«

Er deckte mich zu, wollte mich beschützen.

»Otto?«

Er besänftigte mich mit einem immer kleiner werdenden Lächeln.

»Entschuldigen Sie bitte.« Da war der Arzt wieder, er hielt Otto die Tür auf. »Würden Sie bitte kurz das Zimmer verlassen?«

Otto richtete sich auf. »Ist alles gut gegangen?«

»Die Schwester erwartet Sie.«

»Bin gleich wieder da, Ida.« Otto ging. Und kam nie wieder.

Ich versuchte mich aufzusetzen. »Liegen bleiben!«, sagte der Arzt. Ich glaube, das waren die ersten Worte, die er direkt an mich richtete. »Sie sind noch nicht fertig.« Es klang, als hätte ich großen Schaden angerichtet und müsste hierbleiben, bis alles wieder aufgeräumt wäre.

»Da muss noch was raus.« Mit einem Handtuch um die blau-violette Nabelschnur, die zwischen meinen Beinen verschwand, zerrte er so stark, dass sein Gesicht sich verzog. »Aber es will nicht.«

»Herr Doktor?«

Er beugte sich über mich und drückte mit seinem Handballen auf meinem Bauch herum, dann mit dem Ellbogen. Mein Bauch, der noch immer kugelrund und riesig, aber leer war, gab etwas nach. »Vorsichtig«, stöhnte ich. Monatelang hatte ich diesen Bauch beschützt. Vielleicht kam ja noch ein Baby. Der Arzt zerrte und drückte mit einer Verbissenheit, als wollte er einen Feind besiegen und bestrafen.

Ich kniff die Augen zu, sah diese Füßchen vor mir, kurz bevor sie zugedeckt wurden. Zwei Füßchen. Höchstens eine Sekunde lang waren sie zu sehen gewesen. Gräulich-bleiche Fußsohlen, in den Falten schmutzigweiße Schmiere. Die kleinen Zehen eingezogen, gekrümmt, um sich gegen die Kälte zu schützen, gegen die ganze Kälte der Welt. In den Jahren, die danach vergingen, wurde das Bild dieser Füße in meiner Erinnerung immer schärfer. Jede einzelne Zehe. Irgendwann sah ich sogar ein bestimmtes Linienmuster in der Haut, das dunkle Blut in diesem unsichtbaren Relief der Fußsohlen.

Wie die beiden Füße Trost beieinander suchten.

»Ihre Plazenta.« Der Arzt schüttelte unzufrieden den Kopf. »Die will nicht loslassen. Wahrscheinlich ist sie gerissen.«

»Wo ist mein Kind?«

Er ging durchs Zimmer, die blutigen Hände in die Luft gereckt, um nichts schmutzig zu machen.

»Wann darf ich es sehen?«

Beim Waschbecken drehte er den Kran auf, es kam kein Wasser. »Und das unter diesen Umständen …« Er schüttelte den Kopf.

»Herr Doktor?« Er gab mir das Gefühl, dass ich ihn störte.

»Hier hätten Sie sowieso kein Kind großziehen können, junge Dame.« Es klang nicht einmal anschuldigend, war eher ein verzweifelter Seufzer. Vielleicht war es sogar tröstend gemeint. Er suchte den Fußboden nach etwas für seine Hände ab, sah mich kein einziges Mal an. Schließlich wischte er sich die Finger an meinem Laken ab.

»Herr Doktor? Bitte!« Mir fehlten die Worte. Am liebsten hätte ich ihn am Ärmel gepackt, wenn ich mich getraut hätte. Mein Körper krümmte sich wieder. Mit jedem Nachbeben schwappte Flüssigkeit aus mir heraus.

»Sie müssen ins Krankenhaus. Ich habe einen Krankenwagen bestellt.«

Bei jedem Ausatmen wölbte sich meine Zimmerdecke.

Mit jedem Atemzug kamen die Wände auf mich zu und wollten mich erdrücken. »Bitte!« Ich versuchte mich aufzusetzen, aber bei der kleinsten Bewegung wurde mir schwindlig. »Wo ist es? Stimmt etwas nicht?«

»Es tut mir leid.«

»Was?«

Er schwieg.

Weit weg von meinem Bett, weit in der Ferne, lagen meine

zitternden Oberschenkelmuskeln und Waden, zwei weiße Füße. Die Innenseiten meiner Schenkel waren blutverschmiert, als hätte man mir ein Organ entnommen. Es gelang mir nicht, mich zuzudecken. »Ich will mein Kind sehen.« Je öfter ich das sagte, desto hartnäckiger schwieg er.

»Herr Doktor?«

Er wandte sich kopfschüttelnd an die Nonne. »Ja, Herr Doktor«, antwortete sie auf alles, was er ihr zumurmelte. Zum Schluss: »Sicher, Herr Doktor. Ich bleibe hier und warte.«

»Könnten Sie bitte Otto holen?«

Keine Reaktion.

»Otto!«, rief ich.

Der Arzt nahm seinen Koffer. Den Mantel legte er sich über den Arm, dann verließ er das Zimmer. Er drehte sich noch einmal um, wollte sich vergewissern, dass er nichts vergessen hatte, und trat dann ins Treppenhaus.

Vor meinen Augen schwirrten weiße Fliegen, überall, wohin ich auch schaute. Die Nonne formte aus einem Laken einen Pfropfen und drückte ihn mir zwischen die Beine. »Bitte, ich flehe Sie an.« Ich hörte das Pochen meines Herzens. »Schwester?« Auch sie war verschwunden, obwohl sie doch neben mir stand. »Schwester?« Ich tastete nach ihrem Habit. Sie fing meine Hand ab und legte sie wieder zurück. Sie presste meinen Arm auf das Bett, gab mir ein paar Klapse drauf, um mir zu verstehen zu geben, dass er dort brav liegen bleiben solle.

»Gleich kommt ein Krankenwagen«, sagte sie. »Ich warte hier mit Ihnen.«

39

»Mam«, ruft Tobias, noch bevor ich das Handy richtig am Ohr habe.

»Sitzt du im Auto?«

»Ja.«

»Alles in Ordnung bei euch?«

»Na klar.«

»Und was ist mit Nadine?«

»Alles bestens. Ich bin auf dem Weg zu einem neuen Kunden in Waalwijk.«

»Ah, sehr gut.«

»Aber ich habe gestern Abend noch etwas herausgefunden.«

»Was denn?«

»Über diesen Otto.«

Otto.

»Und was?« Irgendwie ist es mir nicht geheuer, mich mit Tobias über ihn zu unterhalten.

»Na ja, weil du von der Schwangerschaft erzählt hast, und dass er wohl der Einzige ist, der noch etwas wissen könnte. Deshalb habe ich ein wenig nachgeforscht.«

Mein Mund wird so trocken wie Pappe, mein Puls dröhnt in meiner Gipshand.

»Weißt du zufällig, wie seine Frau hieß?«

»Brigitte.«

»Bist du dir sicher?«

»Ja, Tobi.«

»Ich glaube, er lebt noch.«

»Was sagst du?«

»Dass Otto noch lebt.«

Nur langsam dringt die Bedeutung dieser Worte zu mir durch. »Woher willst du das wissen? Es gibt so viele Ottos.«

»Wie viele Otto Drehmanns um die neunzig laufen hier wohl herum, denkst du?« Seine Begeisterung irritiert mich etwas. »Erst habe ich die Universität in Pittsburgh angerufen, auf deren Webseite hatten wir doch das Foto von ihm gefunden. Also, da hat er einige Zeit gelehrt. Irgendwann Mitte der Sechzigerjahre bis Anfang der Neunziger.«

Wut steigt in mir hoch. All die Zeit, in der Otto vom Erdboden verschluckt schien, hatte er also in Amerika gelebt.

»Bist du noch dran, Mam?«

»Jaja.«

»Hör zu. Gestern erhielt ich eine E-Mail von Professorin Bernadette Mendoza.« Er spricht ihren Namen mit fettem amerikanischem Akzent aus. »Sie kennt diesen Otto von früher, hat sogar bei ihm promoviert. Natürlich geht sie inzwischen selbst bald in Rente.« Tobias verliert sich in so vielen Einzelheiten, dass ich kaum folgen kann. »Bernadette Mendoza hat sehr gute Erinnerungen an ihn. Sie weiß aber nicht, wie es ihm geht, nur dass er nach seiner Emeritierung in die Niederlande zurückgekehrt ist. Bis vor ein paar Jahren hat sie noch Weihnachtskarten von ihm und seiner Frau bekommen. Brigitte. Wir sollen sie unbedingt grüßen, wenn wir die beiden finden.«

»Tobi, ich … bitte.«

»Und jetzt kommt's.«

»Was?«

Er unterbricht sich, um es spannend zu machen.

»Tobi ... sag es doch einfach.«

»Sie meinte, er sei wieder nach Nijmegen gegangen.«

»Nach Nijmegen?«

Dass Otto hier in der Nähe lebt, erschüttert mich.

»Mam? Bist du noch dran?«

»Aber er wohnt nicht hier im Altenheim, oder?«

»Nein, nein. Hast du was zu schreiben?«

»Was zu schreiben?«

»Ich habe seine Adresse. Und ...« Tobias klingt vergnügt und stolz, wie ein Sohn, der seine Mutter mit seiner Entdeckung überraschen will. »Ich bin auch kurz vorbeigefahren.«

»Nein, Tobias. Nein. Das möchte ich nicht. Du musst damit aufhören. Ich habe dir das im Vertrauen erzählt, du bist viel zu weit gegangen. Hör sofort auf damit.«

»Reg dich nicht auf, Mam. Niemand hat mich gesehen. Ich habe nur kurz angehalten und den Namen auf dem Briefkasten überprüft.«

Das wird mir alles zu bunt. Mir wird ganz schwindelig.

»Und was, meinst du, stand da?«

»Sag es doch einfach. Tu nicht so geheimnisvoll.«

»Otto und Brigitte Drehmann.« Mir ist nicht wohl dabei, dass Tobias die beiden Namen in einem Atemzug ausspricht.

»Hat er dich gesehen?«

»Mich hat niemand gesehen, hab ich doch gesagt. Und wenn mich jemand gesehen hätte, dann hätte ich mir eine Ausrede einfallen lassen. Dass ich ein Nachbarjunge von früher bin, was weiß ich.«

»Und bist du sicher, dass er noch lebt?«

»Nein, also ... aber ...« Tobias schweigt, enttäuscht von meiner Reaktion, und ich kann ihn leider nicht aufheitern.

255

»Ich habe gedacht, du freust dich.«

»Das weiß ich noch nicht.«

»Was weißt du nicht?«

»Es ist so lange her, und er hat den Kontakt ziemlich abrupt abgebrochen.«

»Das ist fast sechzig Jahre her.«

»Ja, und in all der Zeit hat er nicht nach mir gesucht, nicht einmal eine Karte geschrieben.«

»Hast du denn versucht, ihn zu finden?«

»Nein, aber ich … Wie hätte ich das denn tun sollen? Damals gab es kein Internet, und im Telefonbuch stand kein einziger Drehmann. Und außerdem war Otto verheiratet. Er hat mich im Stich gelassen. Offenbar eine gute Entscheidung, immerhin ist er immer noch mit derselben Frau zusammen.«

»Mam.« Tobias unterbricht mich. »Hier geht es nicht um ihn, sondern um dich. Es ist doch dein gutes Recht, Kontakt mit ihm aufzunehmen.«

»Recht, Recht. Da bin ich mir nicht so sicher.«

Tobias muss angehalten haben, denn im Hintergrund ist es still geworden.

»Hast du Angst?«

»Vielleicht. Aber ich kann dir nicht genau sagen, wovor.«

»Davor, was es alles aufwühlt?«

»Vielleicht war für Otto die Geburt und alles, was danach passierte, ja irgendwie eine Erleichterung.«

»Eine Erleichterung?«

»Dass es vorbei war.«

»Meinst du, er war erleichtert, dass das Kind … nicht lebte?«, fragt Tobias sanft.

Mein Leben lang ist dieser Gedanke manchmal wortlos durch mich hindurchgezogen, hat unter meiner Haut gescheuert. Jetzt spreche ich darüber und muss wohl neue Worte dafür finden. Die, die mir bislang zur Verfügung standen, reichen nicht mehr aus.

»Darüber kann doch niemand erleichtert sein.«

»Vielleicht drücke ich mich falsch aus, Junge.« Ich schäme mich, dass ich das jetzt laut ausspreche. »Aber das ist mir manchmal schon durch den Kopf gegangen.«

Nach dem Telefonat geht mir Otto nicht mehr aus dem Kopf. Ich muss mich bewegen, eine Runde durchs Gebäude drehen, um die Unruhe loszuwerden. Ich beobachte den krummen Mitbewohner, der mit den Bürstenaugenbrauen und dem Truthahnhals, der im Flur auf seinem Elektromobil an mir vorbeifährt. »Oh, hallo«, sagt er, als er mich dabei ertappt, wie ich ihn anstarre.

Wegen der vorhergesagten Sommerhitze sind überall die Vorhänge geschlossen, über allem liegt die orangefarbene Glut der Markisen. Wir sollen uns möglichst nicht anstrengen. Orangeneis wird verteilt. Ich denke so intensiv an Otto, dass ich mir kaum vorstellen kann, dass er in diesem Moment nicht auch an mich denkt.

Ich stelle meinen Rollator ab und setze mich auf eins der Sofas beim Empfang, um mein Eis zu essen.

»Guten Tag, Frau Buitink-Tendeloo.« Ich erschrecke darüber, dass es hier Menschen gibt, die meinen Namen kennen. Ah, die Empfangsdame.

»Guten Tag.« Ich winke ihr zu.

»Viel trinken heute, ja?«

»Ja, mache ich. Sagen Sie, arbeitet Jamie heute?«

»Jamie?«

»Der mich morgens manchmal wäscht.«

»Nein, der hat Urlaub.«

»Also ist er nicht da?«

Ich hätte ihm zu gern alles erzählt.

»In zwei Wochen kommt er wieder.«

»Könnte ich seine Telefonnummer haben?«

»Nummern von Mitarbeitern darf ich nicht herausgeben. Kann ich etwas für Sie tun?«

»Nein, ich … ist schon gut.«

Am liebsten würde ich Otto zufällig treffen, ihn zwischen den Männern entdecken, die am Aquarium dösen. Gleichzeitig aber macht mich allein schon der Gedanke so panisch, dass ich mich im Klo einschließen will. Ich stecke das halb gegessene Eis in einen Blumentopf und gehe in mein Zimmer zurück.

Einen Moment glaube ich, dass jemand dort auf mich wartet, aber es ist nur der Fernseher, der noch an ist.

Auf dem Tisch liegt der Zettel mit der Adresse. Houtlaan. Sagt mir nichts. Louis hätte mir sofort sagen können, wo das ist. Außer dem Wirrwarr von Neubauten am anderen Flussufer kannte er die ganze Stadt, weil er während seiner Zeit in der Apotheke die Medikamente ausgeliefert hat. Mit dem Daumen glätte ich den Zettel und schiebe ihn dann unter das Häkeldeckchen, das auf meinem Telefontisch liegt. Trotz der Hitze mache ich mir eine Anismilch.

Ich setze mich damit in meinen Sessel und puste die Milch lau. Nach der Werbung hat sofort die Wiederholung der Nachrichten begonnen. Es geht vor allem um den Hitzeplan und gefährdete ältere Menschen, die viel trinken sollen. Eine Frau, jünger als ich, sitzt unter einem Sonnenschirm mit den Füßen in einer Schüssel Wasser. Bilder von überlaufenen Stränden und Kindern, die durch eine Fontäne rennen.

Ich trinke ein paar Schluck Anismilch nacheinander.

Am Steckling des Gliederkaktus wächst eine kleine gelbe Wurzel.

»Hallo?«, sage ich, um meine Stimme zu testen. »Hallo.« Mit einem Mal habe ich es eilig. Ich nehme das Telefon und wähle die Nummer des Empfangs.

»Guten Tag, Frau Buitink-Tendeloo, was kann ich für Sie tun?«

»Können Sie mir bitte ein Taxi rufen?«

»Ein Taxi? Für wann?«

»Gleich morgen früh, wenn das geht.«

40

Weiße Wände, nahezu leuchtend.

Meinem Bett gegenüber war ein hohes Fenster, dank der untergehenden Sonne ein orangefarbenes Rechteck. »Durst«, stöhnte ich, noch zu benommen, um zu begreifen, dass ich zu diesem Körper gehörte. Ich musste sofort wieder eingeschlafen sein, denn als ich meine Augen erneut aufschlug, war es hinter dem hohen Fenster schwarz. Ich betastete meinen Bauch. »Wo ist mein Kind?« Ich konnte mich selbst kaum verstehen. Ich steckte in einem komischen Hemd. »Otto?«

Aus der Ferne drangen Stimmen zu mir.

Ein Laken, das fest um mich gespannt war, hielt mich in dem Bett gefangen. Mein Kopf war unnatürlich schwer. Ich quälte mich auf die Seite. »Wo ist mein Kind?«, fragte ich mit heiserer Stimme, die nicht die meine war. Eigentlich fühlte sich nichts an meinem Körper vertraut an, eher als wäre ich im Schlaf aus irgendwelchen Gliedmaßen zusammengenäht worden.

Es gelang mir, das Laken zu lockern und mich ein wenig aufzurichten. Im Bett neben mir entdeckte ich einen wirren Haarknoten über dem weißen Laken. »Hallo?« Hinter meiner Nachbarin lagen noch mehr Frauen. Mein Bett stand in der entlegensten Ecke des Saals.

»Hallo?«

Bewegung im Bett neben mir, langsam drehte sie sich um.

»Hast du Schmerzen?«, flüsterte sie.

»Wo ist mein Kind?«

Meine Nachbarin hatte dicke Augenlider. Um ihren Mund lag ein Zug zufriedener Erschöpfung. »War's ein Kaiserschnitt?«

Ich schüttelte den Kopf, sah mich nach Wasser um. Da stand eine Vase, aber die Blumen waren bestimmt nicht für mich.

»Alle Babys schlafen jetzt.« Wieder diese milde Zufriedenheit in ihrem Gesicht.

»Und wo?« Ich sah auf der anderen Seite des Bettes nach, ob dort etwas stand. Meine Brüste brannten, aber ich konnte sie nicht berühren, weil sie fest umwickelt waren.

»Was hast du bekommen? Einen Jungen oder ein Mädchen?«, flüsterte meine Bettnachbarin.

»Weiß nicht. Ich habe nur die Füßchen gesehen.«

»Ich habe zwei Jungs. Endlich. Ich habe schon sechs Mädchen.« Weil ich nicht reagierte, fügte sie hinzu: »Das wird ein heilloses Durcheinander.«

»Schlafen sie? Du sagtest doch, sie schlafen.«

Ich erinnerte mich an eine Krankentrage. Männerkinne von unten, während man mich nach draußen beförderte. Frau Mykasintos, die die Hand nach mir ausstreckte. Kinder, die mir hinterhersahen. Otto war im Zimmer gewesen. Zwei Füßchen, zwei Füßchen, bedeckt mit grauweißer Käseschmiere.

»Wie heißt du?«, fragte meine Nachbarin. Ich musste sie ansehen, um mich zu vergewissern, dass sie wirklich neben mir lag. Ich nickte, weil mir die Frage entfallen war.

»Ich bin Florence.«

»Bist du dir sicher, dass mein Kind schläft?«

»Mädchen, du bist ja von der Narkose noch völlig benommen. Das wird schon wieder. Du wurdest operiert. Versuch ein wenig zu schlafen. Vertrau mir, ich weiß, wie das hier läuft. Vor meiner Hochzeit war ich Krankenschwester. Und zwar genau auf dieser Station.«

»Ich habe zwei Füße gesehen.«

»Ja, Zwillinge«, sagte sie zufrieden. »Du wirst sie gleich sehen.«

Durch Geräusche geschäftiger Betriebsamkeit vor der Tür kam Bewegung in den Saal. »Die Mütter können sich bereit machen.« Die Stimme drang aus einem braunen Holzlautsprecher an der Wand direkt über einem kleinen Schreibtisch, auf dem nur ein Telefon stand. »Die Babys sind unterwegs.« Auf einem Stuhl neben dem Schreibtisch saß eine bucklige Nonne, die wiegend einen Rosenkranz durch die Finger gleiten ließ.

»Stillen wir jetzt?«, fragte ich. »Kommt mein Kind auch?«

»Gleich wirst du es sehen.«

Florence begutachtete durch den weiten Halsausschnitt ihres Krankenhaushemds ihre Brüste und betastete sie mit verzerrtem Gesicht.

Alle Frauen hatten sich in ihren Betten aufgesetzt. Ich trug das gleiche Hemd wie sie. »Stillen«, murmelte ich vor mich hin. Wie alle versuchte auch ich mir ein Kissen in den Rücken zu schieben, doch es fiel zu Boden. Florence blickte zur Tür. Ich fummelte an den Knöpfen. Aber meine Brüste waren so straff bandagiert, dass ich keinen Finger unter den Verband bekam. »Warum bin ich so eingewickelt?«

Ich fühlte, dass ich pinkeln musste, und schon tröpfelte es. Ich hatte eine dicke Unterhose an, eine Windel aus Gaze und Watte. Das Rinnsal brannte höllisch, und ich konnte nichts dagegen tun. Ich wimmerte. Über der Windel quoll schlaff und dick mein Bauch hervor. Kraftlose Haut, in die ich meinen Finger bohren konnte, ohne Widerstand zu fühlen.

Gleich würde ich mein Baby sehen.

Florence zeigte den anderen Müttern, was sie tun mussten. Sie lachte. »Tja, ich habe das alles schon so oft gemacht. Als ich hier noch Schwester war. Bestimmt Hunderte Entbindungen.«

Die Nonne am Schreibtisch sah sich glückselig im Saal um. Sie trug einen weißen Habit. Daran, dass sie erstarrte, erkannte ich, dass sie mich bemerkt hatte. Sie griff zum Telefonhörer und hielt ihn in Höhe ihres Ohres an die weiße Haube. Sie steckte den Finger in die Drehscheibe und wählte. Während des Telefonats sah sie zweimal in meine Richtung.

In den anderen Betten wurde gegurrt. Eine kleine Prozession aus Nonnen betrat den Saal, jede trug ein oder zwei heulende, dick eingemummelte Babys auf den Armen. Den Schluss bildeten drei Krankenschwestern mit jeweils zwei Wiegen, eine schoben sie, die andere zogen sie. Krächzendes, vogelartiges Gewimmer. Meine Brüste prickelten. Ich beobachtete jede vorbeifahrende Wiege, doch keine wurde bei mir abgestellt. Nonnen halfen einigen Müttern, indem sie die kleinen Köpfe sanft an deren Brust drückten, bis sich die Münder an den Brustwarzen festsaugten. In ihrer weißen Tracht gingen sie zwischen den Müttern hin und her, bis überall geschmatzt und genuckelt wurde. Ihre Nonnenhände flatterten wie alte weiße Vögel von Bett zu Bett. Florence sah gequält aus, als ihr Sohn energisch ansaugte. Auf der anderen Seite des Betts wiegte eine Nonne den anderen Zwilling und steckte dem Jungen beruhigend den kleinen Finger in den Mund. Ich versuchte, das Gesicht zu sehen.

»Und mein Kind?«, fragte ich. »Wo bleibt mein Kind?«

Eine Krankenschwester trottete durch die Saaltür mit einem eingewickelten Kind im Arm. Ein eiskalter Schock durchfuhr mich. Ich schnellte hoch. Ihre Absätze klackerten über den Boden. Aber sie gab das Kind der Frau im dritten Bett. Eine Nonne erschien an der Tür. Mit leeren Händen. Sie kam auf mich zu.

»So, sind Sie endlich wach«, sagte sie, als sei ich unglaublich faul und hätte viel zu lang geschlafen.

»Wo ist mein Kind?«

»Denken Sie nicht mehr daran. Um das kümmert sich jetzt der Herrgott«, sagte sie. »Sie haben sicher Durst.«

Sie verließ den Saal und kam mit einem Becher zurück. »Salbeitee«, sagte sie. »Hilft gegen Milchstau.« Die Haken schrillten über die Leiste, als sie den Vorhang um mein Bett zuzog. Vielleicht wollte sie mir den Anblick der vielen stillenden Mütter ersparen. Aber ich glaube, sie tat es, damit die anderen Frauen mich nicht sehen mussten. Ihr Habit hob sich gegen den Vorhang nicht ab, sodass Kopf und Hände zu schweben schienen. Ich betrachtete die dampfende Tasse auf meinem Nachtschrank. Ich hatte so eine Angst vor der Antwort, dass ich mich kaum zu fragen traute.

»Trinken Sie nicht so gierig. Sie bekommen erst morgen früh wieder eine Tasse Tee.«

»Wie heißen Sie?«

»Schwester Thribena.« Sie zog mich an den Schultern nach vorn, machte sich an dem Verband zu schaffen und wickelte ihn ab. Die Haut meiner Brüste war straff und rot und voller Abdrücke von der Mullbinde.

Ohne einen Blick auf meine Brüste zu werfen, legte sie mir einen neuen Verband an und zurrte ihn fest. Als ich flüsterte, dass sie mir wehtue, sagte sie: »Es ist zu Ihrem Besten.« Bei jeder Wickelrunde beugte sie sich dicht zu mir. »Sie brauchen keine Milch.« Der Flaum über ihrer Oberlippe war ein grauer Schleier. Sie dünstete einen Geruch nach Seife und Trockenblumen aus. Von da an musste ich immer an diese Frau denken, wenn ich Trockenblumen roch.

Als sie fertig war, knüllte sie den alten Verband zusammen.

»Wo ist mein Kind, Schwester Thribena?«, fragte ich ruhig und hoffnungsvoll. Ich wollte endlich eine Antwort.

»Das dürfen Sie mich nicht fragen. Die Antwort kennt nur Gott.« Ihre Hände schienen meine trösten zu wollen, doch stattdessen schlug sie nur resolut die Decke zur Seite.

»Schläft es noch? Holen Sie es gleich?« Meine Fragen überschlugen sich.

»Fräulein Tendeloo.« Die Schwester holte tief Luft. »Vielleicht hat Gott den Bastard zu sich genommen, weil er Ihnen nicht zugetraut hat, dass Sie für ihn sorgen. Sie werden mit dieser Schuld leben müssen. Beten ist das Einzige, was Sie gegen diese große, große Schande tun können.« Ihre Haube schirmte ihr Gesicht ab, wahrscheinlich damit ihre Worte keinesfalls zu ihrem Mund zurückzuverfolgen wären.

»Ist es tot?«

»Mäßigen Sie sich jetzt! Sie beschmutzen das zarte Mutterglück in diesem Saal.« Sie verzog die Lippen zu einem schmalen Strich und flüsterte zum Schluss: »Sie sollten besser demütig beten, Fräulein Tendeloo, statt mich mit Fragen zu überschütten.«

»Aber können Sie mir nicht ...«

»Pst«, zischte sie, um mich zum Schweigen zu bringen.

Als sie gehen wollte, packte ich sie am Arm. »Wo ist es denn jetzt? Es ist doch am Leben?« Schwester Thribena blieb stockstreif stehen und starrte etwas Unsichtbares an der kalkweißen Wand an. Ich merkte, dass ich ihren Arm ziemlich fest drückte. Erschrocken ließ ich sie los. »Es kann doch nicht tot sein!«

Wütend zerrte sie den Vorhang zur Seite, der dann halb offen stand. Ihre Schritte entfernten sich eilig. Der Saal war verstummt, die Kinder waren wieder fort. Durch den Spalt im

Vorhang konnte ich das schwarze Fenster sehen. Ein Nachtfalter flatterte gegen die Scheibe.

»Schlafenszeit!«, klang es durch den Saal. Eine Nonne sprach
ein Gebet, der Saal murmelte folgsam mit. »Amen.«

»Amen«, antwortete der Saal.

»Gute Nacht, Mütter.«

Die Kugellampe an meinem Fußende ging aus, doch die Spi-
rale in der Birne glühte noch nach. Tuscheln im Saal, Bewegungen unter den Decken. Neben mir, hinter dem Vorhang,
quietschte das Metallbett unter Florence, die sich auf die Seite
wälzte. »Wie heißt du eigentlich?«, flüsterte sie. »Es tut mir leid
für dich. Ich wusste nicht, dass du … dass zu dir ein schwarzer
Storch gekommen ist.« Kurze Pause. »Versuch zu schlafen, die
Nachwirkungen der Narkose werden dir dabei helfen.« Noch
eine Pause. »Vergiss das Kind. Das ist das Beste.«

Da ging die Sonne unter.

Der Schlaf stand als schwarze Gestalt an meinem Kopfende.
Ich konnte ihn nicht sehen, aber sobald ich die Augen schloss,
bedeckten zwei Riesenhände mein Gesicht und pressten mich
in pechschwarze Dunkelheit. Erschöpft schrak ich aus einem
Bad aus Tinte hoch. An der Dunkelheit war nicht auszuma-
chen, wie weit die Nacht vorangeschritten war. Meine Teetasse war leer. Ich bewegte die Zunge durch meinen verdorrten
Mund, kriegte ihn aber nicht mehr feucht. Das Schnarchen
war so groß wie der Saal. In meinem Watteschlüpfer brannte
Urin. Und in der Schwärze ringsum tauchten kleine, weiße
Fußabdrücke auf.

»Guten Morgen, Mütter. Bitte machen Sie sich zum Stillen bereit.« Ich erwachte mit einem Kopf aus Beton. Ich hatte das Gefühl, mich irgendwo tief in meinem Inneren zu befinden, eingesperrt und nicht in der Lage, diesen Körper zu bewegen. Schon Denken tat weh. Die Prozession der Nonnen und Krankenschwestern kam herein. Bei mir wurde eine Tasse Salbeitee abgestellt. Eine zarte, schweigsame Krankenschwester wechselte meinen Watteschlüpfer. Dann hielt sie mir einen Löffel vors Gesicht. Ich fragte nicht, öffnete den Mund und schluckte.

»Könnte ich vielleicht …« Meine Stimme war noch zerknittert von der Nacht. »Wäre es möglich, in einen anderen Saal verlegt zu werden?«

Sie schüttelte den Kopf.

»Können Sie mir vielleicht sagen, wo mein Baby ist?«

Ich konnte ihr nicht ansehen, ob sie mich überhaupt gehört hatte. Als sie sich zum Gehen wandte, sagte sie: »Sie sollten Schwester Thribena gegenüber freundlicher sein, sonst wird Ihr Benehmen unangenehme Folgen für Sie haben.«

* * *

Es war wohl Besuchszeit, denn es kamen Männer in den Saal. Väter. Ihre Bewegungen waren raumgreifend, aber leise. Gedämpfte Gespräche an den Betten der Mütter. Manchmal war ein größeres, schüchternes Kind dabei. Mit Brummstimmen bewunderten die Männer die Babys, die sie seit der Geburt noch nicht allzu oft zu Gesicht bekommen hatten. Ich wandte ihnen den Rücken zu.

»Entschuldigen Sie, bitte.« Nach der Morgenkrankenschwester hatte mich niemand mehr angesprochen. »Darf ich mir diesen Stuhl ausleihen?« Es klang ganz nah. »Hallo?«

Ich wollte mich gerade umdrehen, aber da kam schon eine Nonne herbeigeeilt. »Nehmen Sie den Stuhl. Diese Patientin erwartet keinen Besuch.«

»Hast du denn niemanden?«

Florences Frage kam aus heiterem Himmel. Der Saal hielt Mittagsruhe.

»Wie meinst du das?«

»Gibt es denn keinen, der dich aufnimmt? Danach. Eine Freundin vielleicht? Der Vater?«

Ich zuckte die Schultern. Ich hatte über das Danach überhaupt noch nicht nachgedacht.

»Doch, ich glaube schon.«

* * *

Meine Brüste standen in Flammen.

Seit der Narkose hatte es unter den Wickeln geschwelt und gestochen. Jetzt aber glühten sie fiebrig wie zwei knotige Geschwülste. Um den Schmerz zu lindern, tastete ich am Rücken nach dem Verschluss des Verbands, doch bei der kleinsten Bewegung wimmerte ich vor Schmerz.

»Ich habe Sie gewarnt.« Schwester Thribena stand an meinem Fußende. »Sie haben zu gierig getrunken.« Mit einer Emailkanne schenkte sie meinen Becher voll, dann beobachtete sie, wie ich daran nippte. Ihre Augen hatten etwas Fischiges, Gewölbtes, mit Lidern, die sich nie vollständig öffneten. Ich benetzte mir nur die Lippen mit dem herben Salbeitee.

»Haben Sie Schmerzen?«

Ich nickte.

Sie stellte die Teekanne auf einen Wagen. Dort lagen gefaltete und gestärkte Tücher und ein paar Rollen Mullverband. Auf dem mittleren Tablett stand eine Metallschüssel. Ich konnte nicht erkennen, was sich darin befand.

»Gut«, sagte sie kurz angebunden und danach etwas zufriedener: »Gut. Es ist nur ein Milchstau.«

Ich musste mich aufrichten und die Arme in die Luft strecken. Schwester Thribena wickelte die Binden von meinen eingezwängten Brüsten ab. Zum Schluss löste sie behutsam die letzte feuchte Bahn voller gelber Flecken.

»Kolostrum«, sagte sie, als wollte sie mir damit etwas Nettes sagen. »Das ist die erste Muttermilch.« Es roch säuerlich, die pralle Haut meiner Brüste war blau geädert und voller roter Striemen. Alles brannte. Ich hatte erwartet, dass der Brand sich legen würde, sobald der Verband entfernt wäre, aber durch den Luftzug kroch mir ein Schauer nach dem anderen das Rückgrat hinauf.

»Schmerz und Leid lassen unsere Seele wachsen, Fräulein Tendeloo.«

Aus der Schale auf dem Wagen nahm sie einen nassen Waschlappen, den sie auswrang. Kurz befürchtete ich, dass sie ihn mir auf die Augen drücken würde. »Das wird sie kühlen.« Sie legte den Lappen auf meine rechte Brust. Meine Brustwarzen zogen sich zusammen, Gänsehaut spannte meine Brust, sodass der eine Schmerz den anderen ersetzte. Der Waschlappen saugte die Hitze auf, aber sobald er auf der linken Brust lag, fing die rechte wieder Feuer. Aus meinen Brustwarzen quollen gelbliche Tropfen.

»Milchabsonderung.« Eine weitere Erklärung von Schwester Thribena. »Gibt es immer, selbst in Ihrem Fall.« Im Takt ihrer Bewegungen baumelte das Kreuz an der Kette um ihren Hals vor meinem Gesicht. Dann ging sie zum Fußende.

»Wohin gehen Sie?«

»Wie bitte?«, fragte sie, als hätte ich etwas sehr Unhöfliches von mir gegeben.

»Verzeihung. Ich wollte nur …«

»Ich hole Kohlblätter, vielleicht gibt es noch Joghurt, um Ihre Schmerzen und Leiden zu lindern. Oder werden Sie wieder zu eigensinnig sein, um meinen Rat zu befolgen?«

»Nein, Schwester Thribena.«

»Ihr Körper ist wie Ihr Geist, Fräulein Tendeloo. Er will nicht gehorchen.«

Ich erduldete alles.

»In ein paar Tagen merkt Ihr Körper von selbst, dass die Milchproduktion vergebens ist. Jetzt geht er aber noch davon aus, dass ein kleiner Mund gefüttert werden muss.«

Schwester Thribena ging. Der Lautsprecher fing an zu knarzen. »Die Mütter können sich wieder bereit machen …« Wieder quollen ein paar gelbe Tropfen aus unsichtbaren Stecknadellöchern. Mein Körper wusste, dass irgendwo ein Mund gefüttert werden musste.

Diese beiden Füße … Ich hatte sie doch gesehen. Das Kind musste irgendwo sein.

Ich schlug die Decke zur Seite, stand auf, schwankte. Der Boden war kalt, sodass ich auf den Zehenspitzen balancierte. Ich zog das Krankenhaushemd über den Kopf und knöpfte es zu. Weil ich so schnell aufgestanden war, sah ich Sternchen. Ich suchte nach Schuhen an meinem Bett. Keine Ahnung, was ich angehabt hatte, als man mich hierhergebracht hatte.

»Was hast du vor?«, fragte Florence. »Leg dich wieder hin.«

Barfuß ging ich durch den Saal. Ich musste mich an jedes Fußende klammern.

»Wo wollen Sie denn hin?«, fragte eine Krankenschwester. »Fräulein Tendeloo, es ist nicht gestattet, aufzustehen. Das gilt auch für Sie.« Alle Augen waren auf mich gerichtet. Sternchen, überall. Ich holte ein paarmal tief Luft, wischte mir kalten Schweiß aus dem Nacken, konnte mich gerade so auf den Beinen halten.

Eine Hand legte sich auf meinem Unterarm.

»Lassen Sie mich gehen! Ich muss mein Kind stillen.«

Ich riss mich los.

»Hilfe, Schwester Ageta«, rief die magere Krankenschwester. Schwester Ageta hatte den Hörer schon am Ohr und drehte hastig die Wählscheibe.

»Sagen Sie mir doch, wo mein Kind ist! Bitte, sagen Sie es mir!«

Ich war bereits an der Tür, als jemand von hinten meine Arme packte. Ich versuchte, freizukommen. Der Hemdstoff rieb wie Sandpapier an meinen Brüsten »Ahhhh.« Kaltes Metall schob sich von hinten gegen meine Oberschenkel. Ich verlor das Gleichgewicht und landete in einem Rollstuhl. Irgendwer schnürte einen Gurt um meine Taille. Mein Flehen ging in Schreien über. Ich zerrte an dem Gurt. Sie schoben mich auf den Flur.

»Na, kommen Sie, hier entlang«, beschwichtigte ein Mann, den ich nicht sehen konnte.

Eine getäfelte Tür ging auf, und ich wurde in ein Büro geschoben. Einen Moment lang hoffte ich, sie würden mir eine Antwort geben. Hinter meinem Rücken hörte ich Rascheln und das Scheppern von Metallschalen.

Hände hielten meinen Arm fest, andere Hände rollten meinen Ärmel hoch. Ich spürte einen Wespenstich im Arm. »Das wird sie fürs Erste beruhigen.« Wieder diese Stimme. Der Mann drückte die Spritze leer und zog die Injektionsnadel aus meiner Haut.

Bevor ich etwas sagen konnte, wurde ich wieder in den Flur geschoben. Schnatternde Krankenschwestern auf dem Weg in die Pause wichen zur Seite. Schwester Thribena kam uns entgegen, Weißkohlblätter in den Händen. Sie blieb stehen und wandte den Blick ab.

»Otto!«, rief ich dem Mann zu, der ein Stück weiter stand. »Otto, hilf mir!« Es war ein junger Vater, der durch die Glasscheibe in den Raum mit den Säuglingen schaute. Dahinter stand eine Nonne, die sein Baby hochhielt.

»Ich möchte es auch sehen«, jammerte ich der Person hinter mir zu. Aber wir fuhren weiter.

Gegenüber einer getünchten Nische hielten wir endlich an. Eine Tür wurde aufgerissen, Lichter eingeschaltet. Ich wurde rückwärts ins Zimmer gefahren, sodass ich die Marienstatue in der Nische sehen konnte. Doch selbst Maria würdigte mich keines Blickes. Die Riemen an meinen Handgelenken wurden gelöst. Ich wollte mich wehren, aber meine Arme und Beine reagierten nicht mehr. Man legte mich in ein kaltes Bett. »Bitte«, murmelte ich, »sagen Sie es mir doch«, aber ich glaube, ich sprach diese Worte nur in meinem Kopf.

Außerdem war sowieso niemand bereit, mir zuzuhören.

Als ich aufwachte, stand eine Vase mit Nelken an meinem Bett. Fast sofort fiel ich wieder in einen von Panik geprägten Schlaf, aus dem ich immer wieder aufschreckte. Das wiederholte sich so lang, bis ich meine Augen länger offenhalten konnte. Draußen war es Abend geworden, vielleicht sogar Nacht.

»Ist da jemand?«

Meine Kehle war trocken wie Zwieback.

»Ich habe Durst.«

Ich hörte ein Schlurfen. Da war wirklich jemand.

»Otto?«

Durch den Türspalt fiel Licht ins Zimmer. Eine Silhouette hielt die Tür mit einem Stuhl offen. »Bist du das, Otto?«

»Pst.« Eine spröde Hand befühlte meine Stirn und die Wange, bis sie meinen Mund fand und ihn bedeckte. »Sei still.«

»Florence! Was machst du hier?«

»Ich musste ständig an dich denken. Ich bin hier, um dich zu warnen.«

»Wovor?«

»Sch.«

»Schließ doch die Tür.«

Florence schüttelte den Kopf. »Das geht nicht, dann komme ich hier nicht mehr raus.«

»Haben Sie mich eingesperrt?«

»Du musst damit aufhören.«

»Womit?«

»Es ist wirklich schrecklich, dass der schwarze Storch dich besucht hat. Aber halte bitte deinen Mund. Ich warne dich. Sonst entlassen sie dich nicht nach Hause. Ich weiß, sie haben dir eine Spritze gegeben. Wenn du weiterhin so hysterisch bist, schicken sie dich in eine Einrichtung. Und dort sperren sie dich für Jahre ein. Ich habe es immer wieder erlebt, als ich hier gearbeitet habe. Mit Mädchen wie dir macht man hier kurzen Prozess.«

»Ich will doch nur …«

»Hörst du mir nicht zu?«, herrschte sie mich an. »Halt den Mund, Mädchen. Vergiss das Kind. Du wirst es nie finden. Tu, was die Nonnen verlangen. Und schweig. Schweig. Diese Nonnen arbeiten hier unentgeltlich. Sie wischen die Flure, bringen den Tee. Sie herrschen über die Telefone und die Lichtschalter.«

Florence flüsterte, bläute mir aber jedes Wort ein. »Und du bist ihnen zugewiesen. Die Nonnen stehen in diesem Krankenhaus ganz unten auf der Rangleiter, und sie werden alles dafür tun, dich spüren zu lassen, dass du noch weit unter ihnen stehst. Sie werden dir nichts erzählen. Du musst das Kind vergessen.«

»Und wie soll das gehen?«

Florence zuckte die Schultern. »Das musst du selbst wissen. Vertrau darauf, dass es ihm dort, wo es jetzt ist, gut geht.« Florence wollte gehen, blieb jedoch an der Tür stehen. Sie zitterte vor Kälte. »Hör zu«, sagte sie. Sie kam zum Bett zurück. »Ich erzähle dir alles, was ich weiß.«

Ich ergriff ihre Hand, aber sie machte sich los. Stattdessen beugte sie sich vor und flüsterte mir ins Ohr. »Niemand darf erfahren, dass du das von mir hast. Wenn du mich verrätst, sage ich ihnen, dass du einen meiner Zwillinge stehlen wolltest. Verstanden? Dann lassen sie dich nie wieder raus.«

»Ja, verstanden.«

»Tu, was die Nonnen sagen. Halt den Mund, keine hysterischen Anfälle mehr. Sorg dafür, dass der Oberarzt dich zurück in dein Leben lässt.«

»Das verspreche ich.«

Florence blickte sich über die Schulter. »Ich habe es sieben Mal getan.«

»Was?«

»Als Krankenschwester. Ein Kind fortgebracht. Ein … totes Kind.« Sie schluckte. »Es lief immer gleich ab. Oberschwester Almeida rief mich zu sich. Sie zog dem Ungetauften etwas an und versteckte es in ihrem Zimmer, in einem Körbchen im Schrank. Bis Platz war, dann rief sie mich im Entbindungssaal an und sagte: *Du kannst es jetzt wegbringen.* Ich musste den Korb aus ihrem Zimmer holen. In den Keller bringen. Weil dort die Särge geschlossen wurden.« Ihre Sätze waren kurz, holprig. »So wurde das Baby wenigstens in geweihter Erde begraben. Verstehst du? Im Sarg eines anderen ... eines Erwachsenen. Bevor der Sarg zugemacht wurde, legte ich es schnell dazu ... da ...«

»Wo?«

»Da!« Florence fuhr über meine Knie und klopfte dann auf meine Schienbeine. »Zwischen die Waden. Dann kam für immer der Deckel drauf.«

»Und die Familie?«

»Welche Familie?«

»Des Toten? Wusste sie das?«

»Nein, natürlich nicht. Aber so lagen die Kinder gut. In geweihter Erde. Nah beim Herrn. Denn sonst ...« Aber sie sagte nicht, was sonst gewesen wäre. »Dein Kind ist schon lang weg. Niemand weiß, in welchem Sarg oder wo. Es kann bei jemandem sein, der hier gestorben ist, aber am anderen Ende des Lands begraben werden wollte.« Sie wischte sich mit dem Ärmel die Nase ab. Mit zitternden Fingern tröstete sie danach mein Gesicht. »Und jetzt musst du wieder vergessen, was ich gesagt habe. Das hast du versprochen.«

Ich schloss die Augen und sah die beiden Füßchen. In einem kalten Sarg, unter einem geschlossenen Deckel, alles pechschwarz. Ein eingewickeltes Päckchen zwischen den steifen, kalten Beinen von irgendeinem Menschen.

Ich bekam keine Luft.

»Dein Kind liegt dort gut«, sagte Florence. »Vergiss es jetzt. Such dir einen netten Mann, heirate ihn. Bekomm neue Kinder. Und schweig. Schweig, schweig, schweig ... versprich mir das!«

Ich weiß nicht wie, aber ich antwortete mit meinem allerleisesten Ja.

41

Es muss Mitte der Siebzigerjahre gewesen sein, als ich auf dem Wochenmarkt an der Marienburgkapelle Florence wiedersah. Ich prüfte gerade Äpfel und lugte zur Seite, um mich zu vergewissern, dass sie es auch wirklich war. Sie hatte die Taschen schon voller Gemüse, reichte dem Markthändler einen Fünfguldenschein.

»Florence?«, fragte ich

»Ja?« Es klang etwas argwöhnisch.

»Ich bin es, Frieda.«

Sie suchte mein Gesicht ab, versuchte sich zu erinnern. »Hilf mir kurz.«

»Entbindungssaal, Sint-Canisius-Krankenhaus.«

Florence warf einen Blick auf den Buggy. Ich drehte ihn um, damit sie besser hineinsehen konnte. »Das ist Tobias.«

»Ich arbeite dort schon knapp neunzehn Jahre nicht mehr.« Florence hatte die Zwillinge dabei. Schlaksige Jungs, die gelangweilt dastanden, weil ihre Mutter schon wieder mit jemandem quatschte.

»Du hast da damals nicht gearbeitet.«

Florence sah mich verständnislos an.

»Du hattest gerade deine Zwillinge bekommen. Ich lag neben dir. Hinten in der Ecke. Du bist einmal nachts zu mir gekommen. Der schwarze Storch hatte mich besucht.«

»Herrje, du bist das? Das ist lange her.« Sie betrachtete Tobias im Buggy. Er duckte sich verlegen unter den Regenschutz. »Du hast einen Sohn.«

Ich nickte.

»Meine sind schon große Jungs.« Gegen ihren Willen schob sie die beiden Schlakse nach vorn. Sie hoben halbherzig die Hand. »Nächstes Jahr geht's aufs Gymnasium«, sagte Florence. »Sie werden bald zwölf.«

Zwölf.

»Hallo«, rief der Markthändler. »Die wollen Sie doch bestimmt zurück, oder?«

»Natürlich.«

Mit schmutziger Hand reichte er Florence ein paar Münzen. Dann nickte er mir zu. »Was darf's sein?«

»Na, dann will ich mal wieder«, sagte Florence und strich mir flüchtig über den Unterarm. »Schön, dass alles gut ausgegangen ist.« Ich hoffte, sie würde auf mich warten. Vielleicht könnten wir uns verabreden, eine Tasse Kaffee trinken. Aber sie ging bereits weiter.

»Auf Wiedersehen.« Ich hob die Hand.

Einer der Jungs fragte: »Wer war das, Mama?«

»Jemand von früher.«

42

Auf dem Klingelschild steht *Brigitte & Otto Drehmann*. Keine Bewegung hinter dem Milchglas der Haustür. Auch nicht, als ich ein zweites Mal klingele. Ich schlurfe am Haus entlang und versuche hineinzugucken. Doch das Wohnzimmerfenster reflektiert die Sonne. Um die Ecke erstreckt sich ein großer Garten. Ich zucke zusammen, wie bei einem Spaziergang im Wald, wenn plötzlich ein Reh auftaucht: In den Sträuchern kniet eine Frau. Sie trägt einen riesigen Sonnenhut. Ihre behandschuhten Finger zupfen Unkraut aus der Erde. Ihre Arme sehen aus wie mit Haut überzogene Zweige, und ihre Handschuhe sind überdimensional groß. Das muss Brigitte sein. Ich überlege, ob ich sie ansprechen oder wieder dorthin zurückgehen soll, wo mich das Taxi bald wieder abholen wird. Wegen des Gipses kann ich meinen Rollator nicht richtig lenken. »Hallo«, rufe ich doch und räuspere mich, weil der Gruß so kratzig aus meinem Mund kommt. »Guten Tag.«

In der Erde rund um die Beete hat sie mit einer Harke feine Linien gezogen. Alle Sträucher sind ordentlich zurückgestutzt. Eigentlich viel zu früh im Jahr. Sie sollte lieber die welken Blüten abpflücken.

»Hallo?« Erst als ich auf sie zugehe und mein Schatten auf sie fällt, blickt sie auf. »Guten Tag«, sage ich noch einmal.

»Oh, hallo.« Sie richtet sich auf und hält die Hand über ihre

Sonnenbrille. Sie muss wie Otto um die neunzig sein, aber sie wirkt so gelenkig, dass ich mich älter fühle als sie.

»Nachher ist es zu heiß für Gartenarbeit.« Sie spricht mit lauter Stimme.

»Ja, es wird ein heißer Tag.« Wahrscheinlich denkt sie, ich wäre nur eine alte Schachtel, die ein bisschen Aufmerksamkeit braucht.

»Ich möchte zu Otto.«

»Zu Otto?« Sie fragt nach, will wissen, ob sie mich recht verstanden hat, dreht mir ihr Ohr zu.

»Ja, ich …«

»Woher kennen Sie Otto denn?«

Auf die Schnelle fällt mir keine Antwort ein, ich verschiebe meinen Rollator, um Zeit zu gewinnen.

»Darf ich fragen, wer Sie sind?«

»Äh, ein Nachbarmädchen von früher«, stammele ich.

»Sie haben neben Otto gewohnt? Das ist ja interessant.« Brigitte nimmt die Sonnenbrille ab und kommt näher. Ihre Augen sind von Knitterfalten umgeben. »Kommen Sie, gehen wir aus der Sonne.«

Ich drehe meinen Rollator um und gehe die Auffahrt entlang. Ich fürchte mich davor, was Brigitte mir im Schatten über Otto erzählen wird. Ohne zu fragen, ob ich eintreten möchte, hebt sie die Vorderräder meines Rollators über die Türschwelle. Vielleicht führt sie mich ja zu ihm? Versteckt er sich in der kühlen Küche, schlummert auf dem Sofa oder auf einem Gartenstuhl unter einem Sonnenschirm? Meine nervösen Hände können den Rollator kaum noch lenken. Unter dem Gips juckt es unerträglich. Ich hatte mir vorgestellt, Otto würde die Tür öffnen und mich erst erkennen, wenn ich mich ihm vorstellte. Aber nicht, dass ich hier mit Brigitte stehen würde.

»Geben Sie mir eine Minute?« Brigitte deutete auf ihre Ohren. »Ich habe keinen Besuch erwartet, ich muss meine Hörgeräte suchen.« Ich halte neben dem Garderobenständer. Überall Frauenjacken, ein Herrenmantel. Vielleicht ist Otto gerade einkaufen. Wanderstöcke und Regenschirme im Korb darunter.

»Kommen Sie herein.«

Zögernd gehe ich ins Wohnzimmer. Im Lehnstuhl sitzt niemand. Auch das Sofa ist leer. Ein Regalbrett mit Kristallen und Steinen an der Wand, eine afrikanische Maske. Auf einer gläsernen Hausbar ist ein Service ausgestellt. Es ist so unwirklich, dass all diese Dinge auch Ottos Dinge sind, ihr gemeinsames Leben. Brigitte steht am Couchtisch und wedelt mit der Fernsehzeitung. »Wo habe ich die Dinger nur?«, murmelt sie. »Entschuldigen Sie. Ich sehe mal oben nach. Vielleicht liegen sie noch im Badezimmer.«

»Ich habe Zeit«, beruhige ich sie. Brigitte ist schon an der Treppe.

Auf dem Esstisch liegt ein einsames Platzdeckchen, ein aufgeschlagenes Rätselheft. Eine leere Kaffeetasse. Trotzdem erwarte ich immer noch, dass Otto gleich auftaucht. Ich konzentriere mich auf die Geräusche im Haus. Ob irgendwo die Toilettenspülung geht, ob es irgendwo poltert, ob die Terrassentür aufgeht, ob Schuhe auf der Matte abgetreten werden. Doch ich höre nur das Pfeifen meines Atems.

Als ich um eine Wand herumfahre, komme ich in einen Wintergarten mit Aussicht auf den Garten. Ich zucke zusammen. Ottos Porträt strahlt mich an, schwarz-weiß im Silberrahmen. Es muss ein Foto aus der Zeit sein, in der wir uns trafen. Seine platt gekämmten Locken, der graue Streifen an den Schläfen, die lange Nase. Genauso wie ich ihn all die Jahre in

Erinnerung hatte, nur klarer, detaillierter, kompletter. Vorsichtig nehme ich das Foto in die Hand. Er blickt mich direkt durch die Zeit hinweg an.

Es ist das einzige Foto von ihm allein. Die anderen zeigen ihr gemeinsames Leben. »Du hast eine Glatze bekommen«, sage ich. Arm in Arm steht er mit Brigitte vor dieser Mosaikkirche in Barcelona, zwei kleine Menschen auf einem orangebraunen Foto. Ich glaube, diesen Otto hätte ich nicht mehr erkannt, wenn wir uns begegnet wären.

Brigitte und er vor dem Isis-Tempel in Ägypten. Den habe ich erst kürzlich im Fernsehen gesehen. Im Bilderrahmen daneben posieren sie vor einem amerikanischen Auto, dahinter sieht man die Veranda eines Hauses. Zwei Mädchen auf dem Schoß; das müssen ihre Töchter sein. Dann ein Bild der beiden mit leidendem Teenagerblick auf irgendeinem Boulevard, den Pony mit Haarlack toupiert. Otto steht zwischen ihnen und lacht herzlich.

Plötzlich steht Brigitte neben mir. »Gefunden«, sagt sie erleichtert. Sie fingert an ihren Haarsträhnen herum, die die Hörgeräte verbergen sollen. Sie trägt nun auch Ohrringe. Jetzt traue ich mich nicht mehr, Ottos Porträt anzusehen. »Sind das Ihre Enkelkinder?« Ein Mann, der stolz hinter dem Lenkrad eines Pick-ups sitzt, hinter ihm zwei Mädchen, die ein Surfbrett über den Köpfen halten. Brigitte zählt die Namen auf, fährt mit dem Zeigefinger auf dem Foto entlang. Mir kommt es wie ein Gedächtnistraining vor.

»Leider wohnen sie am anderen Ende der Welt. Unsere jüngste Tochter ist in die Vereinigten Staaten zurückgekehrt. Sie lebt in New Jersey. Ellen war immer die amerikanischere von beiden. Sie konnte sich hier nicht eingewöhnen. Und sie war schon erwachsen. Zum Glück lebt Rosa in der Nähe. Sie arbeitet an der Universität Eindhoven, ist in die Fußstapfen ihres Vaters getreten und Physikerin geworden.«

»Und wie geht es ihm …« Ich weiß nicht, wie ich sie fragen soll, ob er noch lebt oder ob er nur Besorgungen macht. »Wie ist es Otto ergangen?«

»Tja.« Brigitte deutet auf die Fotos. »Wie fasst man ein ganzes Leben zusammen? Es ist ihm gut ergangen.«

Otto ist also nicht mehr da, obwohl mich sein Gesicht direkt ansieht. Ich fühle mich aufgeschmissen und fürchte, Brigitte merkt mir etwas an. Wie seine Augen mich anstrahlen. Weil er mich wiedererkennt. Sein Mund will sagen: »Hallo, Ida, hallo, meine liebe Ida. Lange nicht gesehen.«

»Dann erzählen Sie einmal, sonst rede ich in einem fort.« Wir setzen uns an den Tisch. »Woher kennen Sie Otto?«

»Ich?« Ich fühle mich ertappt.

»Sie haben es draußen ja schon gesagt, aber ich weiß nie, ob mir meine tauben Ohren einen Streich spielen.«

»Ich kenne ihn von früher. Wir waren Nachbarn.«

»Aha.« Nun betrachtet auch Brigitte Ottos Foto. »Und wie heißen Sie?«

»Frieda.« Habe ich mich damit verraten?

»Frieda«, wiederholt Brigitte.

Mein Name liegt zwischen uns.

»Nein, den Namen habe ich nie gehört.«

»Es ist lange her.«

»Als er noch in der Oude Heselaan gewohnt hat?«
Ich nicke.

»Ich erinnere mich an sein großes Interesse an Nachtfaltern«, sage ich zum Beweis, dass ich wirklich etwas über Otto weiß. Sofort bereue ich es. Weil ich nicht überblicke, was ich von

Otto wissen darf. »Er war zwölf Jahre älter, deshalb bin ich ihm wahrscheinlich gar nicht aufgefallen.«

»Ach …« Brigitte sagt es, als hätte sie ein Geheimnis entdeckt.

»Was ist?«

»Waren Sie in ihn verliebt?«

»Nein«, sage ich etwas zu schnell, zu bestimmt. »Äh, na ja. Ich war ja noch ein Kind. Da schaut man zu Älteren auf.«

»Besonders wenn es Jungs sind. Eine Jugendliebe von Otto«, jubelt Brigitte. »Wie schön.« Ihr Lachen sprudelt durchs Zimmer, ihre Fröhlichkeit tanzt um uns herum. »Eine Jugendliebe, die nach all den Jahren vor der Tür steht.« Sie seufzt, als würde sie schon einmal üben, wie sie diese Geschichte ihren Freundinnen und Töchtern erzählen kann. Es ärgert mich, dass sie mich als etwas Unschuldiges abtut. Erfundenes Nachbarmädchen hin oder her, Brigitte hatte Otto ihr ganzes Leben lang, und irgendeine frühere Liebe kann ihr nichts mehr anhaben. Ich starre in die leere Tasse, die neben dem Rätselheft steht, auf dem Boden ein paar Tropfen beigebraune Kaffeebrühe mit Krümeln.

»Aber wenn Sie in der Nachbarschaft gewohnt haben …«, sagt Brigitte ernst.

»Mhm?«

»Dann haben Sie seine Eltern gekannt.«

»Kaum.« Was hätte ich sagen sollen? »Nur vom Sehen.«

»Sie erinnern sich doch bestimmt an sie?«

»Vage.« Ich versuche, die Zügel meiner Lüge straff anzuziehen.

»Ich kenne nur ein paar Fotos und Geschichten. Es ist Otto nie leichtgefallen, über sie zu reden. Auch nicht mit unseren Töchtern.«

»Das kann ich verstehen.« Plötzlich bin ich Teil seiner Vergangenheit.

»An was erinnern Sie sich noch? Haben Sie sie …« Brigitte beendet den Satz nicht.

»Liebe Menschen«, sage ich, um die Stille zu füllen. Brigitte nickt mit großen Augen. Diese zwei Worte scheinen ihr wichtig zu sein. »Ich glaube nicht, dass ich jemals bei den Drehmanns im Haus gewesen bin. Natürlich nicht.«

Natürlich nicht. Ich weiß selbst nicht genau, was ich damit meine. Es macht mir Spaß, Brigitte etwas über Otto zu erzählen, was sie noch nicht weiß. Obwohl alles erfunden ist, gehört Otto so auch ein bisschen mir.

»Ich erinnere mich mehr an seinen Vater als an seine Mutter.«

»Ach ja?«

»Er winkte mir immer zu, wenn er zur Arbeit ging. Er hatte so ein Kräuseln in den Mundwinkeln, als würde er gleich etwas Lustiges erzählen.«

»Ach.«

»Einmal war ich dabei.« In meinem Übermut bin ich selbst neugierig, was ich gleich erzählen werde.

»Dabei?«

»Beim Nachtfalterzählen an der Waal.«

»Da waren Sie dabei?«

»Mhm.«

»Aber Sie waren doch viel jünger. Durften Sie nachts raus?

»Nur kurz. Es hat mich sehr beeindruckt.«

»Das kann ich verstehen, sie waren ja ein recht junges Mädchen.«

»Meine älteste Schwester war auch dabei. Ich erinnere mich an Laken und Lampen. Das war großartig. Sein Vater kannte alle Namen, sogar von einer Art, die nur dort am Fluss vorkommt. Und er zeigte mir einen Falter, der Goldstaub unter den Flügel bewahrte.« Meine Geschichte gerät ins Stocken. Ich kann nicht mehr zurück, weiß aber auch nicht, wie sie weitergehen soll.

Brigitte ist gerührt, vielleicht weil ich etwas erlebt habe, was sie verpasst hat. Und ich schäme mich, ich schäme mich so tief, dass ich hier an ihrem Esstisch sitze, in ihrem Haus, in das sie mich so freundlich eingelassen hat, und sie anlüge. Ich könnte ihr natürlich von der unverzeihlichen Lüge erzählen, die wie ein zischender Komet an ihrem Leben vorbeigeschrammt ist. Allein der Gedanke beunruhigt mich. Vielleicht hat Otto ihr ja doch alles gebeichtet. Zum ersten Mal, seit ich hier bin, sehen Brigitte und ich uns direkt an. Über ihren Augen liegt ein trüber Schleier, die unteren Augenlider sind zwei rote Ränder. Ich möchte etwas gutmachen, doch Brigitte streckt ihren dünnen Arm über den Tisch und legt ihre Hand auf meine. »Sie meinen vielleicht, dass es nicht viel ist, was Sie mir erzählt haben. Aber ich bin froh, das von Otto und seinem Vater zu hören. Es bedeutet mir viel.«

Brigitte steht auf und geht in die Küche, ihre Beine sind vom Sitzen etwas steif. »Ich setze Teewasser auf. Möchten Sie auch eine Tasse?«

»Nein danke. Nicht nötig.« Ich will hier weg. Aber Brigitte hat schon zwei Tassen in der Hand. »In unserem Alter muss man viel trinken, gerade an solchen heißen Tagen.« Sie nimmt den Wasserkocher und hält ihn unter den Hahn. »Otto und ich haben das Glück gehabt, ein ganzes Leben miteinander zu teilen. Aber mit seinen ältesten Erinnerungen ist er allein. Das ist mir besonders in den letzten Jahren aufgefallen.« Kurz glaube ich, dass ich sie wegen des Küchenlärms nicht richtig verstanden habe. »Ich denke, Otto würde sich sehr freuen, mit Ihnen über diese Erinnerungen zu reden.«

»Wie bitte?«

Brigitte sieht überrascht über ihre Schulter.

»Wo ist Otto denn?«

»Im Altenheim Veste Brakkenstein am Driehuizerweg.« Die Konkretheit dieses Satzes schockiert mich. »Nicht weit von hier.« Brigitte deutet in eine willkürliche Richtung.

»Er lebt noch?« Durch das Brodeln des Wasserkochers hört Brigitte mich nicht.

»Nachdem er im letzten Frühjahr gefallen ist, konnte er nicht mehr nach Hause zurück. Aber es geht ihm dort gut, sehr freundliches Personal. Und ich kann zu Fuß hin. Ich versuche, ihn jeden zweiten Tag zu besuchen, nach dem Mittagessen.«

Otto, Otto, Otto. In Fußnähe. Jetzt bin ich doch erleichtert, dass er nicht einfach ins Zimmer spazieren kann.

»Anfangs schien alles nur halb so schlimm. Doch leider heilen die Knochen in seinem Alter nicht mehr richtig. Und Sprechen fiel ihm eine Weile lang auch recht schwer. Das geht nun in Schüben.« Ich will fragen, ob er geistig noch fit ist, doch Brigitte kommt mir zuvor. »Im Kopf ist er klar.«

Es ist unwirklich, dass Otto in diesem Moment irgendwo in einem Zimmer sitzt und atmet. In Fußnähe. Dass er am Fenster vor sich hinbrütet.

»Er ist einfach so auf dem Gehweg hingefallen.« Brigitte nimmt den Kocher und schenkt Wasser in die beiden Tassen, die auf einem Servierwagen stehen, den sie nun zum Tisch fährt.

»Die Nachtfalter.« Brigitte grinst. »Dass Sie gerade das noch wissen. Im Keller hat noch die Kiste mit seinen Notizbüchern gestanden. Seitenweise Striche. Ich habe sie in die Altpapiertonne geworfen.«

»Weggeworfen?« Es klingt schärfer als beabsichtigt. Brigitte fällt das nicht auf.

»Ja, ich dachte, was soll ich damit?« Sie lächelt verschmitzt. »Sukzessive gehe ich die Sachen durch. Wir können doch unsere Kinder nicht mit dieser Sammelwut belasten. Und ich werde nicht ewig in dem großen Haus bleiben können. Verstehen Sie?«

»Ja«, sage ich, »das verstehe ich.«

»Man weiß ja auch nicht, ob die Kinder dann etwas finden, was sie nie sehen sollten.« Sie lacht. »So entstehen die verrücktesten Geschichten.« Brigitte reicht mir die Teedose. Angeekelt verzieht sie das Gesicht. »Man konnte die Silberfische aus den Notizbüchern schütteln. Ich habe sie durchgeblättert. Ich dachte nur: weg damit. Otto hat so viel gehortet. Alles war wichtig oder hätte womöglich irgendwann wichtig werden können. Als wir jung waren, war er noch nicht so, aber nach und nach wurde er zu einem fürchterlichen Sammler, vielleicht weil wir ein größeres Haus bezogen. Oder es kommt daher, dass er so jung seine Eltern verloren hat. Ich meine, vielleicht konnte er deshalb nichts wegwerfen. Ich habe einen Karton gefunden mit unserer Buchhaltung und allen Steuererklärungen seit 1973. Wir brauchten zwei Schiffscontainer, als wir aus den USA wieder zurückkamen.«

Ich nehme irgendeinen Teebeutel und tauche ihn in mein Glas.

»Egal ... Jetzt kommt's.« Brigitte unterdrückt ein Lachen. Ich sehe uns hier sitzen: zwei Verschwörerinnen.

»Ein alter Kommilitone von Otto kam vorbei. Wollte sehen, ob ich allein zurechtkomme. Und der hat die Notizbücher wieder aus der Tonne gefischt und sie zur Universität gebracht. Und da hat sich herausgestellt ...« Sie zieht ihre nachgezogene

Augenbraue hoch. »Die Fakultät Biologie interessiert sich dafür. Köstlich, oder?«

»Oh«, sage ich, »wie schön.«

»Ein junger Biologe analysiert die Daten. Vielleicht lassen sich ja wissenschaftliche Aussagen über die Nachtfalterpopulationen entlang der Waal treffen. Es gibt eine Lücke der Zählungen während unserer Amerikazeit, aber trotzdem …« Brigitte nippt an dem glühend heißen Tee, pustet und stellt die Tasse ab. »Es ist selten, dass über einen Zeitraum von fast achtzig Jahren Zählungen vorgenommen werden, sie waren immer an derselben Stelle an der Waal. Sein Vater hatte damit angefangen.« Rückwirkend scheint sie sich für seine Motten begeistern zu können. »Hat sich doch noch etwas Vernünftiges aus all den Abenden und Nächten ergeben, in denen er weg gewesen ist.«

Ich hebe die Tasse mit der linken Hand, unterstütze sie mit meiner Gipshand. »Für Otto lag der Sinn des Zählens vielleicht genau darin«, sage ich. »Dass diese Nachtfalter gesehen werden.«

»Aber nein, am liebsten hätte er eine neue Art entdeckt.«

Ich will noch etwas sagen, traue mich aber nicht.

»Ich glaube wirklich, er hätte in seinem Leben gern seinen Namen an einen Falter weitergegeben.«

»Zum Glück haben Sie Töchter.«

Sie sieht mich an. »Sie hatten ihre Vornamen schon, bevor sie zu uns gekommen sind.«

»Sind sie adoptiert?«

Brigitte gibt einen Tropfen Kondensmilch in ihren Tee. Und dann noch einen. »Für mich sind es einfach unsere Töchter.« Ihr Löffel klirrt im Teeglas. »Und für Otto auch.«

43

»Guten Morgen, Fräulein Tendeloo«, grüßte Schwester Thribena.

Seit Florence bei mir gewesen war, hatte ich alles fügsam über mich ergehen lassen. Den Mund geöffnet, wenn mir ein Löffel vors Gesicht gehalten wurde. Entschuldigung gemurmelt und danke schön, ansonsten hatte ich geschwiegen, es sei denn, ich wurde angesprochen. Ich aß, was mir vorgesetzt wurde, pflichtete dem Oberarzt bei, wenn der meinte, der Schmerz in meinen Brüsten nähme ab, auch wenn er weiterschwelte oder sogar wieder aufloderte. Ich hielt mich daran, bis ich entlassen wurde.

»Möchten Sie die Nelken mit nach Hause nehmen? Sie sind doch noch wunderschön.«

»Geben Sie sie bitte jemand anderem.«

Schwester Thribena ging mit der Vase auf den Flur. Den kleinen Briefumschlag, den ich erst nach zwei Tagen in dem Strauß entdeckt hatte, holte ich schnell unter meinem Kopfkissen hervor. Frl. Tendeloo, stand auf dem Umschlag. Die Handschrift kannte ich nicht. »Es tut mir leid, liebe Ida. Es tut mir so leid. Das Kind ist jetzt bei meinen Eltern. Und wir müssen beide in unser jeweiliges altes Leben zurückkehren. So kann es nicht weitergehen. Ich werde immer in Ehren halten, was zwischen uns war. Immer. In Liebe, O.« Beigefügt waren zwei

Fünfundzwanzigguldenscheine. Mit einer Büroklammer daran befestigt war ein kleiner Zettel. »Für die erste Zeit.«

Weiße Nelken. Otto hatte mir dieselben Blumen schicken lassen, die er bei mir für seine Eltern im Blumenladen gekauft hatte. Damals, als wir uns zum ersten Mal wiedergesehen hatten.

»Bitte schön.« Die Schwester gab mir ein Kleiderpaket einschließlich ein paar viel zu großen Schuhen. Ich wollte keine Schwierigkeiten machen, sagte aber trotzdem: »Das sind nicht meine Kleider.«

»Sie dürfen sie haben.«

»Und wo sind meine eigenen?«

»Sie hatten kaum etwas an, Fräulein Tendeloo. Die Sanitäter haben sie hier auf einer Krankentrage abgeliefert, eingehüllt in Handtücher und ein Bettlaken.«

Die Nonne sah zur Seite, während ich das Krankenhaushemd auszog. Ich streifte den Pulli über und stand vom Bett auf. Laufen war ungewohnt. Bücken tat weh, und in die Hocke gehen durfte ich vorläufig nicht. Ich sah an mir herunter: der zu weite Rock, der Pulli, dessen Ärmel ich hochkrempeln musste, damit die Hände zum Vorschein kamen.

»Sie haben einer Frau gehört, die sie nicht mehr braucht.« Schwester Thribena schlug ein Kreuz.

Wenn ich allein mit ihr war, ohne andere Ohren, waren ihr Ton und ihre Sätze mittlerweile sanfter. Ich machte den Reißverschluss der »neuen« Jacke zu.

»Haben Sie auch nichts vergessen?«

»Nein.« Ich brauchte das nicht einmal zu kontrollieren, denn ich hatte nichts, das ich vergessen konnte.

»Kommen Sie mit.«

Während die anderen Mütter in einem Rollstuhl das Krankenhaus verlassen hatten, ließ man mich zum Ausgang laufen. Die ersten Schritte gingen erstaunlich gut, aber als ich die Treppe hinabging, spürte ich die Wundklammern. Die Sonne schien grell durch die Glastüren in die Empfangshalle. Mit einer Krankentrage, die gerade hereingeschoben wurde, drangen Geräusche von draußen herein. Das Knattern eines Lastenmopeds, eine Hupe auf der St. Annastraat. Mir war unbegreiflich, dass zu diesem Tag ein Datum gehörte, zu diesem Zeitpunkt eine Uhrzeit. Und dass es in Ottos Leben genauso spät war wie in meinem.

»Kommt Sie jemand abholen?«

»Ja«, sagte ich. »Es kommt gleich jemand.«

»Möge Gott Sie auf Ihren Wegen leiten«, wünschte mir Schwester Thribena, dann ließ sie mich allein.

Otto und ich mussten also zurück in unser altes Leben, in die Zeit, bevor wir uns kannten. Nur hatte ich durch unsere Liebe kein altes Leben mehr. Und das Geld, den scheinheiligen Ablass in Form zweier gefalteter Fünfundzwanzigguldenscheine, wollte ich nicht haben. Doch an der Bushaltestelle wurde mir klar, dass ich keine Geldbörse bei mir hatte. Ohne Ottos Hilfe konnte ich mir nicht einmal eine Fahrkarte kaufen.

Ich nahm den Bus zum Grote Markt und ging das kleine Stück zum Nonnenplaats. Ich schaffte es die Treppe hoch, lauschte an der Zimmertür von Frau Mykasintos und klopfte an. Als keine Antwort kam, öffnete ich sie. Niemand da.

Ich stieg die Treppe zu meinem Zimmer hoch. Dort traf ich eine Frau an, die ein Kleid trug, das Otto mir geschenkt hatte. Sie hatte sogar schon Flecken darauf gemacht. »Was willst du?«

»Ich wohne hier«, sagte ich.

»Jetzt nicht mehr.« In meinem Bett schliefen zwei Kinder. Das Tischtuch, auch von Otto, diente nun als Vorhang. Die Wiege war weg, vielleicht verkauft oder verfeuert.

»Das sind meine Sachen«, sagte ich. »Ich kann nirgends hin.«

»Wir auch nicht.« Die Frau, die sich mein Leben übergestülpt hatte, stemmte die Fäuste in die Hüften. Sie würde mir in alle Richtungen den Weg versperren außer zur Treppe.

»Ich habe hier entbunden.« Zwischen meinen Beinen brannte es vom vielen Laufen, den vielen Stufen. »Darf ich mich einen Moment setzen?«

Im Bett richtete sich ein Kind auf. »Pst«, beruhigte es die Frau und drückte es zurück in die Kissen.

»Hau ab.« Ihre dicken Augenbrauen machten ihre Augen noch dunkler. Sie zwangen mich, zu gehen. Bevor sie die Tür schloss, reichte sie mir einen meiner Stühle. »Hier.« Ich durfte noch kurz auf dem Treppenabsatz verschnaufen.

Ich klopfte noch einmal bei Frau Mykasintos an. Das Zimmer war verlassen. Ich wollte ihr eine Notiz schreiben, aber die würde sie nicht lesen können. Stattdessen brach ich einen Zweig des kleinen Gliederkaktus ab. Als Andenken. Er stand auf dem Tisch und blühte. Es sollte Jahre dauern, bis er im Winter diese roten Blüten bekam. Aber dann blühte er jeden Dezember aufs Neue.

In der Straße meiner Eltern hatte sich nichts verändert. Da stand nur eine Reihe hoher Pappeln, die mir vorher nie aufgefallen war. Aber sie musste schon vor meiner Geburt gepflanzt worden sein. Die Umgebung erschien mir nicht mehr als ein Ganzes, wie ich es gewohnt war. Ich bemerkte die Einzelheiten, aus denen sie sich zusammensetzte. Ich ging den Plattenweg zur Haustür, tastete in der fremden Jackentasche nach meinem Schlüsselbund. Dann fiel mir ein, dass ich hier wie eine Fremde vor der Tür stand.

Mir schlug das Herz bis zum Hals, als die Klingel durchs Haus schrillte. Hinter dem Strukturglas wurde es kurz hell, weil die Küchentür geöffnet und wieder geschlossen wurde. Ich erkannte Mutters Bewegungen. Sie öffnete die Haustür einen Spaltbreit, wie sie es immer tat, wenn es unerwartet klingelte. »Elfrieda!« Erst schaute sie mir auf den Bauch, dann ins Gesicht. »Ach, mein Mädchen, wo hast du bloß die ganze Zeit gesteckt ...?« Sie hielt sich die Hand vor den Mund, als befürchtete sie, es könnten liebe Worte heraussprudeln, mit denen sie sagen würde, sie hätte sich Sorgen gemacht. »Ich komme gerade vom Bäcker. Du hättest Bescheid sagen können. Fast hättest du vor verschlossener Tür gestanden.« Ich wollte mir gern alles anhören, was sie zu sagen hatte, wenn sie mich nur ins Haus ließe.

»Mutter?«

Die Tür blieb nur diesen Spalt geöffnet.

»Darf ich nach Hause kommen?«

»Du weißt, was dein Vater gesagt hat.«

»Ich bin allein ...«

»Oh.«

»Es gibt kein Kind mehr.«

Schnell warf sie einen Blick auf die Häuser gegenüber, dann zog sie mich in den Flur.

»Ach, Elfrieda.«

Ich öffnete den Reißverschluss meiner Jacke, befreite meine spannenden Brüste. Selbst das Abstreifen der Ärmel schmerzte. Anscheinend sah mir meine Mutter das an. »Komm mal mit.« Sie ging vor mir die Treppe hinauf, als wüsste ich nicht mehr, was sich im ersten Stock hinter den Türen befand. Im

Badezimmer schaltete sie das Licht an, dirigierte mich zur Toilette. Sie nahm das Bündchen des Pullis zwischen die Finger und zog ihn hoch. Darunter trug ich nur ein Hemdchen mit Flecken von jemand anderem. Vorsichtig streifte sie es über meine Brüste. Ich zitterte. Meine Brustwarzen leckten nicht mehr. Nie zuvor hatte sie meine Brüste gesehen, aber es war auch eher so, als inspizierte sie eine Wunde. Mit dem Handrücken fühlte sie meine Temperatur an der Stirn.

»Ich bin gleich wieder da.«

»Wo gehst du hin?«

Sie zog an der Schnur der Wärmelampe über der Tür, die wir nie anmachten, weil sie so viel Strom fraß. Unten hörte ich die Tür des Treppenschranks quietschen, das Anknipsen der Lampe, ihre Pantoffeln auf dem dreistufigen Tritthocker, das Wühlen in der Gemüsekiste. Es gab nur wenige Geräusche, die mir vertrauter waren.

»Ich gehe gleich noch zum Drogisten und besorge Salbeitee«, sagte meine Mutter, als sie wieder vor mir stand. In den Händen hielt sie eine halb volle Flasche Joghurt und einen Weißkohl. Erst legte sie mir ein Handtuch auf den Schoß. Danach nahm sie einen Waschlappen, hielt ihn unter den Wasserhahn und drückte ihn aus. »Hier.« Ich musste mich waschen.

»Es ist ungefähr eine Woche her«, sagte ich.

»Was meinst du?«

Ich tippte auf meinen hervorquellenden leeren Bauch.

»Eine Woche schon?« Gedankenlos berührte sie kurz ihre eigenen Brüste. »Dann hätte die Milch längst versiegt sein müssen.« Schwerfällig sackte der Joghurt zum Flaschenhals. Ich musste meine Hände darunter halten, bis zwei Kleckse darauf klatschten. Der Joghurt kühlte so plötzlich, dass es wehtat, und trotzdem war es anders als im Krankenhaus, weil ich ihn selbst auftragen durfte. Inzwischen riss meine Mutter zwei Kohlblätter ab.

»Leg sie drauf.«

»Ja, ich weiß«, murmelte ich.

Sie fragte nicht, woher ich das wusste. Oder wie es mir ergangen war. Dann strich sie mir eine Haarsträhne hinters Ohr. Ich schmiegte rasch meine Wange an ihre Hand, und ihr Daumen streichelte mich kurz.

Sie spülte den Waschlappen aus, nahm den Pulli vom Boden und legte ihn sich über den Arm. »Die Unterwäsche können wir wegwerfen. Ich lege dir frische Sachen raus. Du kriegst einen alten BH von mir.«

»Mutter?«

»Ja?« Sie stand schon halb im Flur. »Was ist, Elfrieda?«

»Woher weißt du das?«

»Was?«

»Salbeitee? Joghurt? Und das?« Ich deutete auf die Kohlblätter. Ihr Blick schoss in die Ferne, weit weg von hier.

»Ach.« Sie seufzte. Und das war alles, was sie mir je darüber erzählt hat.

Einmal angezogen blieb ich zögernd oben an der Treppe stehen, nicht wissend, in welchem Zimmer ich willkommen wäre. Ob mein Zimmer noch mein Zimmer war. Nie zuvor war mir der Geruch unseres Hauses aufgefallen. Die Feuchtigkeit des Kellers, etwas Gummiartiges, vielleicht vom Fußbodenbelag. Selbst die herbe Bronze der Kruzifixe über den Türen meinte ich zu riechen.

Auf dem Küchentisch lag auf einer aufgeschlagenen Zeitung ein Haufen sandiger Kartoffeln. Meine Mutter saß auf einem Hocker neben der Heizung und ließ eine geschälte Kartoffel in einen Topf mit Wasser fallen. Ich setzte mich ihr gegenüber und fing an, Möhren zu raspeln. Solange ich mich nützlich machte, würden sie mich bestimmt nicht wegschicken.

»Ich habe jeden Tag für dich gebetet, Elfrieda«, sagte meine Mutter, ohne von den Kartoffeln aufzublicken. »Das Kind ist nun bei seinen echten Eltern. Und du brauchst es jetzt nur noch zu vergessen. Wie der Pfarrer schon sagte.«

»Die echten Eltern?«

»Für das Kind sind es seine echten Eltern. Es weiß es nicht besser. Sie werden es wie ihr eigenes Kind lieben. Viel mehr, als du es je gekonnt hättest, weil sie wissen, wie es sich anfühlt, wenn es einem nicht gegeben ist, schwanger zu werden.«

»Es wurde tot geboren, Mutter.«

Sie schälte stur weiter. Nahm die nächste Kartoffel. Und noch eine, obwohl schon mehr als genug für uns drei im Topf lagen.

»Mutter?«

»Wir können nur dankbar sein.«

»Dankbar?«

»Ich habe gebetet, dass der Herr dich nicht mit einem Kind allein lässt.« Ihre Augen glänzten. »Und er hat es für dich zu sich genommen. Das Einzige, was du tun kannst, ist beten. Und vergessen.«

Wir erschraken beide, als wir hörten, dass ein Schlüssel im Schloss umgedreht wurde.

»Da kommt dein Vater.«

Ich wusste nicht, was ich tun sollte, und wollte aufstehen. Aber meine Mutter bedeutete mir, sitzen zu bleiben.

»Du hältst den Mund! Kein Wort über das Kind zu ihm.«

Ich erkannte das müde Abtreten der Schuhe auf der Fußmatte. Meine Mutter trocknete sich die Hände an einem Geschirrtuch, richtete die Schürze und verschwand im Flur.

»Wem gehört die Jacke?«, fragte Vater. Stille.

»Sie ist wieder da. Allein.«

Wieder Stille, aber anders.

»Unsere Elfrieda?« Diese zwei Worte beruhigten mich. Dass mir meine Eltern während meiner Abwesenheit meinen Namen gelassen hatten. Unsere Elfrieda. Dass ich offenbar immer noch zu ihnen gehörte.

44

Es war Vaters Geburtstag. Der 18. Dezember, also etwa zehn Tage nach meiner Entbindung. Es kam Besuch. Verwandte, ein Arbeitskollege mit seiner Frau, ein paar Nachbarn. In der Küche saßen die Frauen, mein Vater war mit den Männern im Wohnzimmer voller Zigarettenqualm. Ich spürte, dass man mich ständig anstarrte, wusste aber nicht, wer genau. Unter dem Tisch spielten die Kinder meiner Schwester Emma Mensch ärgere dich nicht. Meine Mutter und ich liefen mit Tabletts hin und her. Die Männer schimpften über Politik und sagten wieder einmal einen bitterkalten Winter voraus. Sie lachten über Frank Sinatras Sohn, der entführt worden war und den man für 240 000 Dollar wieder freigelassen hatte. »Das muss ein lieber Junge sein, wenn man bereit ist, für so eine Rotznase so viel Geld zu bezahlen.« Sie lachten über alles.

Es war das erste Mal, seit ich wieder zu Hause war, dass ich von so vielen Leuten umgeben war. Doch niemand war erstaunt, mich wiederzusehen.

»Und du?«, fragte Emma mit einem Mal, nachdem sie mir ausführlich vom Trubel in ihrer Großfamilie erzählt hatte, vom Bauernhof, auf dem immer etwas zu tun war. »Hast du schon einen Verlobten im Auge? Warte nicht zu lang, sonst kriegst du nur noch die angeknacksten Männer ab. Oder du musst auf einen Witwer warten.«

Ich sah in ihre Funkelaugen und mir wurde schlagartig klar, dass meine Mutter es sogar ihr verschwiegen hatte. Ich wollte es ihr erzählen, aber Emma musste sich um ihre zankenden Kinder unter dem Tisch kümmern. Danach beteiligte sie sich an den Gesprächen in der Küche.

»Männer, greift zu.« Meine Mutter zeigte auf die Gläser mit Zigaretten auf dem Beistelltisch. Sie hatte sie aufgefüllt. »Mit Filter«, sagte sie überflüssigerweise, wahrscheinlich um ihre Gastlichkeit hervorzuheben. »Und die sind ohne Filter. Und hier ist noch etwas zum Knabbern. Jemand noch ein Bier?«

Im Flur am übervollen Garderobenständer nahm mich meine Mutter plötzlich zur Seite. »Es ist Vaters Geburtstag, Elfrieda.«

»Ja?«

»Wir wollen uns amüsieren.«

»Natürlich.«

»Kein Wort über den Vorfall. Wenn dich jemand etwas fragt, tu so, als hättest du es nicht gehört.«

»Aber weiß Emma nichts dav…«

Meine Mutter packte mich am Handgelenk. »Ich sagte: Wir wollen uns amüsieren.«

Ich nickte.

»Gut.« Danach richtete sie meinen Blusenkragen. »Holst du bitte zwei Flaschen Bier aus dem Keller?«

45

»Elfrieda.«

Nachdem Vater mir einen Monat lang aus dem Weg gegangen war, sprach er zum ersten Mal mit mir. »Hier.« Angespannt gab er mir meinen Haustürschlüssel zurück. »Sonst sehen die Nachbarn, dass du klingeln musst. An deinem eigenen Haus.«

»Vielen Dank.«

Kurz dachte ich, er wollte noch etwas sagen, aber er ging hinaus zur Voliere, um mit seinen Sittichen zu reden.

Kaum zu glauben, dass dieser Mann Jahre später ein fabelhafter Opa werden sollte. Sein Rücken gab ein vorzügliches Pferd für Tobias ab. An seinen Geburtstagen standen meine Eltern immer mit so riesigen Geschenken vor der Tür, dass Tobias dahinter verschwand.

Sie waren verrückt nach Tobias und auch nach Louis. Ich verkrampfte in ihrem Beisein. Obwohl das, glaube ich, niemandem auffiel, nicht einmal Louis. Ich redete mit ihnen, atmete, kümmerte mich darum, dass niemand zu kurz kam.

Besuchten wir meine Eltern, saßen Louis und Vater mit einer Flasche Bier unter dem Schutzdach der Voliere.

Samstags arbeitete Vater für eine Umzugsfirma, um etwas dazuzuverdienen. Manchmal rief er Louis an, wenn sie noch einen Mann zum Schleppen brauchten. Später gingen sie sogar an Sommerabenden zusammen in der Waal Zander angeln. Einmal durfte Tobias mit.

»Opa und Papa haben mich immer mit zum Angeln genommen«, erzählte er gern, als er erwachsen war. Aber ich weiß genau, dass das höchstens zweimal vorgekommen ist.

»Bleiben wir zum Essen, bleiben wir zum Essen?«, bettelte Tobias, wenn wir sonntags zum Kaffee bei ihnen waren.

Meine Mutter hob die Hände zum Beweis, dass es nicht ihre Schuld sei. »Tobias hat selbst damit angefangen. Aber du weißt ja, dass Vater und ich uns freuen würden.«

»Ähm …«, sagte ich dann lächelnd zu Tobias. Hätte er gekonnt, er hätte mit dem Schwanz gewedelt. Also gab ich nach.

»Schau mal, Junge«, sagte meine Mutter und hielt Tobias eine zusammengerollte Scheibe Schinken hin. Ich ließ es geschehen.

»Wer ist Omas Liebling?«

»Ich!«

»Ganz genau«, sagte meine Mutter, und er happte ihr das Schinkenröllchen aus der Hand. Gab es keinen Schinken im Haus, grub sie ihren kleinen Finger in die Erdnussbutter und hielt ihn vor seine Nase. Er durfte ihn erst abschlecken, wenn er die Frage beantwortet hatte, wer Omas Liebling war.

Ich konnte nichts dagegen tun, ich hasste ihre Liebe.

* * *

Später, zu Hause, explodierte ich dann, wenn Tobias mit seinem Schlafanzug herumtrödelte. Manchmal wurde es mir schon im Auto auf dem Weg nach Hause zu viel, weil Louis vergnügt mit den Daumen auf das Lenkrad trommelte. Oder ich schlug seine Hand weg, wenn er meinen Nacken kraulen wollte.

»Was ist denn los?«

»Rühr mich nicht an.«

»Frieda, manchmal bist du so, so …«

»Na, wie bin ich? Raus damit.« Dann hätte ich Louis vor lauter Frustration kratzen können. »Wie?«

»Manchmal weiß ich einfach nicht, was ich mit deinen Launen anfangen soll.«

Seine ruhige Art machte mich rasend. Da Tobias auf der Rückbank saß, kaute ich auf den Innenseiten meiner Wangen, bis ich Blut schmeckte. Manchmal konnte ich es nicht mehr ertragen, dann zwang ich Louis zu bremsen. »Lass mich aussteigen!«

»Das geht doch nicht, Frieda. Bleib sitzen.« Tobias auf der Rückbank war völlig überfordert.

»Jetzt!«, schrie ich. »Hier!« Weil er nicht langsamer fuhr, zog ich am Türgriff. Es war mir egal. »Frieda! Tu das nicht!« Aber nur so konnte ich Louis zwingen anzuhalten. Ich musste raus. Aus dem Auto. Und laufen, den ganzen Weg nach Hause.

Tobias lag zum Glück schon im Bett, wenn ich kam. Louis wartete in der Küche, den Kopf in die Hände gestützt. Wenn er den Mund gehalten hätte, hätte ich mich allmählich beruhigen können. Aber Louis wollte reden, reden, reden. Ich schloss mich im Badezimmer ein, aber irgendwann kam der unvermeidliche Augenblick, dass er wieder vor mir stand.

»Frieda?«

»Lass mich.«

»Ich weiß manchmal einfach nicht mehr, was ich mit dir anfangen soll.«

Allein dieser Satz konnte meine Wut zu Orkanstärke anschwellen lassen.

»Nach so einem schönen Nachmittag bei deinen Eltern.«

»Ach Mann, halt doch den Mund«, schrie ich. »Halt einfach den Mund!«

»Du bist dann plötzlich so …«

»Kannst ja bei ihnen einziehen. Bist du mit mir verheiratet oder mit meinen Eltern?«

»Frieda, ich …«

»Scher dich zum Teufel, du Heuchler.«

»Frieda, so geht es mit uns doch nicht weiter? Ich meine …«

»Dann geh doch!«

Ich habe bei diesen Streitereien geschrien, bis mir die Stimme versagte. Manchmal warf ich mit allem, was mir in die Hände kam. Einer Packung Schokostreusel, die noch auf dem Tisch stand, einem Topf voll Soße, einmal sogar den Tischstaubsauger. Und Louis rührte sich nicht. Und blieb.

In aller Ruhe holte er dann das Kehrblech aus dem Treppenschrank. Und immer, immer überfluteten mich Schuldgefühle wegen dieser Geduld, dieses Wohlwollens. Einfach unerträglich.

»Ich mach das.« Ich nahm ihm das Kehrblech aus der Hand und fegte die Schokostreusel zusammen, die Scherben eines Tellers, alles auf das Blech, schweigend, und brachte es zur Mülltonne. Nach der Stille war es immer Louis, der wieder zu reden anfing.

»Ist dir das alles nicht manchmal ein bisschen zu viel?«

»Ja, vielleicht«, sagte ich dann. Ich dachte nicht darüber nach, ob er recht hatte. Ich schämte mich für meinen Wutausbruch und war vor allem erleichtert, dass Louis sich mit den

Entschuldigungen zufriedengab, die er sich für meine Launen zurechtlegte.

»Siehst du«, sagte er dann väterlich in einem Ton, der andeutete, dass er mich besser kannte als ich mich selbst.

Anschließend fing er immer an, mir Honig ums Maul zu schmieren und zog mich auf seinen Schoß. »Vielleicht könnten wir heute ja mal wieder früh zu Bett gehen?«

»Wer weiß?« Ich drückte einen Kuss auf seinen Mund. Louis gab mir einen stoppeligen Kuss in den Nacken. Durch dieses quälerische Kitzeln schnellte meine Schulter in einem Reflex hoch zu meinem Ohr. Ich stieß einen kleinen Schrei aus, Louis pikste mich in die Seite, seine Hand schlüpfte unter meinen Pulli.

»Was macht ihr da?« Tobias stand in der Küchentür.

»Nichts, Schatz.«

»Streitet ihr euch wieder?«

»Aber nein«, beruhigte Louis ihn. »Papa und Mama haben sich wieder lieb.«

»Ja«, pflichtete ich bei. »Papa und Mama haben sich wieder lieb.« Aber ich wusste, dass es wieder passieren würde.

Louis wollte aufstehen, aber ich kam ihm zuvor. »Ich mach schon.« Dann trug ich Tobias die Treppe hoch und steckte ihn ins Bett. »Herrje, du bist ganz schön schwer geworden.«

»Warum warst du so böse?«

»Jetzt ist ja alles wieder gut.« Tobias war erst beruhigt, nachdem er diesen Satz ein paarmal aus meinem Mund gehört hatte. Dann umklammerte er mich mit seinem kleinen Leib, diesen molligen Händen, diesen Beinen mit ständig aufgeschürften Knien. Dieser Körper, der so mager blieb, in dem sich aber ein ganzer Mensch befand. Ich umarmte ihn so innig, dass er mit Piepsstimme sagte: »Du tust mir ein bisschen weh, Mama.«

»Entschuldige, mein Schatz.«

Ich deckte ihn zu, setzte mich auf die Bettkante und ließ ihn plappern, bis er gähnte.

»Schlafenszeit, Tobi. Morgen musst du wieder in die Schule.«

Ich löschte das Licht, sammelte ein Paar Socken auf, seine nach Pipi riechende Schlafanzugshose und nahm sie mit zum Wäschekorb.

»Bist du nicht mehr böse, Mama?«

»Schlaf jetzt schön, Schatz.«

Und dann schloss ich die Tür.

* * *

Einen Monat vor seinem neunundachtzigsten Geburtstag wurde mein Vater im Sint-Canisius-Krankenhaus aufgenommen. Schwerer Herzinfarkt. Panisch fuhr ich hin. Bis dahin hatte ich diesen Ort gemieden. Aber es stellte sich heraus, dass der Gebäudekomplex an der St. Annastraat abgerissen worden war. Nun war dort eine weite Fläche mit Sandbuckeln, in denen das erste Unkraut spross. Ich musste zu einem Neubau mit grell erleuchteten Fenstern, wo ich Vater an Schläuchen und Apparaten vorfand. Sein Gesicht war ernst, als müsste er sich auf das, was ihm bevorstand, konzentrieren. Gleichzeitig war er geduldig, wie er auch vor einem leeren Teller darauf wartete, dass meine Mutter ihm auftat.

»Guten Tag, Vater«, sagte ich. »Ich bin bei dir.«

In den nächsten Tagen besuchte ich ihn, so oft ich konnte. Vielleicht hoffte ich, dass in den letzten Stunden an seinem Bett jemand anderer zum Vorschein kommen würde, derjenige, der er tief in seinem Innern eigentlich immer gewesen war, den er aber nie zu zeigen gewagt hatte. Jemand, der sagte, was er wirklich dachte.

Sobald meine Mutter von seiner Seite wich, um Kaffee zu holen oder zur Toilette zu gehen, nahm ich seine Hand. Ohne sein Gebiss hatte er eingefallene Wangen. Mir fiel auf, dass er jetzt seinem Vater ähnelte. Ein Mann, den ich nur von Fotos kannte.

»Ich bin bei dir, Vater«, wiederholte ich manchmal und drückte seine Hand. »Elfrieda.« Ich tunkte einen Waschlappenzipfel in den Becher mit Apfelsaft und befeuchtete seine Lippen. Dann erschien seine Zungenspitze, und er schmatze leise. Nie zuvor hatte ich sein Gesicht berührt. Wie oft ich da auch saß, nie kam ein anderer Mann zum Vorschein. Aber in mir rührte sich etwas, vielleicht konnte ich erst in jenen Tagen die Tochter sein, die ich gern gewesen wäre.

Eines Abends begann er zu murmeln. Ich nahm den Waschlappen mit Apfelsaft und fragte, ob er Durst habe. Vater schüttelte den Kopf. Auf die Frage, ob er Angst habe, antwortete er heiser: »Bald sehe ich meine Eltern wieder. Und meinen kleinen Bruder.«

Ich hatte nichts von einem kleinen Bruder gewusst. Danach war Vater zu schwach, um noch auf meine Fragen zu antworten. Er hielt in diesem Bett unerwartet lang durch, wachte aber nicht mehr auf. Manchmal drückte er mir kurz die Hand, wenn er merkte, dass ich da war, um meine Mutter abzulösen. Es gab keine letzten Worte. Erst als ich nach stundenlangem Wachen meine Mutter am Arm in den Flur führte, um einen Kaffee zu trinken und die Beine zu vertreten, gelang es Vater zu sterben.

Ich musste an dem Nachmittag mit dem Bus nach Hause fahren. Louis war bei der Arbeit, meine Schwester hatte meine Mutter mitgenommen. Ich stieg am Grote Markt aus. Nach den Tagen im Krankenhaus wollte ich ein Stück laufen. Wieder war es Anfang Dezember, einer dieser Tage, an denen ich dachte, Otto begegnen zu können. Die Stadt war voller Radfahrer und Geräusche. Ich bog in die Grotestraat ein, weil ich gern eine Zeitlang auf den Fluss starren wollte. Ohne nachzudenken, ging ich in eine Seitenstraße. Ich erkannte nichts mehr wieder. Die Kurve gab es noch, aber die Häuser waren alle neu.

Ein Fahrrad rumpelte an mir vorbei, darauf ein Student mit Fusselhaar.

»Entschuldigung, darf ich Sie was fragen?«

»Natürlich.« Der Student stemmte die Füße gegen den Boden, die Bremsen waren wohl kaputt.

»Ich suche den Nonnenplaats.«

»Der ist genau hier.« Er lachte. Ich stand höchstens ein paar Meter entfernt. Nur die kleine Steintreppe gab es noch, aber die Stufen waren erneuert worden. Sonst erinnerte nichts an das Haus, in dem ich entbunden hatte. Ich hätte nicht einmal mehr in der Luft auf das Zimmer zeigen können.

Ein paar Jahre nach Vater starb auch meine Mutter. Emma fand sie. Sie lag noch im Bett. Es gab den gleichen Gottesdienst wie bei Vater. Nach den Beileidsbezeugungen und der Kaffeetafel ging ich mit Louis Arm in Arm zum Parkplatz. Tobias hatte damals schon ein eigenes Auto.

»Weißt du, Frieda, es ist genauso, wie deine Mutter es gewollt hat.«

»Wie?«

»Sie ist im Schlaf gestorben.«

»Ja …«

»Das wünscht sich doch jeder, oder?« Louis gab mir einen Kuss auf die Schläfe. »Puff … Licht aus, alles verschwindet.«

Alles verschwand.

Irgendwann gehörte Ottos Name einem anderen, einem neuen Kollegen von Louis.

46

Aber immer, immer blieben die beiden Füßchen.

47

»Guten Tag.« Eine junge Frau mit Pferdeschwanz geht mit einer Kaffeekanne herum. »Kann ich Ihnen helfen?« Sie steckt einem Bewohner ein kleines Stück Obstkuchen in den Mund. Hier wird wohl ein Geburtstag gefeiert. Ich blicke mich um, sehe nur Frauen. »Ich suche Otto Drehmann.«

»Der ist da drüben. Er schläft.« Otto sitzt mit dem Rücken zu mir in einem erhöhten Rollstuhl an einem langen, leeren Tisch.

»Sie können ihn ruhig wecken.«

Mit Mäuseschritten gehe ich auf ihn zu.

Ein Kranz aus dünn gewordenem Haar, ein Büschel ragt in die Luft. Nicht trotzig und eigensinnig. Sein Haar ist mittlerweile so leicht, dass ihm die Schwerkraft nichts mehr anhaben kann. Auf dem Kopf ein paar kleine Wunden, die nie mehr richtig heilen werden. Sein Kinn liegt auf der Brust. Er starrt in seinen Schoß.

»Darf ich mich setzen?«

Otto schreckt auf wie ein Computerbildschirm, der anspringt, wenn man die Maus berührt. »Sicher«, sagt er heiser und deutet auf all die freien Stühle. »Wo Sie möchten.« Dann sieht er mich an, lächelt freundlich und blickt nach draußen zu den Bäumen. Ich erkenne ihn von den Fotos bei Brigitte. Dieser Mann ähnelt in nichts mehr meinem Otto. Ein völlig fremder Körper.

Seine Haut wirkt zu groß, genau wie sein kariertes Jackett, auf dessen Revers eine orangefarbige königliche Schleife befestigt ist, verliehen für irgendetwas, das er in seinem Leben erreicht hat. Ich setze mich ihm gegenüber und kann nicht anders, als ihn anzustarren.

»Sind Sie neu hier?« Otto räuspert sich. »Oder zu Besuch?«

»Otto«, flüstere ich.

Er schüttelt den Kopf. »Wollen Sie zu mir?« Die Steuerung seines Körpers scheint nicht mehr ganz unter Kontrolle zu sein.

»Ich bin's, Ida.«

Otto steigen die Tränen in die Augen, sein Kinn zittert. Dann betrachtet er die Bäume draußen, dann wieder mich.

»Weißt du noch, wer ich bin?«

Otto nickt immer heftiger. Er versucht, meine Hand zu ergreifen, aber seine Fingerspitzen erreichen nicht einmal die Tischkante. Ich hieve mich hoch, gehe ohne Rollator um den langen Tisch herum, zu ihm hinüber.

»Ida«, murmelt er. »Ida, Ida, Ida. Du bist da.« Seine Hand findet meine. Die Worte und Sätze, die ich in all den Jahren in Gedanken zu ihm gesagt habe, all meine Wünsche für ihn und auch die Verwünschungen: Alles ist verschrumpelt. Unsere Hände suchen nach einer Art, einander festzuhalten. »Du bist da.« Otto bringt meinen Daumen an seinen Mund, küsst ihn. »Ach, Ida. Du bist da.« Es klingt, als hätten wir uns hier am Ende unseres Lebens verabredet, es aber so lang hinausgezögert, dass er unruhig geworden war.

»Ja, hier bin ich.« Mehr kommt auch mir nicht über die Lippen.

»Entschuldige«, sagt er. »Dass du mich so vorfindest. Ich kann dir nicht einmal etwas zu trinken anbieten.«

»Ist schon gut. Alles ist gut.«

»Wie hast du mich gefunden?«

»Mein Sohn. Er hat Kontakt mit der Universität Pittsburgh aufgenommen. Eine Kollegin lässt dich grüßen. Du hast ihr immer Weihnachtskarten geschickt«, plappere ich drauflos. »Sie hat uns geschrieben, dass du wieder in den Niederlanden bist.«

»Dein Sohn? Du hast einen Sohn?« Otto keucht, seine Brillengläser sind beschlagen und verschmiert. Er setzt sie ab und zieht mich näher zu sich heran, um mich auch ohne Brille sehen zu können. An seinen Schläfen hat er rote Abdrücke von den Bügeln und auf der Nase von den Nasenpads.

»Gib mal her.« Ich putze die Gläser mit dem dünnen Stoff meines Rocks, setze sie ihm wieder auf die Nase.

Otto schließt die Augen. »Also hast du es geschafft?«, fragt er. Knapp sechzig Jahre zu spät. »Wie geht es dir?« Und sofort: »Hast du meine Blumen bekommen?«

»Deine Blumen?«

»Ich habe doch damals Blumen im Krankenhaus abgegeben.« Es klingt, als wäre das erst vor ein paar Wochen gewesen. Als müsse ich jetzt sagen, wie hübsch der Strauß auf meinem Nachttisch ausgesehen habe und wie lange die Blumen gehalten hätten.

»Wo bist du damals abgeblieben?«

Otto atmet tief ein. »Ich habe kein Recht ... zu ...«, sagt er und deutet auf seine glänzenden Wangen.

»Verzeih, vielleicht hätte ich meinen Besuch ankündigen sollen.«

»Nein, nein. Ich ...« Otto entschuldigt sich noch einmal für seine Tränen und die fehlenden Worte. Ich ergreife die Teetasse und führe sie an seinen Mund. Er nippt daran. Allmählich beruhigt sich sein Atem. »Es ist so schön, dich wiederzusehen.

Ich habe so oft an dich gedacht.« Mit seinem krummen Zeigefinger tippt er an seine Schläfe. »Wie es wohl Ida geht?«

»Gut ist es mir gegangen.«

Sofort hat Otto wieder Tränen in den Augen. »Ein Glück«,
sagt er und meint es aufrichtig. Er versucht, mich zu streicheln.
Meinen Unterarm, die Schulter, die Wange. Versucht vielleicht,
die verlorene Zeit wegzustreicheln.

Ich fasse mein Leben für ihn zusammen. Louis natürlich, in
der Gärtnerei gearbeitet, Sohn bekommen, Nijmegen nie verlassen. »Seit Kurzem bin ich wieder allein«, höre ich mich sagen. »Louis ist ziemlich unerwartet gestorben.« Ich weiß nicht,
ob er alles mitbekommt, was ich erzähle.

»Und du?«, frage ich. »Brigitte hat mir gesagt, wo ich dich
finde. Ich war bei ihr.«

»Brigitte?« Otto richtet sich in seinem Rollstuhl auf. »Weiß
sie, wer du bist?«

»Ich habe gesagt, dass ich früher in der Nachbarschaft gewohnt habe.«

Otto reibt sich die Schenkel.

»Weiß sie, wer ich bin?«, frage ich.

»Nein. Ich habe nie mit ihr darüber gesprochen.«

»Sie war sehr zuvorkommend. Wir haben bei euch am Tisch
gesessen und uns unterhalten.«

»Uns ist es auch gut ergangen«, antwortet er auf die Frage, die
ich nicht gestellt habe. »Wir haben aus allem immer das Beste
gemacht.« Wir verstummen. Komischerweise gibt es kaum noch
etwas zu besprechen. Weil es kaum Berührungspunkte in unseren Leben gibt.

»Du hast zwei Töchter.« Otto reagiert nicht und reibt sich
mit Zeigefinger und Daumen die Lippen. Von den Mundwinkeln zur Mitte.

»Ich hatte Angst.« Er schaut auf, an mir vorbei. »Je länger ich mich nicht blicken ließ, desto schwieriger wurde es, dich zu besuchen. Ich hatte vor allen Dingen Angst.«

»Wovor?«

»Dass du sauer auf mich bist.«

»Das war ich auch, manchmal.«

»Oh, es tut mir so leid. Alles tut mir so leid.« Wir beugen uns zueinander. Otto liebkost sogar meinen Gips. Adern schlängeln sich über den Rücken seiner knochigen Hand. Die Fingernägel sind ordentlich geschnitten, rosa. Unsere drei Hände und mein Gips in einem Knäuel aus Fingern, als wollten wir ein Feuer, eine flackernde Flamme gegen den Wind schützen.

»Ich denke so oft daran«, sagt Otto. »In den letzten Jahren ...«, er schüttelt den Kopf, »... noch öfter.« Otto drückt mir fest die Hand. »Es ist bei meinen Eltern«, flüstert er. »Ich wusste nicht, was ich tun sollte.« Sein Griff fühlt sich an, als wollte er mein Handgelenk erwürgen.

»Das musst du nicht sagen.« Oh, was habe ich diesen Satz gehasst. »Ich glaube nicht an so etwas, Otto. Habe ich nie getan.«

»Aber es stimmt.« Ich reiße mich los. Diese Art erbaulichen Trost habe ich nicht erwartet.

»Die Nonne hat gesagt, ich solle es wegschaffen.«

»Wegschaffen?«

»Sei nicht wütend.«

»Wohin?«

»Die Schwester hat mir einen Schuhkarton in die Hand gedrückt.«

»Einen Schuhkarton?«

»Ja, da hat sie es hineingelegt.«

Otto sucht wieder meine Hand, aber ich will nicht, dass er

mich berührt. »Ich war so in Panik, Ida. Ich bin herumgefahren.
Die ganze Fahrt über stand der Karton neben mir. Auf dem
Beifahrersitz.«

»Wohin bist du gefahren?«

»Erst zum Waalstrand. Aber ich traute mich nicht … wenn
die Füchse dann gegraben hätten. Ich … ich konnte es doch
nicht dort lassen. Der Wind … der kalte Regen, der in den
Sand kriecht.« Er bricht ab, dann nimmt er wieder Fahrt auf.
»Dann bin ich in einem Krankenhaus gewesen.« Otto erzählt,
dass es schon spät gewesen sei und er habe klingeln müssen.
Eine Nonne sei erschienen. Das Einzige, was sie hatte wissen
wollen, sei gewesen, ob es getauft sei. Sie habe die Arme ausge-
streckt. Aber er habe es nicht weggeben können. »Ich fragte, was
damit geschehen würde. Aber das wollte sie mir nicht sagen.«

Otto schildert alle Einzelheiten mit derselben Genauigkeit.
Wie er den Karton unter dem Mantel an sich presste. Wie die
Nonne sagte, er könne es bei einem Friedhof versuchen. Dass
es dann aber dem Herrgott nie nah sein würde. Und wie er da-
gestanden habe, auf den Stufen des Krankenhauses. Wie die
Nonne die Tür wieder geschlossen, den Lamellenvorhang zu-
geschoben habe. Dass es mittlerweile gedämmert habe. Dass
er dann den ganzen Weg zum Friedhof gefahren sei und beim
Küster an der Haustür geklingelt habe. Dass ihm nichts anderes eingefallen sei. Der Friedhof, auf dem seine Eltern begraben
seien, doch der Küster habe ihn nicht erkannt. Nur genickt zu
dem, was Otto gesagt habe, und ein paar kurze Fragen gestellt.
Otto habe die Küsterfamilie am Ende des Flurs in der Küche
beim Abendessen sitzen sehen. Und er habe dafür bezahlen
wollen, aber das sei nicht nötig gewesen. Die Friedhofspforte
sei hundert Meter rechts vom Haus gewesen. Der Küster habe
seinen Sohn geschickt, denn der sei schon fast mit dem Essen

fertig gewesen. Otto sei zurück zum Auto gelaufen, um den Karton zu holen.

»Hinter dem Zaun erschien der Junge. Kaum sechzehn. Er sagte: ›Guten Abend, der Herr‹. Die Pforte war verschlossen.« Otto rang nach Worten. »Ich musste ihm dort unser Kind überlassen. In dem alten Schuhkarton. ›Hast du vielleicht ein hübsches Tuch?‹, fragte ich. ›Ein Tuch?‹ ›Ja, irgendetwas Sauberes, um das Baby einzuwickeln.‹ Er sagte: ›Ich kann mal nachsehen.‹ Dann streckte er die Arme über den Zaun. ›Weißt du auch, was du tun sollst?‹, fragte ich. ›Wirst du vorsichtig sein?‹«

Otto wackelt mit dem Kopf.

»Und dann gab ich es ihm, Ida.« Er hebt beide Hände. »Und der Junge nahm den Karton an und ging. Das ist alles.«

»Wohin hat er das Kind gebracht?«

»Ich habe mich noch am Zaun hochgezogen. Hörte Kies, seine Schritte. Durch den Schein seiner Lampe auf die Bäume konnte ich sehen, wohin er ging. Aber …« Otto schüttelt den Kopf, schluckt die Trauer herunter.

»Hast du nichts weiter gefragt?«

»Ich musste zu Brigitte. Nach Hause. Unterwegs habe ich angehalten, um sie anzurufen. Ich musste sie sprechen, bevor ich sie sehen würde. Sie war natürlich beunruhigt. Ich erzählte, dass etwas Schlimmes passiert sei. ›Ein Unfall?‹, fragte sie. ›Ja‹, antwortete ich. ›Aber ich war nicht beteiligt.‹ ›Oh, ein Glück!‹ Ich musste weinen. Ich musste etwas sagen. ›Da war ein Baby dabei‹, log ich. ›Ein Baby, bei dem Unfall.‹«

Ich warte, dass Otto wieder auf unser Kind zurückkommt, auf die Blumen, die er im Krankenhaus abgegeben hat, oder auf den Friedhof. Aber Otto redet über Brigitte. »Und gerade, dass … dass sie mir vertraute, schmerzte mich am meisten. Dass sie ohne zu zögern meine grässliche Lüge glaubte.« Otto schüttelt den Kopf, starrt auf seinen Schoß. »Ich habe es ihr nie erzählt«, flüstert er. »Aber ich habe mein Leben lang versucht, es gutzumachen.«

Er sieht mich an. Er will eine Reaktion. Verständnis vielleicht oder ein Lob, dass er das gut gemacht habe. Ich tätschele seinen Unterarm, bereue es aber sofort. Langsam wird mir klar, dass unser Kind die ganze Zeit irgendwo gewesen ist. Und dass Otto das wusste, die ganze Zeit gewusst hatte.

»Hast du nachgesehen?«, frage ich möglichst beherrscht. Ich muss ihn das fragen, erwarte aber, dass er nein sagen wird.

»Nachgesehen?«

»Im Schuhkarton?«

Sein Gesicht verzieht sich, Kummer strömt aus jeder Runzel. »Nachdem ich dein Zimmer verlassen hatte …« Otto stammelt. »Es lag auf dem Küchentisch.« Er flüstert, als könnten wir das Kind wecken. »In einem verschmierten Handtuch. Die Nonne kam mit dem Schuhkarton. Sie verscheuchte mich, sagte, ich solle vergessen, was ich gesehen hätte.«

»Du hast es gesehen!« Ich packe sein Kinn, damit er mir in die Augen sieht.

»Ganz kurz. Ich habe nur …« Otto hebt den Rand eines unsichtbaren Handtuchs an. »Es hatte zarte Augenbrauen«, flüstert er. »Schultern … so winzig.« Er hält die Daumen gebogen nach oben. »Es war …« Mit zusammengekniffenen Augen tastet Otto sanft über ein unsichtbares Gesicht, als traute er sich nicht einmal, seine eigenen Erinnerungen zu berühren. »So schön, Ida. Es war so schön.«

»Was war es?«

»Das habe ich nicht …« Otto schüttelt den Kopf, findet keine Worte. »Im Auto … ich habe es nicht über mich gebracht.«

Mir ist fast schlecht vor Zorn, vor Kummer, der in meiner

Kehle aufsteigt. Aber ich schlucke ihn runter, um alles mitzubekommen, was er noch zu erzählen hat. Ich will, dass er mir jedes Wimpernhärchen beschreibt. Und doch spüre ich die Wut in meinen Händen: Ich möchte Otto schlagen, ihn aus dem Stuhl zerren. Ihm die Bilder aus den Augen schneiden, die er sein Leben lang sehen konnte und ich nicht. Nie.

»Wie konntest du nur.«

Otto sieht angstvoll zur Seite.

»Du hättest mich suchen müssen. Ich habe gar nichts gesehen. Nichts. Mein ganzes Leben wusste ich nichts. Nur die Füßchen. Immer die beiden Füßchen. Und du … du hast all die Zeit gewusst, wo du es hingebracht hast.«

»Ich wollte nur dein Bestes.«

»Mein Bestes?«

»Ja, das musste ich tun. Das hat sie gesagt.«

»Wer?«

»Die Nonne, die mir den Karton gab. Du solltest das Kind vergessen. Ich musste versprechen zu schweigen. Das sei das Beste für dich.«

Ich will hier weg.

Ich kann nicht länger neben ihm sitzen.

»Ida?«, fleht Otto und versucht, mich zu berühren. Ein paar Heimbewohner drehen sich erstaunt zu uns um. Andere schrecken aus dem Schlaf, weil mein Stuhl krachend umfällt. Ich bin schon um den Tisch herum, schiebe meinen Rollator an.

»Bleib. Bitte, Ida. Es tut mir so leid. Ich konnte nicht anders. Bitte, komm zurück.«

Hinten im Saal schwingen die Klapptüren auf. Das Mädchen mit dem Pferdeschwanz schiebt eine Dame im Rollstuhl vor sich her. »Alles in Ordnung hier?«, fragt sie mich im Vorübergehen. »Sie waren doch so ins Gespräch vertieft.«

Ich flüchte zu den Klapptüren, hinein in den langen Flur. Genau weiß ich nicht, wo ich lang muss, nur weg von hier. Ich habe Angst, dass sie mich einfangen, mich in einem Rollstuhl festzurren und mich dann niemand mehr findet.

»Hallo?« Das Klackern von Schuhen hinter mir. Ich kann nicht schneller, als ich ohnehin schon gehe. »Hallo?« Eine Hand auf meinem Unterarm.

»Lassen Sie mich los!«

»Ist ja gut.« Das Mädchen hebt die Hände, sie wird mich nicht mehr anfassen.

»Könnten Sie mir bitte erklären, was los ist? Herr Drehmann ist ja vollkommen verstört.«

Wir stehen uns im Flur gegenüber.

»Wollen Sie nicht kurz zu ihm zurückgehen? Vielleicht ist das besser für sie beide? Um die Gemüter zu beruhigen.«

Ich schüttele den Kopf.

»Soll ich Ihnen ein Glas Wasser holen? Oder eine Tasse Kaffee?«

»Ich muss weg.« Ich gehe weiter.

»Wie ist denn Ihr Name?«

»Ida.«

Sie begleitet mich und sieht mich fragend an.

»Jemand von früher.«

Damit gibt sie sich endlich zufrieden, denn sie lässt mich gehen.

»Sind Sie sicher?«, ruft sie mir hinterher.

»Wie bitte?«

»Dass Sie nicht kurz mitkommen wollen?«

»Sagen Sie ihm, ich komme vielleicht noch einmal vorbei.«

»Gut, das sage ich Herrn Drehmann.«

Obwohl ich nicht weiß, ob ich das überhaupt noch will.

48

Wir sind früh dran.

»In hundert Metern nehmen Sie die Ausfahrt.« Wegen der Frauenstimme aus dem Navi habe ich ständig das Gefühl, wir wären zu dritt im Auto. »Nehmen Sie die Ausfahrt.«

Tobias biegt zum Deich ab. Dort werden wir wie alte Bekannte von den Schwalben begrüßt, die im Sturzflug über die Motorhaube streifen. Die Kirchturmspitze hat einen Kragen aus Baumkronen. Eigentlich sieht man nur den goldenen Wetterhahn. Neben uns glitzert der Spätsommer im Fluss. Mir ist es ein Rätsel, wie das Wasser all die Jahre unablässig weiterströmen kann. Im Deichvorland sehe ich die bunte Betriebsamkeit eines Campingplatzes. Auf der Straße kommen uns ein paar Kinder auf Inlineskates entgegen.

Tobias blickt über die Schulter, biegt ab und fährt den Deich hinunter, am Friedhof vorbei. »Da gehen wir gleich hin, Mam. Der Mann, den wir dann treffen, ist ein Ehrenamtler, er hat damals noch nicht dort gearbeitet. Das ist dir klar, oder?«

»Ja, Junge.« Tobias will mich ständig vor einer Enttäuschung bewahren. Das macht er schon, seit er mich angerufen hat, um mir zu sagen, dass er mit der Friedhofsverwalterin gesprochen habe, die gemeint habe, wir seien jederzeit willkommen. Am besten mittwochnachmittags, wenn ein Ehrenamtler da sei, der uns weiterhelfen könne.

»Der zeigt uns dann gleich den Gedenkort.«

»Das genügt mir schon.«

»Wollen wir irgendwo noch schnell etwas trinken?«

»Sehr gern.«

Wir holpern durch die engen Gassen des mittelalterlichen Dorfs. Hier wird sich wenig verändert haben, doch ich erkenne nichts wieder.

»Dürfen wir hier überhaupt durchfahren, Tobi?«

»Du bist schlecht zu Fuß, wir dürfen das.«

Die Häuserfassaden beugen sich vor, als wollten sie sehen, wer da kommt. Viele Antiquitätenläden, ein Geschäft mit Nostalgiesüßigkeiten aus Großmutters Zeiten, eine hell erleuchtete Drogerie und die Terrassenstühle eines Cafés.

»Hier. Anhalten«, rufe ich. Tobias steuert in eine Parklücke.

»Na, das hättest du ruhig eher sagen können.« Er entschuldigt sich mit einer Geste bei einem wütenden Radfahrer.

Ich glaube, ich habe das Hotel wiedererkannt, kann es von hier aus aber nicht gut sehen.

»Was ist denn hier, Mam?«

»Dort können wir etwas trinken.« Ich reiße die Tür auf, damit er nicht weiter nachfragt, aber aussteigen kann ich ohne seine Hilfe nicht. »Komm, ich lade dich ein.«

An einem Tisch am Fenster warte ich auf unsere Bestellung. Ich erkenne nichts wieder. Viele weiße Wände, überall junge Leute. Vielleicht sind wir hier doch falsch. Tobias kommt von der Toilette und schlängelt sich zwischen den Tischen hindurch. Er schaut auf sein Handy, steckt es fast sofort wieder in die Innentasche.

»Mit Nadine alles in Ordnung?«

»Ja, natürlich.«

Kurz überlege ich, ob ich ihn davon überzeugen sollte, dass ich mich auf ihre Tochter freue. Auf meine Enkelin.

»Mam?«

»Mhm.«

»Kannst du ein Geheimnis für dich behalten?«

»Natürlich.« Ich drehe ihm mein besseres Ohr zu.

»Wir wollen sie Lou nennen.«

»Lou?«

»Nach Papa.«

»Ach ja, wie schön. Lou!« Ich sage es ein paarmal hintereinander. »Lou. Lou.« Und gebe mir Mühe, dabei zustimmend zu nicken, damit er nicht merkt, dass Lou für mich kein Name ist, sondern höchstens ein Laut.

»Nadine gefiel Lou auch sofort.«

»Papa hätte es bestimmt gemocht.«

»Es ist gar nicht so leicht. Schließlich muss das Kind ja sein Leben lang damit herumlaufen. Mit seinem Namen.«

»Lou«, übe ich leise. »Lulu.«

»Papa wäre ein großartiger Opa gewesen.«

»Das stimmt, Schatz. Ganz sicher.« Mit einem Mal fehlt mir Louis hier auf dem freien Stuhl an unserem Tisch. Er fehlt mir auf allen freien Stühlen in dem Café. Ich stelle mir vor, dass wir hier sitzen und auf ihn warten. Weil er Tobias und mich gerade abgesetzt hat und nun hereinstürmt, sich fröhlich beschwerend, dass er das Auto außerhalb des Dorfs habe parken müssen.

»Wie hättet ihr mich genannt, wenn ich ein Mädchen gewesen wäre?«

»Oh, äh, das … weiß ich gar nicht mehr.«

»Hattet ihr euch vor meiner Geburt keinen Namen zurechtgelegt?«

»Doch. Louis kam auf Tobias, daran erinnere ich mich noch. Und ich fand den Namen sofort schön.«

»To-bi-as.« Er lässt sich seinen Namen auf der Zunge zergehen, als hörte er ihn zum ersten Mal.

»Und ich mochte immer Odile.«

»Odile?«

»Ja, ich glaube, so hätten wir dich genannt.«

»Ich bin doch keine Odile!«

»So …«, sagt ein junger Mann mit Dutt. Auf den Fingerspitzen balanciert er ein Tablett. Graziös präsentiert er unsere Cappuccinos auf dem Tisch. Und zwei Gläser Wasser.

»Kann ich noch etwas für Sie tun?« Er hält sich das Tablett wie einen Schild vor die Brust.

»Nein«, sagt Tobias. »Vielen Dank.«

Er trommelt auf das Tablett, dann dreht er sich um.

»Also, eigentlich …«, rufe ich ihm hinterher. »Junger Mann?«

Er macht eine quietschende halbe Pirouette auf seinen Turnschuhen. »Ja, bitte?«

»Kann es sein, dass das hier einmal ein Hotel gewesen ist?«

»Ja, das ist es immer noch.«

»Ach …«

»Wir betreiben es schon drei Jahre.« Er zeigt mir, welche Mauern durchbrochen worden sind, und sagt stolz, dass es nun auch einen Aufzug gebe. Vor Jahren habe es hier gebrannt, dann habe das Haus eine Weile leer gestanden. Die offene Küche befindet sich an der Stelle der früheren Rezeption. Das weiß gekleidete Küchenpersonal bereitet das Abendessen für ein Hochzeitsfest vor.

»Ah, ja. Jetzt erkenne ich es wieder«, sage ich, was nicht wahr ist.

»Und wir haben noch immer Zimmer. Wenn Sie einmal bei uns übernachten möchten, gern.«

»Mal sehen.« Ich danke ihm mit einem Lächeln. »Wer weiß.« Mir fällt auf, dass die Treppe noch an derselben Stelle ist.

»Bist du schon einmal hier gewesen?«, fragt Tobias, als wir wieder unter uns sind.

Ich löffele den Schaum aus meiner Tasse.

»Mam?«

»Ja?«

»Warum lächelst du so … so verschmitzt?«

»Verschmitzt? Was für ein altmodisches Wort.«

»Ich kenne dieses Lächeln nicht von dir.«

»Tja, Junge. Zimmer 14.«

»Zimmer 14?«

»An das Zimmer erinnere ich mich gut.«

»Mam, also wirklich.«

»Du wolltest es doch wissen.«

»Bist du hier mit diesem Otto gewesen?«

»Mhm.«

»Zimmer 14«, murmelt Tobias, grinst und schüttelt den Kopf. Dann schaut er auf die Uhr. »Oh.«

»Was ist?«

»Wir haben noch eine Viertelstunde.« Der Cappuccino ist abgekühlt und lässt sich gut trinken. Wir schweigen zwischen den Schlucken. Tobias winkt, um zu zahlen. Ich stelle meine Handtasche auf meinen Schoß und hole mein Portemonnaie heraus.

»Erwarte bitte nicht zu viel, ja?«

Ich kraule Tobias hinterm Ohr. Das hat ihn immer beruhigt, wenn er nachts in unser Bett kroch, verängstigt von einem Albtraum oder einem Gewitter. Tobias lässt es über sich ergehen. Ich weiß nicht mehr, wann ich seinen Kopf zuletzt berührt, ihm durch die Haare gestrichen habe. »Danke, Tobias. Dass du das alles für mich tust.«

49

Die Friedhofspforte steht offen, die Eibenhecke ist vor Kurzem gestutzt worden. Unruhe kitzelt in meinen Kniekehlen. Ein schlaksiger Mann erwartet uns, neben ihm ein Rollstuhl.

»Ist er das?«, fragt Tobias. Zögernd hebt er die Hand, der Mann grüßt zurück. Unter seinem Arm klemmt eine Mappe. Er zeigt uns einen schattigen Parkplatz. Tobias fährt den Wagen mühelos hinein und stellt den Motor ab.

»Da sind wir«, sage ich.

Tobias berührt kurz meinen Oberschenkel. »Bin gleich wieder da.« Er öffnet die Tür und steigt aus.

Im Spiegel beobachte ich, wie sie sich begrüßen und danach etwas besprechen. Sie wenden sich ab, als hätten sie etwas zu regeln, von dem ich nichts wissen dürfte. Tobias zeigt in meine Richtung, der Mann nickt ein paarmal. Dann nimmt Tobias den Rollstuhl und kommt damit zu mir herüber.

»Es ist ein Stückchen weg. Der Mann hat sogar an einen Rollstuhl gedacht.« Er hilft mir hinein. Ich lege die Handtasche auf meinen Schoß.

»Guten Tag.« Der Mann sieht aus wie ein pensionierter Geschichtslehrer. Ich schüttele seine ausgestreckte Hand etwas stümperhaft mit meiner linken. Seinen Namen kann ich in der Eile nicht verstehen. »Harmelink, Huiveling?« Ich fummele nervös an meinen Hörgeräten herum, damit mir kein Wort mehr entgeht. Es schrillt kurz, doch dann höre ich sogar den Wind in den Platanen.

»Ihr Sohn hat mir geschildert, was Sie durchgemacht haben. Es tut mir sehr leid.« Er hat freundliche, verständnisvolle Augen.

»Vielen Dank.« Ich muss mich noch an dieses Mitgefühl gewöhnen, besonders von Fremden.

»Obwohl es keine Grabsteine mit Namen gibt, können Sie davon ausgehen, dass Ihr Kind noch immer hier liegt.«

Vielleicht sollte ich noch weniger erwarten, als ich es ohnehin schon tue.

»Soll ich Sie zum Gedenkort begleiten?«

Ich zwinge mich zu einem Lächeln.

»Wir müssen einen kleinen Umweg machen«, sagt er zu Tobias. »An der Nordseite findet gerade ein Begräbnis statt.«

Wir fahren über einen Kiesweg, biegen dann links ab, kommen an ein paar länglichen Maulwurfshügeln mit nur einem Holzkreuz vorbei. Die warten noch auf einen Sarg.

»Ganz schön weit weg«, sagt Tobias.

»Die ungeweihte Erde befand sich früher im letzten Winkel des Friedhofs an der Hecke.«

»Und Sie meinen wirklich, dass mein Kind immer noch dort liegt?«, frage ich.

»Davon dürfen Sie ausgehen. Die Gräber wurden nie geräumt, wie es sonst der Fall ist. Deshalb haben wir dort vor fünf Jahren einen Gedenkort eingerichtet.«

»Was war es davor?«, fragt Tobias.

»Dort standen die Müllcontainer.« Der Mann seufzt leicht beschämt. »Bis jemand herausgefunden hat, dass dort die ungetauften Kinder begraben liegen.«

»Wie viele sind es denn?«

»Wie bitte?«

»Sie sagten Kinder.«

»Aufgrund der Unterlagen schätzen wir, dass es ein paar Hundert sein müssen.«

»Ein paar Hundert?«, ruft Tobias aus.

»Na ja, wenn Sie sich vorstellen, dass es jahrzehntelang üblich war.« Die Miene des Mannes verfinstert sich. »Manchmal wurden drei, sogar vier Kinder pro Monat abgegeben. Und da sprechen wir nur von diesem Friedhof.«

Ich weiß nicht, ob ich das alles wirklich hören will.

Platanenrinde knarzt unter den Rädern meines Rollstuhls.

»Jetzt ist es nicht mehr weit«, sagt unser Begleiter. Wir müssen eine Schattenallee entlang bis ganz hinten zur Friedhofsmauer. Tobias grüßt ein Paar, das uns untergehakt entgegenkommt. Eine junge Frau kniet mit einem Putzeimer bei einer Grabplatte aus Marmor. Wir kommen zu einer alten Mauer, dahinter liegen ein Parkplatz und ein Supermarkt. Autos wenden, ein Lastwagen öffnet piepend die Ladefläche, Einkaufswagen rappeln.

»Hier ist es.«

»Mhm.«

Tobias verlangsamt seinen Schritt, bleibt aber nicht stehen. In einer Hecke vor uns befindet sich ein Durchgang, wie der Eingang zu einem Labyrinth. Die Hecke ist so hoch, dass man von außen nichts sehen kann.

»Nach Ihnen.« Langsam schiebt Tobias mich durch die Öffnung. Ich hatte erwartet, dass wir zu einem besonderen Ort kommen würden, einem Ort, den ich aus unerklärlichen Gründen wiedererkennen würde. Aber es ist nur ein längliches Rasenstück. Wie ein Picknickplatz, ein Spielplatz umgeben von einer dunkelgrünen Hecke. Hinten in der Ecke steht eine

Skulptur aus Marmor, zwei Hände, die ein Baby behüten. Am Sockel liegt ein Teddybär. Und ein Blumentopf mit Tulpen. Unser Begleiter betritt den Rasen. Tobias fährt ihm hinterher.

»Nein«, rufe ich. »Nicht. Bleib am Rand stehen. Ich will nicht auf den Rasen.«

»Sie können ruhig herkommen.« Er spricht jetzt auf diskrete Weise leise. »Die Kinder liegen alle bei der Hecke.«

Tobias wartet, seine Hand warm auf meiner Schulter.

»Mam?«

»Also gut, aber nicht zu nah an die Hecke.«

Er schiebt mich weiter und stellt den Rollstuhl neben der Skulptur ab. Dann starrt jeder eine Weile gedankenversunken vor sich hin. Der Mann feierlich, die Mappe vor der Brust, Tobias mit verschränkten Armen. Ich überlege, was sich an der Hecke unter der Erde befindet, aber ich kann es mir nicht vorstellen. Mein verschwitzter Rücken klebt am Kunstleder der Rollstuhllehne.

»Wollen wir?«

»Mhm.«

»Auf dem Parkplatz habe ich Ihrem Sohn schon erzählt, dass der Küster oft die Namen der Eltern notiert hat, die hier ihr totes Kind abgegeben haben.«

»Oh.« Ich setze mich gerade hin. »Wo denn?«

»In ein Heft. Wir haben es vor ein paar Jahren im Archiv entdeckt.« Er klopft auf die Mappe. »Ihr Sohn sagte, Dezember 1963. Stimmt das?«

»Ja, das stimmt.«

»Soll ich nachschauen?«

»Gern.«

»Allerdings weiß ich aus Erfahrung, dass die Aufzeichnungen nicht vollständig sind. Leider.« Aus einer Klarsichthülle

329

holt er ein speckiges Notizheft mit umgeknickten Ecken. »Wer hat denn das tote Kind hierhergebracht?«

»Drehmann. Otto Drehmann.«

»War das der Vater?«

Ich nicke, aber anscheinend so schwach, dass Tobias antwortet: »Ja, das ist der Vater.«

»Drehmann«, murmelt der Mann und blättert durch das Heft. Sein Zeigefinger fährt auf den Seiten von oben nach unten.

»Dezember 1963?«

»Mhm.«

Langsam schüttelt er den Kopf, blättert noch einmal zurück. »Nein, tut mir leid.«

»Was?«

»Ich finde keinen Herrn Drehmann. Aber …« Er schließt das Heft und zeigt auf die Hecke. Das ist alles, was er mir zu bieten hat. »Sie können davon ausgehen, dass Ihr Kind hier begraben ist.«

Schrilles Zwitschern in meinen Hörgeräten. Spatzen jagen sich die Hecke entlang und sammeln sich in einer Baumkrone.

Ich will hier weg, ich will hier nur weg.

»Zu Ihrer Beruhigung, Sie sind nicht die Einzige. Ich habe in den letzten Jahren viele Menschen gesprochen, die sich sicher waren, dass ihr Kind hier abgegeben worden ist, und trotzdem haben wir keine Aufzeichnungen gefunden.«

Tobias hatte recht, ich hätte nichts erwarten sollen. Und jetzt ist mir klar, dass wir besser nie hierhergekommen wären.

»Soll ich Sie einen Moment allein lassen?«, fragt er mitfühlend. Die Mappe klemmt er sich wieder unter den Arm. »Dann können Sie in Ruhe Ihren Gedanken nachgehen.«

»Ja, das wäre nett«, sagt Tobias. »Oder, Mam?«

»Ich warte dann beim Haupteingang.« Er geht einen Schritt rückwärts. »Dort lade ich Sie gern auf eine Tasse Kaffee ein.«

»Warum steht mein Kind nicht in dem Heft?«

»Bitte?«

»Mam, das weiß der Herr doch nicht.«

»Da kann ich nur mutmaßen. Ihr Sohn hat mir auf dem Parkplatz kurz die damaligen Umstände geschildert. Vielleicht wurde Ihr Kind ja anonym abgegeben«, sagt er geduldig. »Weil es ein uneheliches Kind war. Tja, das werden wir nie erfahren. Der Küster war natürlich auch nicht immer zu Hause. Es ist schon ein Zufall, dass er überhaupt dieses Heft geführt hat.«

»Darf ich bitte selbst einmal nachsehen?«

»In dem Heft?«

»Ja.«

»Selbstverständlich.« Trotzdem zögert er. »Ich weiß nicht, ob es gut für Sie ist, sich das anzuschauen.«

»Ich möchte es aber gern.«

Er klappt die Mappe auf und holt das Heft wieder aus der Klarsichthülle. »Bitte schön.« Ehrfürchtig legt er es mir auf den Schoß. Das Feld, in das man früher das Schulfach geschrieben hat, ist leer. Sein Körper wirft einen Schatten. So kann ich die Seiten gut lesen. Behutsam öffne ich das Heft und halte es mir dicht vor Augen.

»Kannst du es entziffern, Mam?«

Reihenweise Namen, geschrieben in einer ordentlichen, geduldigen und leserlichen Handschrift.

»Das ist das Jahr 1961. Darf ich?« Vorsichtig nimmt er ein paar Seiten zwischen die Finger und blättert um. Das Papier ist brüchig, reißt beinahe an der Rückennaht. Es kommt mir vor, als blätterte ich in meinem Telefonbuch. Aber ohne die durchgestrichenen Adressen von Freunden und Verwandten, die umgezogen oder gestorben sind. Oder ein Familienbuch, vielleicht auch eine Trauerschrift.

Jede Zeile beginnt mit dem Datum, dann folgen der Name des Ehepaars und das Geschlecht des Kinds. Manchmal noch *Zwillinge*. Eine Notiz, wo das tote Kind ungefähr begraben liegt. Die meisten Namen auf dieser Seite werden nicht mehr leben. Ein einziges Mal steht dort nur ein Frauenname. Ich bin im Juni 1963. Eine Seite später kommt der August. Oktober, November. Ich wage es kaum, umzublättern, tue es aber doch.

Und ich sehe es sofort.

Links, auf der Seitenmitte.

»Hier.«

»Was ist da, Mam?«

Ich traue mich kaum, das Papier zu berühren, aus Angst, dass mein Schweiß die Bleistiftbuchstaben für immer verwischen könnte. *7. Dezember 1963.* Durch die Bewegungen von Tobias und dem Mann gleiten Licht und Schatten über das Heft. Da steht es, da steht es.

»Ach, Mam.« Tobias kniet sich neben mich, zieht meine Wange an sein Ohr.

»Schau doch.« Ich weine. Mit den Händen schütze ich die Worte vor der Sonne. »Hier steht es.«

7. Dezember 1963 – Das Ehepaar Tendeloo – Ein Mädchen.

DANKESWORT

Für das Zustandekommen von *Kontur eines Lebens* möchte ich mich gern bei einigen Menschen bedanken. An erster Stelle bei Gezina van der Wal, der ersten weiblichen Gynäkologin von Den Haag, für ihre Geschichten. Laurie Faro, die ich immer wieder anrufen durfte: Danke für dein Wissen und deine Begeisterung. Jos Joosten für seine Erinnerungen an das verschwundene Nijmegen. Der Geburtshelferin Marie-Louise Klösters, die mir viele private Geschichten erzählt hat und deren Arbeit nicht genug bewundert werden kann. Janneke Peelen für ihr Buch *Between Birth and Death*, Wim K. Steffen für seine Stadtfotografien. Dank schulde ich auch René Oomen für sein Buch *Ein Engelchen hält die Welt an* und Marga Kerklaan, die *Folglich war die Frau nur ein Mensch, um Kinder zu kriegen* zusammengestellt hat.

Mein besonderer Dank gilt Hans Peters, Frank Eliëns, Andrea Voskens, Stichting Novio Magus und dem unendlichen Depot des Gemeindearchivs Nijmegen sowie allen hilfsbereiten Schatzhütern. Und der Psychologin Inge Land, mit der ich eine kleine Familienaufstellung der Protagonisten gemacht habe.

Dank auch an meinen unermüdlichen Lektor Ad van de Kieboom. Meiner Verlegerin Nathalie Doruijter für ihr Vertrauen. Und auch an Marja, Welmoed, Rebecca, Nienke, Martijn, Jolijn, dem Korrektorat Meike van Beek und Akkie Strijk und allen anderen Mitarbeitern von *De Geus & Singel Uitgeverijen*. Sie alle haben dafür gesorgt, dass Sie und auch ich dieses Buch in den Händen halten. Gern möchte ich mich auch bei meinem Agenten Michaël Roumen für sein Vertrauen und seine Freundschaft bedanken, und weil er mich beim Wichtigsten unterstützt hat: mit Zeit und Ruhe zu schreiben.

Dank an meine liebe Suus, die eine eigene Zeile verdient. (Und an unsere Liebsten: Lucy und Midas, ohne die dieses Buch wahrscheinlich schon vor Jahren erschienen wäre, aber niemals auf diese Weise.)

Und schließlich Patrick und Piekie. Und natürlich meine Eltern, immer meine lieben Eltern.

Jaap Robben